白沙 李恒福의 文學 研究

李鐘建

국학자료원

白沙 李恒福 肖像

머리말

　이제 나이가 환갑을 코 앞에 두고 나의 13대조이신 백사공의 글을 조금이나마 정리하게 되니, 감개가 무량하다. 그동안 써 두었던 논문들을 쉽게 다시 고치고, 관련 자료 중에서 중요한 것을 국역해서 부록으로 엮었다.

　이 책을 엮으면서 백사공께서 문학에 대한 생각이 남다르게 깊고 넓으셨음을 알았다. 공의 시문학관은 매우 독특하며 근대 문학 이론을 대하는 듯한 느낌이 들 정도로 공감이 된다. 우리는 공을 정치가로 알고 있고, 임진왜란을 승리로 이끈 지혜가 뛰어난 분으로 기억한다. 필자는 여기에 공은 따뜻한 가슴을 가지고 나라와 겨레를 사랑했던 시인과 작가로서의 면모도 있었음을 보여주고 더하려고 했다.

　백사공과 나의 가계(家系)는 다음과 같다.

　백사(白沙)항복(恒福)-정남(井男)-시술(時術)-세장(世長)-훈좌(勛佐)-백종(百宗)-경민(敬敏)-정규(正奎)-계옹(啓翁)-유선(裕善)-두영(斗榮)-규철(圭鐵)-종건(鍾建) * 번거로움을 피하려고 외람되게도 함자를 마구썼음을 용서하소서

　정자남자(井字男字)는 백사공의 둘째 아드님이시다. 백사공의 증손자 세자장자(世字長字)께서는 이조정랑을 지내셨는데 일찍 돌아가셨고, 고손자 훈자좌자(勛字佐字)께서는 나의 고향 충주(忠州)의 목사(牧使)를 지내셨다. 나의 6대조 백자종자(百字宗字)께서는 호를 매호(梅壺)라고 하셨는데 자필의 문집이 매호공의 종손 교종(敎鍾)의 집에 있다. 서울교육대학의 조용진교수는 나를 백사공과 닮았다고 놀린다. 매우 듣기 좋은 말이다. 그러나 가만히 생각해 보

면 부끄러운 말이다. 겉만 닮았지 속은 백사공의 신발끈을 매어드릴 자격도 없는 내가 아닌가.

이 책이 그러하다. 나름대로 공을 현대에 드러내 보인다고는 했지만 공에게 누를 끼치는 일을 한 것 같기도 하다. 가만히 있으면 중간이라는 말처럼, 공(公)의 참 마음을 가리거나 공의 글을 왜곡하지나 않았는지 사뭇 자신이 없다.

사람들은 무엇인가 이룩하기를 좋아하는 것 같다. 이런 속성을 흉내내어 책을 억지로 묶었지마는 실로 공연한 짓을 한 것 같아서 마음이 불안하다. 그래도 용기를 내어 이 책을 공의 영전에 바치며, 우리 경주 이가들에게도 알려지게 되기를 공손히 바랄뿐이다. 한가지 바라는 것은 이 책을 보시는 분들께서 되도록 잘못된 점을 저에게 알려 주시어 다음 다시 찍을 때에는 그래도 먼저 번 보다는 잘못이 적기를 기대하는 마음 간절하다.

이렇게 나의 잘못을 다른 사람들의 힘을 빌어 고치려는 마음도 부끄러운 일이겠으나, 이런 부끄러움을 이길 수 있게 한 백사공의 글이 더 강열한 느낌으로 나에게 닥아 왔음을 솔직히 고백한다.

끝으로 이런 결함이 많은 글을 책이 되도록 격려해 주시고 출판해 주신 국학자료원 사장님께 감사의 말씀을 드린다.

2002년 7월 23일
白沙公 13代孫 鍾建 謹撰

차 례

1. 생 애

　백사(白沙) 이항복(李恒福)은 1556년 음력으로 10월 15일 밤 자정에 서울
서부 양생방에서 태어 났다. 아버지는 몽량(夢亮)이고 어머니는 전주 최씨 결
성(結城) 현감 류(崙)의 딸이며 눌헌(訥軒) 이사균(李思鈞)의 외손녀다.

　행장(行狀)에는 먼 조상이 익재(益齋) 이제현(李齊賢)이라고 되어 있으나,
가계를 살펴보면 직계는 아니다. 이제현의 할아버지는 경주 이씨 시조인 알평
공(謁平公)으로부터 16세손인 문정공(文定公) 진(瑱)이고 백사의 선조는 그
아우인 세기(世基)다. 가계를 도표로 보이면 다음과 같다. 이제현은 17세요,
백사는 25세다.

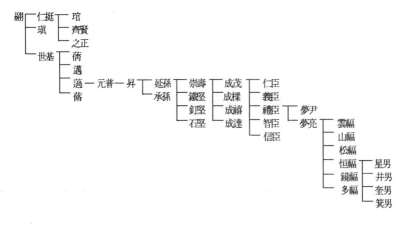

선생의 아버지 몽량(夢亮)은 기미년(1499) 음력 11월 10일에 태어나서 갑자년(1564) 10월 4일에 돌아갔다. 자(字)는 응명(應明)이다. 가정(嘉靖) 임오년(1522)에 생원(生員)과 진사시(進士試)에 나란히 합격하였다. 무자년(1528)에 문과에 급제하고 벼슬은 우찬성(右贊成)에 이르렀다. 장녀는 김익충(金益忠)에게 시집가고, 장남은 운복(雲福)으로 현감을 지냈으며, 차녀는 현감인 홍우익(洪友益)에게 시집갔다. 차남 산복(山福)은 진사를 해서 벼슬은 별제(別提)[1]에 머물렀다. 삼녀는 유사원(柳思瑗)에게 시집을 갔고, 삼남 송복(松福)은 벼슬이 선공감(繕工監)의 감역(監役)을 맡았다. 사남(四男)이 백사(白沙)다. 그 아래로 경복(鏡福)과 다복(多福)이 있다.

어머니가 선생을 가졌을 때 병이 들고 파리해 져서 순산을 하지 못할까 두려워서 독약으로 낙태를 시키려고 했으나 뜻대로 되지 않았다고 한다. 선생은 태어나면서 오른쪽 갈비에 이어 등이 모두 상해서 피부가 생기지 못했다고 한다. 2일간 젖을 먹지 않았고, 3일간 울지 않았다고 한다. 집안 사람들이 모두 근심을 했는데, 선생의 아버지께서 박견(朴堅)이라고 하는 용한 봉사 점장이에게 물어 보니, 축하를 드리면서 하는 말이 "근심하지 마십시오. 이 아이는 벼슬이 높아서 귀하게 될 것입니다."라고 했다고 한다.

선생이 4세가 됨에 이미 뛰어난 자태가 보였다. 6세 때에는 여자 하인이 물건을 훔쳐서 담너머로 던지는 것을 지나가다가 받아들고 말하기를 "빨리 제자리에 돌려 놓으시오. 오직 나만 아는 일입니다." 라고 하니, 여자 하인이 살려 달라고 애걸을 했다고 한다. 선생은 끝내 이 말을 누설하지 않았다고 연보에 적혀 있다.[2]

8세 때에는 벌써 시를 지어 사람들을 놀라게 했다. 그 때 지었다고 장유(張維)가 지은 그의 행장에 전하는 글을 보면

---

1) 修城禁火司의 正從6품 벼슬
2) 『白沙集附錄』卷一·2 , "有女奴偸藏物 穴窓投之 公適過見也 兩手捧納之 第低聲謂曰 亟還舊處 惟我知之 女奴求哀 公竟亦不泄也"

劍有丈夫氣　　　　칼에는 장부의 기개가 있고
琴藏太古音　　　　거문고에는 오랜 옛적 소리가 들었구나.

라고 써 있다. 칼과 거문고, 있을 유(有)자와 베풀 장(藏)자, 기운 기(氣)자와
소리 음(音)자의 글자의 대(字對)와 검유(劍有:칼에 있고)와 금장(琴藏:거문고
에 감추어 있다.)의 말의 대(言對)를 잘 찾아서 짝을 맞춘 것을 알 수 있다.

　선생이 천연두가 든지 오래였다가 좀 나으매 선생의 아버지가 문앞의 버들
을 가지고 시를 지으라고 했다. 선생이 지은 시는 이렇다.

東風潛向陌頭催　　동풍은 어느새 밭머리를 향해 바쁜데
陌頭楊柳黃金色　　밭머리 버들은 황금색이네.

　세월의 흐름이 무상함을 노래했다. 9세에 이렇게 인생에 대한 달관이 있었
다는 것은 놀라운 일이 아닐 수 없다. 이 해(1564) 10월에 아버지께서 돌아가
셨다. 곡하고 슬퍼하는 예절이 어른과 한결같았다고 한다. 졸곡(卒哭:사람이
죽은 지 약 3개월만에 지내던 제사)에 이르도록 채소도 먹지 않으며 형을 따라
여막(廬幕:산소 옆에 상주가 기거하던 움집)에 있기를 원했다. 할머니께서 여
러가지로 지나치지 않도록 권유했으나 거친 음식으로 끼니를 때우며 상(喪)을
마칠 때까지 한결같이 했다.

　13세 때는 기개가 호협하고 옳은 것을 좋아하여 신과 옷을 벗어서 동료중
가난한 사람들에게 준 것이 여러번이었다. 선생은 청소년 시절 매우 활발하고
활동적이었던 것같다. 1571년 16세 때에는 축국(蹴踘:가죽으로 만든 공을 차
던 놀이, 지금 축구와 비슷함)과 각저(角抵:씨름)하기를 좋아 하였다. 일찍이
송현(松峴) 거리에서 떼를 지어 놀고 있을 때, 고모부 박근원(朴謹元:1525 -
?)이 지나다가 선생이 노는 모습을 보고 이 사실을 선생의 어머니에게 고했
다. 어머니께서 학문은 하지 않고 놀이만을 일삼는다고 꾸짖으시니, 다시는
놀이를 하지 않고 학문을 열심히 닦았다고 한다. 이 해 9월에 어머니도 돌아가
셨다. 죽만 먹으며 여막에서 상을 마칠 때까지 살았다. 민씨(閔氏) 부인인 누

님이 이런 선생을 가만히 두고 보지 못하여 돌보아 주었다.

1573년 선생 18세 때 어머니 상을 벗었다. 사학(四學:서울 동서남북에 있던 학교)에서 과제로 지어 바친 시가 준발(駿發:뛰어나다)하다는 평을 받았다. 시험을 보면 1등을 했다. 19세에 권부인(權夫人)에게 장가를 들었다. 권부인은 도원수(都元帥) 장렬공(莊烈公) 권율(權慄)의 따님이다. 선생께서 사위가 되었을 때 대감께서 문득 대신이 될 재목임을 알고 매일 틈만나면 지금 당면하고 있는 나라의 병폐와 올바른 정치에 대해서 일러 주었다.

1575년 선생 20세 때 진사 초시에 3등을 했다. 그 이듬해 회시(會試:초시에 합격한 사람에게 보이던 과거로 여기에 합격하면 대과에 응할 수 있었다)를 보았으나 낙방했다.

1578년 큰 아드님 성남(星男)이 태어났다. 이 때부터 한음(漢陰) 이덕형(李德馨:1561-1613)과 사귀었다.

1580년 봄에 선생께서 알성시 병과(丙科)에 제4등으로 합격했다. 승정원(承文院)에 종9품(從九品) 벼슬인 부정자(副正字)에 보직을 받았다. 이 해에 이덕형과 이정립(李廷立:1556-1595)이 나란히 별시(別試:나라에 경사로운 일이 있을 때 보이던 과거)에 합격을 하여 이 세 사람을 경진년(庚辰年)의 삼이(三李)라고 했다.

1581년 예문관(藝文館)에 뽑히어 들어가 정9품 벼슬인 검열이 되었다. 1582년 선조가 통감강목(通鑑綱目)을 공부하고자 하여 태학사(太學士)에게 미리 재목이 될만한 신하를 천거하라고 하니, 율곡(栗谷) 이이(李珥)가 5인을 천거 했는데 경진년(庚辰年)의 삼이(三李)가 모두 들어 있었다. 선조께서는 궁중에 비장(秘藏)되어 있는 강목(綱目)을 하사하시면서 이두문과 한자어, 활쏘기를 면제하고 오직 글 짓는 일에만 전념을 하라고 하시니 모두들 영광으로 여기고 부러워 했다.

1583년에는 임금님이 주시는 휴가를 얻어 독서의 기회를 맞았다. 1584년에는 정8품의 벼슬인 홍문관 저작, 박사에 승진했다. 이해 8월부터 10월까지 몹시 아팠다. 하루는 갑자기 숨을 걷은 것처럼 숨도 쉬지 않으니, 모두 명이 짧은 것을 탄식했다. 사흘을 기다려서 의식을 찾았다.

1585년 봄에는 병이 나아져서 예문관 봉교, 성균관 전적, 사간원 정언, 지제교, 이조의 좌정랑이 되었다. 좌정랑은 정5품의 벼슬이다. 이해 겨울 둘째 아드님인 정남(井男)이 태어났다 1586년에는 홍문관의 수찬과 사간원의 정언을 겸직했다. 1587년 홍문관 교리가 되고, 1588년 이조에 들어가서 정랑이 되었다.

1589년 정여립의 모반에 선생이 예조(禮曹)의 정랑으로 친히 임금이 국문하는 곳에 나가서 모시게 되었다. 행동 거지가 우아하고 글을 쓰는 것이 민첩하여 일변 귀로 듣고 손으로 쓰는 것이 착오가 없었다. 선조께서 보는 일마다 선생에게 하도록 하니, 죄를 논할 때는 힘써 공평하게 하고 도리어 일이 잘 되도록 보살펴 주니, 죄인들이 온전히 살 기회가 되는 일이 많았다.

1590년 홍문관 전한에 승진하여 경연 강의에 들어가 모시었다. 선조가 특별히 벼슬을 올려 주고자 했다. 홍문관 직제학에서 통정대부로 당상관이 되고, 승정원 동부승지에 직을 받았다. 문신(文臣) 정시(庭試:궁중 뜰에서 보이던 과거)에 장원을 해서 나라에서 기르는 말을 상으로 받았다. 정3품 벼슬인 우승지가 되었다.

1591년 봄에 호조 참의가 되었다. 당시 판서 윤두수(尹斗壽:1533 - 1601)가 말하기를 "글을 다루는 선비가 또 곡식과 금전의 문제에도 능한가?" 라고 탄복했다고 한다. 이해에 도승지로 승진했다.

1592년 선생이 37세 때 4월에 왜구가 침입하였다. 당시 선생은 도승지로서 나라를 위해서 죽을 각오가 되어 있었다. 임금이 서울을 떠날 때 밤이었다. 비는 퍼붓고 하늘은 캄캄한데 북이 4번 울렸다. 나라의 급박함을 알리는 북 소리였다. 중전(中殿:임금님의 부인)이 여관(女官) 10여명만을 데리고 인화문(仁化門)으로 나서니, 선생이 앞에서 촛불을 들고 인도했다. 이 때의 사정을 시로 남겼다.

裕陵3) 挽詞

伊昔仁和夜　　어제부터 인화문 밤은

---

3) 경기도 개풍군 청교면 배야리에 있는 고려 16대 睿宗의 릉.

蒼黃鳥擇棲　새들도 창황히 숨을 곳을 찾는구나
蘭階燈影少　궁중 뜰에는 등불도 없고
繡幄雨聲悽　비단 휘장에는 빗소리만 슬퍼라
獨秉金蓮照　홀로 금연등4)을 비추며
親扶玉輅西　임금님 수레 부축하여 서쪽으로 가네
再三天語慰　자주 위로의 말씀을 하시니
只尺寸心迷　가까이서 모시는 마음만 산란하구나
運復千春慶　운세가 돌아와 오래오래 경사로워야 할터인데
災生萬姓啼　재앙이 생겨서 만백성이 우는구나
嘅恩兼仰德　은혜를 입었는데 게다가 가까이서 모시니
詞拙若爲題.　말은 졸렬하나 그런대로 읊노라.

<백사집 권一·35>

이 시 바로 뒤에 다음과 같은 자세한 주가 달렸다.

"임진왜란에 충주에서 패했다는 소식이 전해지자 지위 고하를 막론하고 서쪽으로 피난을 가라는 교지가 내렸다. 백관은 모두 자기 집으로 돌아갔고 모시는 군사들도 흩어져서 돌아가니, 대궐 안이 쓸쓸하게 몰락한 것이 빈 궁중과 같았다. 새벽이 되자 날씨는 음울하여 비가 내렸다. 가까이 있는 이들을 점검해 보니 참담하였다. 내전(內殿)5)에서 타실 수레를 준비하고 인화문 밖에서 대기하고 있었다. 솟을 대문에는 사람의 자취가 끊어졌고 내전께서는 홀로 시녀 십여인과 더불어 걸어서 인화문을 나오셨다. 이 때 나는 도승지(都承旨:지금 비서실장과 같은 직책)로서 불을 밝히고 문밖에서 기다리고 있다가 앞길을 인도 해서 나가시게 했다. 내전께서는 돌아 보시고 불을 밝히는 자가 누구냐고 물으셨다. 시녀가 아뢰기를 도승지 이아무개라고 말씀을 드리니 내전께서는 탄식하시면서 위로의 말씀을 내리시어 근면하기를 충성과 의리로써 하도록 하셨다. 이런 연고로 이에 이른 것이다."6)

---

4) 궁중에서 사용하는 등불로 초롱처럼 밖을 출입할 때 바람을 막을 수 있게 만든 등.
5) 임금님의 부인으로 王后를 말함.

내전(왕후)을 모시고 피난을 가는 길에 예종(睿宗)의 산소에 이르러 만사(挽詞:상여를 끌면서 부르는 노래)를 부르는 심정은 어떠했겠는가? 참담하고 처량한 당시의 처참한 광경을 잘 전해 주는 역사적 산물이 아닐 수 없다.

임진강에 다다라 사람을 소집해 보기도 하고 동파역(東坡驛)에서는 우리 나라의 처지를 명나라에 호소해 보자고 피난중에 몇몇 대감들이 의논을 하기도 했다. 개성에서 가선대부(嘉善大夫)로 이조 참판을 제수받고, 오성군(鰲城君)에 봉해졌다. 선생은 왕자를 호위하고 먼저 평양으로 가게 되었는데, 이 때 형조판서겸 도총관, 대사헌이 되어 자헌대부(資憲大夫)를 제수받았다.

이 때 이미 왜적은 서울을 침범하고 황해도를 지나서 평안도로 육박하고 있었다. 한음(漢陰) 이덕형(李德馨)과 더불어 명나라에 구원병을 청할 것을 건의하였다. 선생은 이 때 군수물자를 관장하는 일을 맡아보고 있었다. 이 때부터 패하기만 하던 왜적과의 싸움이 전세가 전환되어 가면서 국권 회복의 조짐이 보이기 시작했다. 선생은 병조판서겸 홍문관 제학, 경연지사를 역임했다.

당시에 조정에서는 평양 고수설과 함흥 우거설이 대두 되었으나, 좌의정 윤두수와 더불어 영변으로 임금이 피할 것을 역설했다. 선생의 주장이 받아들여져서 중전과 세자빈이 먼저 덕천으로 함흥을 향해서 떠났다. 이 때 한음(漢陰)은 왜적과 담판을 벌이려고 했다. 선생은 극구 말렸다. 한음과 함께 임금을 모시고 영변에 다다라 한음으로 하여금 요동에 구원병을 요청할 즈음 대동강이 적에게 무너졌음을 알게 되었다. 왕과 세자가 나뉘어 왕은 의주로 향했다.

명나라에서 조승훈과 사유등 3000을 파병했으나 왜적에 패배하고 이어서 이여송이 4만명을 이끌고 왔다.

1593년 평양성이 회복되고 10월에는 서울도 수복했다. 명나라 조정과의 외교적인 여러 문제를 풀기도 하고 세자를 모시고 전라도와 경상도에 내려 가기

---

6) "壬辰之變 忠州敗報至 上下西巡之敎 百官皆歸私第 衛士一時散歸 闕內寥落如空宮 及晚 天陰雨下 只尺黯慘 車駕已備 而仁和門外 闃無人從 內殿獨與侍女十餘人 步出仁和門 時 余以都承旨 秉燭待門外 前導以出 內殿顧問秉燭者何官 侍女白都承旨李某 內殿嗟歎慰 諭 勉以忠義 故及之."

도 했다. 1594년에 봄에 송유진(宋儒眞)이 반란을 일으켜서 이를 평정하고 가을에 주사대장(舟師大將)에 임명되었다.

1595년 선생 40세 때 이조판서겸 홍문관 대제학, 예문관 대제학, 춘추관 지사, 성균관 지사, 의금부 지사를 겸했다. 이 해 전라도의 부자로 모질다는 평판이 있는 자가 배에 쌀을 잔뜩 싣고 벼슬을 얻으러 서울에 올라왔다. 사람들은 선생이 이에 움직일 사람이 아니라고들 했다. 그런데 얼마 안되어 과연 그 부자는 좋은 벼슬을 얻었다. 전라도 사람이 다 놀래고 분개했다. 선생을 면책하자는 사람이 있었다. "내가 어떻게 이 사람을 알았겠나? 나는 명보(明甫:이덕형)가 봐주라고 하기에 그렇게 한 것 뿐일세." 어느날 한음이 이 이야기를 듣더니, 한참 생각에 잠기다가 개탄해 말하기를 "내가 어떻게 이 사람을 알았겠소? 나는 불행히 양친(兩親:어버이)께서 세상을 일찍 떠나셔서 지금 70이되신 고모를 한 분 모시고 있소. 고모께서 이 사람이 우리집을 돌봐준 사람인데 근신하여 직책을 돌볼만하다고 하기에 그렇게 한 것이오." 라고 했다. 이 이야기를 전한 김만중(金萬重)은 이렇게 평을 붙이고 있다. "이 두 사람은 다 옳다. 그러나 전라도 사람들이 불쾌한 것은 어쩔 수 없는 일이다." 우리는 이 이야기를 통해서 선생이 당시에 백성들에게 얼마나 신임을 받았었는지를 알 수 있다.

1596년 명나라 조정이 일본국을 책봉할 때 정사(正使) 이종성(李宗誠)과 부사(副使) 양방형(楊邦亨)의 접빈사로서 활약하였다. 이 때 선생은 중국 사신(使臣)의 인물을 보고 "왕을 욕되게 할 것" 이라고 했는데 과연 그와같이 되었다. 1597년 봄에 명나라의 병조판서가 대군을 이끌고 우리나라에 와서 선생이 이들을 접대했다. 이 때까지 선생은 병조판서를 5번, 이조판서를 1번 역임했다.

1598년에 정응태(丁應泰)가 우리 조정을 무고하여 오해가 있게 되자, 나라에서는 선생을 우의정, 대광보국숭록대부, 부원군으로 승진시켜서 진주사(陳奏使:상소문을 올리는 임무를 띤 사신)를 삼아 파견했다. 이 때 이정구(李廷龜)가 부사(副使), 황여일(黃汝一)이 서장관이었다. 이 외교적인 여행길에서 세분이 주고 받은 시를 『조천록(朝天錄)』이라고 해서 따로 한 권을 묶어 두었다. 선생은 해명서(解明書)를 작성하고 요로(要路)에 건의하여 "국가의 수치를 씻을 수 있을 것이요 염려할 것 없소." 라는 답을 받아냈다. 이 사건으로 정응태는 벼슬이 깎이었고 선생은 중국 임금의 포상을 받았다. 1599년에 귀국하여 복명하니 임금께서 토지를 하사하였다. 이 때 여행 기록을 『무술조천록(戊戌朝天錄)』이라고 하는데, 이에 대한 자세한 연구는 이 책 다음 장에서 살피기로 한다.

1600년 전쟁도 끝나고 이제 다시 국방을 점검할 때가 되었다. 선생은 도체찰사겸 도원수로 바다 방위의 16개 정책을 건의했다. 이 때 호남에 갈 때다. 임금이 역적이 있는가 살펴 보라고 했다. 선생은 이렇게 보고했다. "역적은 무슨 새나 짐승이나 물고기처럼 아무데나 나는 물건이 아니어서 살펴보기 어렵습니다." 사람들은 이말을 기담(奇談)으로 여겼다고 한다. 이는 선생의 기개를 엿보게 하는 일화다.

이 해 여름에 의정부(議政府) 우의정(右議政) 겸경연감(兼經筵監) 홍문관(弘文館) 예문관(藝文館) 춘추관(春秋館) 관상감사(觀象監司)와 세자의 스승을 맡았다. 이 해 12월에 능에 불이 난 사건을 마무리 짓고 1601년에는 전후(戰後)의 복구를 위하여 노력했다. 경비 절감에 힘쓰고 오랑캐와의 강화조약을 사절했다.

1602년 봄에 삼사(三司)에서 성혼(成渾)을 논박했다. 정인홍(鄭仁弘)에 반대하여 성혼의 편을 들다가 자리에서 물러나게 되었다. 이 때부터 5년간 1607년까지는 선생이 정치에 뜻을 두지 않고 조용히 보낸 시간이다. 선생은 찾아오는 손님도 사절을 하고 성리대전(性理大典), 심경(心經), 근사록(近思錄), 주자서절요(朱子書節要), 논어(論語), 중용(中庸), 상서(尙書), 예기(禮記), 주례(周禮), 좌씨춘추(左氏春秋), 국어(國語) 등의 책을 열심히 읽고 자세히 맛보며 행동에 옮겨서 실천을 하고 무져져서 살았다. 간혹 뜰을 쓸기도 하고 아이들과 꽃밭도 가꾸고 나무도 심으면서 날을 보냈다. 본래 성품이 산과 물을 좋아해서 젊어서도 여행을 좋아하였다. 중흥사(中興寺)와 장의사(莊義寺)에 조카들이나 제자들을 데리고 경치를 음미하다가 날이 저물어서야 돌아오곤

했다.

1604년 여름에 일등 공신에 책봉 되어 영의정을 제수 받았다. 1607년에는 선조께서 병이 나서 선생이 종묘에 나가서 빌기도 했다. 그러나 1608년 2월 1일에 선조가 돌아가시니, 새임금인 광해군의 명에 의하여 좌의정겸 도체찰사, 총호사가 되어 초종(初終) 장례(葬禮)를 처리했다. 6월에 목릉(穆陵)을 봉했다.

1611년 선생이 56세 되는 해에 정인홍이 회재(晦齋:이언적)와 퇴계(退溪:이황)를 비방하였다. 성균관의 유생들이 정인홍을 유적에서 삭제해 버렸다. 이 사실을 박여량(朴汝樑)이 광해군에게 일러바쳤다. 주모자를 색출하였다. 선생은 차자(箚子:사정을 간략하게 적어 임금에게 올리는 글)를 올려서 유생들을 조사하는 것이 부당함을 말하였다. 성균관의 유생들은 권당(捲堂:동맹휴학)을 했다.

다른 일이긴 해도 권필(權韠)은 시가 문제가 되어 죽음을 당했다. 천도설(遷都說)도 일고 영창대군을 죽여야 한다고 삼사(三司)에서 들고 일어났다. 선생은 한음을 찾았다. 이 때 폐모의 일이 터졌다. 선생은 한음에게 "내가 죽을 곳을 얻었다"고 말했다. 이 때부터 편안하지 못한 생활이 시작 된다.

1614년 선생은 노원(蘆原)에 정사(精舍:은거하는 집)를 짓고 우거(寓居)하고 있었다. 하루는 한음공이 찾아왔다. 반가이 서로 도봉산(道峰山)에 올라 경치를 구경하고 침류당(枕流堂)에서 묵게 되었다. 서로간의 우의가 돈독했다.

1615년에는 장자 성남(星男)이 옥에 갇히게 되고, 정인홍이 선생을 삭탈관직시켜야 한다고 상소했다. 이 때 선생은 노원에 우거하고 있었다. 1616년에 망우리에 조그만 집을 짓고 옮겼다. 그 집을 동강정사(東岡精舍)라고 하고 스스로 부르기를 동강노인(東岡老人)이라고 했다.

1617년 11월에 이이첨과 허균등이 우뢰소리에 대한 의견을 물었다. 이는 선생을 모함해서 폐모론을 관철 시키고자하는 의도가 있었다. 이에 선생은 폐모는 인륜을 거스르는 일이라고 바른대로 헌의(獻議:임금님에게 자기의 주장을 펴는 글)를 드려서 귀양길에 오르게 되었다. 처음에는 삼수를 향해서 가다가 중도에 장소가 북청으로 바뀌었다. 1618년 5월에 도착하여 그 달 18일에 돌아가시었다. 7월에 포천 선영에 운구하여, 8월에 참찬공 묘소 왼쪽에 안장했다.

선생은 총명했던 어린 시절과 과거에 합격하여 정치 일선에서 임금에게 인정을 받은 시절과 임진왜란으로 나라를 구하려고 노력한 시절과 그 이후 전후 복구를 위해서 애쓴 시절, 그리고 광해군이 들어 서면서 고난의 길을 걸어, 결국 귀양지에서 63세로 일생을 마칠 때까지 다사(多事) 다난(多難)한 삶속에서도 바른 것과 나라를 위해서 굳굳하게 살아온 분임을 알 수 있다. 이에 대하여 신흠(申欽)은 선생의 「신도비명(神道碑銘)」에서 다음 같이 칭송했다.

昔我宣祖	옛날 우리 선조 대왕께서
秉德當乾	덕을 실행하심이 하늘에 맞당했네
毓才貯英	영재들을 길러 두셨으니
若苗藝田	논밭에서 곡식을 기르심과 같았네
時雨膏之	때맞추어 오는 비는 거름이 되고
儵風發之	알맞는 바람이 자라게 했네
惟時髦俊	오직 이때 준걸들이 빼어났으니
蔚乎昌期	창성한 기약이 우북하구나」
孰爲其宗	누가 가장 으뜸인가 하면
曰我李公	나는 말하리라, 우리 이공이라고
緊王有命	긴밀한 왕명이 있으면
契合昭融	딱 들어 맞게 밝히 행하였네
煌煌東觀	빛나고 빛나는 궁중의 기운에
汝其會通	그대는 두루 통했었으며
我有華袞[7]	나는 높은 벼슬에나 있었고
汝其粉米[8]	그대 벼슬도 중요한 자리였지
邦運百六[9]	나라엔 액운이 들어
滔天疇濟	하늘까지 질펀하여 건질 이 누구리
公爲舟楫	그대는 배의 노가 되었고

---

7) 古代相公之服
8) 高官大爵의 華麗한 服裝.
9) 古謂百六陽九爲厄運

襦有衣袖   저고리조차 헤어져 가면서
斗極天奠   북극성과 북두성 따라 중국에 사정을 알려
國步如初   나라의 걸음을 처음 같이 만들었네』
王曰汝嘉   왕께서 그대를 가상히 여기시고
汝我股肱   너는 나의 팔다리라 하셨네
畀之伊何   무엇을 내려 줄까
元輔是應   정승 지위가 응당하리라
遺之于後   후세에도 남기어서
俾贊洪圖   나라의 큰 계획에 도우려 했었네』
故劒旣收   전쟁은 이미 그치었고
庶展訏謨   거의 큰 일을 도모하려는데
事有不然   일이 뜻대로 되지 아니하여
世矛公盾   세상은 창이 되고 공은 방패가 되었구나
砥柱中摧   지주산10)이 중도에서 꺾어지고
台階宵隕   삼태성11)이 밤에 떨어 졌구나』
其說堂堂   그 말씀의 당당함이여
折彼之角   저들의 두각을 끊어 버렸지
其節卓卓   그 절조의 우뚝함이여
何有謠詠   어찌 노래가 없을까보냐』
於皇宣祖   아, 선조 임금이시어
宣祖有臣   임금님께 신하가 있었으니
金石或泐   쇠나 돌은 혹 갈라진다 해도
日月長新   해와 달은 길이 새로우리
貤官賜祭   벼슬을 더해 주고 제사를 내리시어
殷禮斯溥   풍성한 예법을 이에 넓히시었네
天固有定   하늘은 진실로 정해 둠이 있으니
恩實異數   은총은 실로 보통이 아니었네』
榮於公何   영예가 공에게 무엇이리오

---

10) 중국의 山名 험준하여 아무도 접근할 수가 없는 산이라고 한다. 堅强 不屈의 人品을 비유
   하여 쓰는 말이다.
11) 三公上應台階라하여 삼태성은 바로 三公을 의미한다.

辱於公何	곤욕이 공에게 무엇이리로
榮辱去來	영욕은 가고 또 오는 거
公不少多	공에게는 문제가 되지도 않아
一味眞腴	참으로 맛 볼만 한 것은
靈性則全	혼령이 온전함이니
濁世粃糠	속세의 쭉정이와 술찌게미는
火盡薪傳	불에 다 타는 땔나무로 전하는 거
咸池扶桑	해지는 서쪽과 해 뜨는 동쪽으로
乘鳳飄然	봉황을 타고서 가시었어도
百世在後	백세 후에도 있으실 것이요
百世在前	백세 전에도 있으셨도다
公在其間	공께서 그 사이에 계시어
不愧不怍	한 점 부끄러움이 없으시니
我銘照之	내가 명을 지어 밝히 비추어서
昧者其作.	우매한 자를 진작하려 하네.

<경주이씨대동보 총편 — 세덕편 P.342>

　제1단락에서 선조 시대에 인재들이 많이 있음을 말하고, 제2단락에서 그 많은 인재들 중에서도 백사는 가장 뛰어난 인물임을 말했다. 그 이유를 설명하기를 나라의 어려운 시기를 구했다고 했다. 임진난을 수습한 공적을 말한 것이다. 제3단락에서 선조의 포상을 말하였다. 앞으로 큰 재목으로 쓰려는 계획을 말했다. 제4단락에서 일이 여의치 않아 선조가 돌아가시고 광해군이 집권을 하면서 달라지는 세상을 그렸다. 제5단락에서는 그러나 역사적 사실은 남는다는 점을 강조 했다. 제6단락에서 다시 신원이 됨을 말하고, 마지막 단락에서 이런 세 속의 일을 훨씬 초월하는 분이 바로 백사공임을 강조 했다. 당시 나라의 기복과 운명을 같이 하는 큰 인재를 사실대로 잘 그리고 있다.

2. 판본(板本) 고찰

『백사집』은 선생이 돌아가신지 11년만인 1629년 윤4월 하순에 강릉에서 간행 되었다. 다음 중간(重刊)이 6년만인 1635년 여름에 진주에서 나오게 된 다. 이 두 판본에 대한 언급이 "병오 중추(丙午仲秋)"에 "영영신간(嶺營新刊)"으로 간행된 책의 『백사선생집』 총목록 말미에 있는 「백사선생집부록」卷七, 「의변윤선도무소(擬辨尹善道誣疏)」에 기록되어 있다.

"선생이 남긴 문집은 강릉과 진주 두 책이 있는데 시문(詩文)은 처음에 강릉에서 간행했다. 강릉에서 간행하면서 진주에서 간행한 책 중에 있는 것이 16수가 빠졌고, 이어서 진주에서 간행한 것에도 강릉에서 간행한 것에는 들어 있는 것 18수가 빠져 있다. 이제 이 두 책을 합해서 전집을 편성하여 강릉과 진주에서 빠진 것, 시가 40수 문(文)이 15편을 모아서 시는 습유(拾遺)라고 한 권을 만들고, 문은 같은 종류의 글 끝에 '습유'라고 주를 달아서 실었다."[12]

---

12) "先生遺集 有江陵晉州兩本 詩文之始刊江陵 不入晉州板者十六首 追刊晉州 不入江陵
板者十八首 今合兩本 編成全集 又得散逸見漏於前後本者 詩凡四十首 文凡十五篇 詩
爲拾遺錄 文各類編下 註拾遺二字."

이 기록을 보면 판본(板本)의 말미에 있는 발문(跋文)과 앞에 있는 서문(序文)을 통해서 알 수 있는 것과 같이 강릉 판본이 먼저 나왔고, 진주 판본이 나중에 나온 것을 확인할 수 있다. 그리고 이 『영영신간본』은 강릉판과 진주판에 모두 빠져 있는 시 40수와 문(文) 15편을 더 찾아 싣고 있음을 알 수 있다.

1992년에 백사 문중의 이규현(李圭炫)씨는 『영영신간본』을 구해서 『북천일록(北遷日錄)』과 합본(合本)을 만들어서 복사를 해서 문중(門中) 사람들에게 책을 돌린일이 있다. 『영영신간본』은 서나 발이 없어서 그 간행 연대(年代)를 알 수가 없지만 대개 1906년쯤이 아닐까 추측할 수는 있다. 남구만(南九萬)의 「북천일록서」는 1686년의 것이니 1686년은 지나서 나온 책임을 알 수 있고, 영영신간이라는 용어는 왜정시대에나 볼 수 있는 것이기 때문이다.

1986년부터 1997년까지 기한(期限)을 잡고 있는 '한국문집총간편간계획'에 의해서 나온 62권에 있는 『백사집』을 보면 그 범례에 강릉에서 간행한 초간을 저본으로 했다고 밝히고 있다. 그리고 제3권의 22판이 결판이어서 중간본을 사용하였다고 했다.

또 1998년 12월 민족문화추진회에서 초판을 저본으로 번역을 했다. 해제를 임형택이 했는데 머리말에서 그 경위에 대하여 이렇게 서술했다.

> "이책은 이항복(李恒福:1556-1618)의 『백사집(白沙集)』을 우리말로 옮긴 것이다. 『백사집』은 1629년 강릉에서 처음 간행된 이후로 여러 차례 출간되었다. 그 바로 7년 후에 1636년 진주에서 중간본이 나오고, 다시 100년이 가까운 1726년에 영영신간본(嶺營新刊本)이 나온 것이다. 초간본과 중간본을 대조해 보면 편차는 유사하지만 서로 빼고 넣은 것이 있는데 영영판에는 양자를 전부 포괄하고 누락분을 보충하였으며 관련 문자도 추가해서 덧붙였다. 민족문화추진회에서 기왕에 『한국문집총간』을 편찬할 때 초간을 취하는 뜻에서 강릉판을 영인의 저본으로 삼았던 바 이번 국역에서도 역시 이를 대본으로 삼았다."[13]

---

13) 국역 백사집1 해제 참조.

이 기록을 보면 중간본의 간행 연대를 1636년으로 보고 잇는데 이는 잘못이다. 장유(張維) 지은 「중간백사선생집발(重刊白沙先生集跋)」을 보면 그 말미에 분명하게 "崇禎乙亥孟夏德水張維謹跋"이라는 글이 써 있는데 乙亥는 바로 1635년이지 1636년이 아니다. 착오를 바로 잡는다. 또 『영영신간본』의 간행연대에 대한 의견도 있음을 밝히면서 차후 좋은 자료가 나오기를 기대한다.

초간본은 처음에 장유(張維)의 서문이 있고, 다음에 「백사선생문집총록」이 있다. 총록을 보면, 제1권에는 시가 칠언율시 59수 칠언절구 143수 오언율시 37수 오언절구 42수 삼사오칠언 1수 칠언고시 21수 가영 15수 오언고시 5수 오언장율 1수 육언 1수 모두 325수의 시가 실려 있다. 『조천록』에 칠언율시 26수 칠언절구 29수 오언율시 8수 오언절구 1수 칠언장편 5수 오언장편 2수 오언장율 1수 6언 1수 삼오칠언 1수 모두 74수가 있다. 이를 모두 합하면 399수가 된다. 초간본에는 모두 399수의 시가 실려 있고, 중간본(重刊本)에는 397수가 실려 있을 것으로 추측할 수 있다.

제2권에는 잠(箴), 명(名), 후서(後敍), 서(序), 기(記), 발(跋), 제후(題後), 서(書), 잡저(雜著), 해담(海談), 제문(祭文), 묘지(墓誌)가 실려 있고, 제3권에는 묘지(墓誌), 묘표(墓表), 묘갈(墓碣), 비문(碑文)이 실려 있고, 제4권에는 유사(遺事), 행장(行狀)이 실려 있고, 제5권과 제6권에는 차(箚)가 실려 있다. 별집(別集)은 다시 제1권과 제2권에 계(啓)가 실려 있고, 제3권에 의(議)와 잡기(雜記), 제4권에 잡기(雜記), 그리고 제5권에 『조천록』을 싣고 있다. 총목록에는 없으나 별집 제6권에는 간독(簡牘·편지), 부록(附錄)에는 선생의 「행장」과 「신도비명」이 실려 있다.

『영영신간』은 초간본과는 그 체재를 달리하고 있다. 처음에 「백사집목록」이 있는데 권一, 二, 三은 모두 시집이다. 권四는 『습유록시』라고 해서 초간이나 중간에는 없는 시를 모은 것이다. 초간본이나 중간본은 『조천록』이라고 해서 따로 편철을 했는데 이 책에서는 권二에 싣고 있다. 권五, 六, 七, 八은 차자이고, 권九, 十, 十一, 十二는 계다. 권十三, 十四는 의이고, 권十五는 잠, 명, 서, 기, 발이다. 권十六은 잡저이고, 권十七은 비문이다. 권十八은 묘갈명,

권十九는 묘지명, 권二十은 묘표, 권二十一은 행장, 유사, 제문이다. 권二十二는 서독, 권二十三은 「조천기문」과 「조천일승」이 실려 있다. 부록의 권一은 연보, 권二는 가장, 권三은 선생의 「행장」「신도비명」「묘지명」「묘표」이고, 권四는 사제문과 제문이 실려 있다. 권五는 만사, 화상찬, 서원상량문, 권六은 제공찬술, 권七은 「의변윤선도무소」가 실려 있다. 그리고 마지막으로 남구만의 서와 이세구(李世龜)의 발이 붙어 있는 『북천일록』이 실려 있다.

시에 있어서 초간을 영인한 『한국문집총간』과 『영영신간』을 비교해 보면 차이가 있다. 『한국문집총간』에는 있으나 『영영신간』에는 없는 시가 9수 있는데 초간본의 권一·13면에 「무제(無題)」1수, 25면에 「무제」1수, 27면에 「과호음구기(過湖陰舊基)」1수, 35면에 「곡릉만사(焰陵挽詞)」1수, 36면에 「식회(植檜)」1수, 39면에 「제민씨암(題閔氏巖)」1수, 55면에 「장취부(將娶婦)하야 입성문치사기하(入城問治事幾何)하니 첩(妾)이 언(言)컨대 가도사벽(家徒四壁)하여 사무가위도(事無可爲道)라하고 생치왕기가(生馳往其家)하여 득미팔두이래(得米八斗而來)하니 차자족용(此自足用)이라 인희성시(因戱成詩)하다」1수, 59면에 「정평유생(定平儒生)」1수, 별집 권五上·8면에 「차해월주필산유감운(次海月駐蹕山有感韻)」1수가 그것들이다. 한국문집총간에는 없는데 영영신간에는 있는 시는 권一·12 - 13면에 있는 「쌍청정팔영(雙淸亭八詠)」8수, 13 - 14면에 있는 「적저(赤猪)가 모추일(暮秋日)에 추수(追酬)하여 정양존장(靜養尊丈)께서 강상구호지작(江上口號之作)하니 금시록봉(今始錄奉)하다」3수 권二·10면에 「제호음십완당(題湖陰十玩堂)」1수, 권三·12면「의인왕후만사(懿仁王后挽詞)」1수, 권三·32 - 33면에「홍대사헌리상만(洪大司憲履祥挽)」1수 이렇게 14수가 있다. 초간본보다 『영영신간』이 5수가 더 많이 실려 있다.

장유의 「행장」이나 신흠의 「신도비명」에 보면 시문집 약간권, 조천수창록 1권, 주의 2권, 계사 2권, 사례훈몽(四禮訓蒙) 1권, 노사령언(魯史零言) 15권이 "장우가(藏于家:집에 두었다)"라고 기록되어 있다. 이것은 아직 목판으로 만들기 전의 처음 원고를 말하는 것이라고 생각한다.

3. 『백사집』의 편집 체재

　『백사집』은 판본이 여러 가지가 있다. 그 중에서 초간본과 중간본, 그리고
『영영신간본』을 비교해 보고자 한다. 『백사집』은 시집과 문집으로 나누어 생
각해 볼 수 있는데 여기서는 시집만을 그 대상으로 했다. 이들 시집의 체재는
모두 편년체로 되어 있다. 편권이 초간본과 중간본은 같은데 『영영신간본』은
다르다. 초간본은 권1과 별집 권5에 조천록이라고 하여 편집이 되어 있는데,
『영영신간본』은 권1 - 4까지에 편집이 되어 있다.

　초간본의 권 一·31면 「단우야연도(單于夜宴圖)」와 「경자(庚子)에 이도
체찰사(以都體察使) 겸도원수(兼都元帥)로 시사남방(視師南方)이라가 로과
비인현하여(路過庇仁縣) 모우등동백정(冒雨登桐栢亭)하다」 시 사이에 초간
본의 권五 上下에 실려 있는 『조천수창록』을 끼워 넣어서 『영영신간본』의
권二를 삼았다.

　초간본과 『영영신간본』의 분권을 비교해 보면 『영영신간본』의 권1은 초간
본의 처음인 「제이흥효미인도(題李興孝美人圖)」에서부터 권一·13면의 「
송관서류평사(送關西柳評使)」까지 실려 있고 권2는 권一·13면의 「임진륙
월호가서행도중작(壬辰六月扈駕西幸途中作)」에서부터 권一·30면 「단우
야연도」까지다. 『영영신간본』의 권3은 초간본의 권1·31면에 있는 「경자이

도체찰사겸도원수시사남방로과비인현모우등동백정」에서부터 권1·60면 즉
이 시집의 끝인 「단오사선묘(端午思先墓)」까지 실려 있다. 『영영신간본』의
권四는 습유록시(拾遺錄詩)라고 해서 초간본 이후에 발굴한 선생의 시 37편
을 싣고 있다.

『영영신간본』권1·26 - 27면에는

"1602년 여름 내가 일을 사양하고 한가히 살매 하루는 아이들과 더
불어 시를 논하며, 내가 평소에 지은 시들을 눈여겨 보다가 갑자기 붓
을 잡으니 아득하여 백중에 하나도 기억이 나지 않는구나. 어찌 전쟁
후에 정신이 이같이 소모되었다는 의미가 아니겠는가. 인하여 약간편
을 기록하고 그 수고했음에 대하여 그 아래에 수십페이지를 비워두어,
장차 전쟁후에 얻은 시들을 한권 편성하려고 한다."14)

1602년에 대해서『영영신간본』『백사집』부록 권1·18면에는

"1602년에서 1607년까지 선생은 한가히 사시면서 손님이 찾아오
는 것도 사양했다. 성리대전, 심경, 근사록, 주자서절요, 논어, 중용, 상
서, 예기, 주례, 좌씨춘추, 국어 등의 책을 취하여 읽고 상세히 음미하
며 무져져서 살았다. 간혹 지팡이를 짚고 뜰을 거닐면서 하인들에게
꽃을 심고 나무를 기르는 것을 일과로 할 뿐이었다. 타고난 성품이 고
상하여 산과 물을 좋아하니 젊어서 자주가던 중흥사와 장의사에 자녀
들을 데리고 말을 타고 가서 감상하느라고 저녁 때가 되어서야 돌아오
곤 했다."15)

14) "壬寅夏日 余謝事閑居 一日與兒輩論詩 要見余平日所賦 率爾把筆 茫然 百不記一 豈意
亂後精神若是其耗也 因錄若干篇 以應其勤 空其下數十幅 將附亂後所得 編成一卷云"
15) "自壬寅 于丁未 公閑居謝客 日取性理大典 心經 近思錄 朱子書節要 論語 中庸 尙書
禮記 周禮 左氏春秋 國語等書 熟讀詳味 循環涵泳 間或杖履庭除 課 奴栽花種木而已
雅性酷好山水 少日多遊 中興莊義諸寺 至是時 與子侄門弟 匹馬出賞 吟 竟夕而還."

이 때는 정인홍(鄭仁弘)이 성혼(成渾)선생을 논박함에 그렇게 해서는 안된다고 반대하다가 벼슬에서 물러나게 된 때다. 이렇게 생활의 여유를 찾게 되어 이 때 평소에 지어 두었던 글들도 정리해 보고 싶었던 것을 알 수 있다. 선생이 살았던 시대는 편히 글이나 짖고 문집을 만들 그런 시대는 아니었다. 이제 1602년이 되어서야 전쟁도 끝이 나고 전후(戰後)의 복구도 어지간하던 때, 마침 정계에서 쉬게 되는 시기를 맞게 되니 선생으로서는 여유가 생기는 절호의 시기가 된다고 볼 수 있다. 이런 시기를 허송하지 않고 지금까지 지은 것들 중에서 기억을 더듬어서 시집을 꾸미니, 이것이 권1과 권2가 되는 셈이다. 권1은 임진왜란이 일어나기 전의 것들을 모았고, 권2는 임진왜란 중의 것들을 편집했다. 그래서 권2에 『조천록(朝天錄)』이 들어가 있다. 그렇다면 권3부터 그때그때의 기록이라고 볼 수 있고 『조천록』을 제외한 모든 작품은 1602년에 회상해서 기록해 둔 것임을 알 수 있다. 그 중에서도 1613년부터는 해마다 20여편씩 작품수도 비슷하게 남아 있는 것을 보면 그 당시에 남긴 것임을 확인할 수 있다.

권3은 1600년으로부터 시작해서 권3의 19면 끝까지 임진왜란 이후의 작품을 실었는데 1612년까지 실었고, 그 뒤로는 권3·24면 「즉사(卽事)」까지 1613년, 이어서 권3·28면까지 1614년, 32면까지 1615년, 35면까지 1616년, 37면까지 1617년, 나머지가 1618년의 작품으로 편집되어 있다.

권4에는 1582년 전의 작품이 1편, 1582년이 1편, 1588 - 1597이 14편, 1598년이 3편, 1606년 1편, 1607년 1편, 1609년 2편, 1615년 이후 13편 실려 있다.

이를 정리해 보면, 임란전이 47편, 임란 중의 작품이 108편, 1600 - 1601년이 18편, 1602 - 1608년이 26편, 1613년이 23편, 1614년이 23편, 1615년이 22편, 1616년이 21편, 1617년이 16편이 실려 있다. 이중에서 『조천록』의 시 54편을 제외해도 임란중의 작품이 제일 많은 것을 알 수 있다. 이는 기간도 오래 걸렸고, 선생이 가장 활발하게 일하던 시기이기도 하기 때문일 것이다.

4. 시문학관(詩文學觀)

초간본 2권에는 선생의 시문학관을 짐작할 수 있는 「청강집서(淸江集序)」와 「성소잡고서(惺所雜稿序)」 그리고 「태헌집서(苔軒集序)」가 있다. 「청강집서」에서 '후부론(厚賦論)'을 「성소잡고서」에서 '노일론(勞逸論)'과 '사수비빙론(思水詩氷論)'과 '해이론(解頤論)', '양기론(養氣論)'을 「태헌집서(苔軒集序)」에서 '문애론(文愛論)'을 발견할 수 있다. 이와 같은 시문학관은 꼭 시에 대한 것만이 아니지마는 문이라는 큰 테두리 속에는 시문학도 포함되어 거론 되었을 것이라는 생각을 바탕으로 한 것임을 밝혀 둔다.

1) 후부론(厚賦論)

선생은 청강(淸江) 이성중(李誠中) 문집의 서문을 쓰면서 "청강 이선생은 후부(厚賦)해서 박발(薄發)한 사람이다."라고 평했다. '후부'라는 말의 의미는 다음의 글을 읽으면 잘 알 수 있다.

"소리는 생각에서 말미암는 것이니 생각이 있으면 말이 있게 된다. 한갓 말만하고 실행을 하지 아니하여도 그려내어 형용하는 것이 글이니, 반드시 지향(指向)하는 데에 바탕을 두는 것이다. 이른바 두드리고

피리를 불고 움직이는 것과, 행하고 짝을 이루고 옆에 끼고 지닌 연후
에 가히 그렇게 함으로써 글의 후박(厚薄)인 바를 징험할 수 있다."16)

　지은 글의 두터움과 얄팍함을 시험할 수 있는 길은 고(鼓)하고 분(奮)하고
동(動)하는 것이 그렇게 되어서 짝을 이루고 협지(夾持)하는 자질이 있은 뒤에
야 가능하다고 했다. 글이 읽는 사람에게 고무적이고 흥분하게 하고 움직이게
해서 그 사람을 그렇게 하도록 하는 바탕이 있어야 한다는 말이다. 글을 읽고
아무렇지도 않다면 그런 글은 있으나 마나한 글이라고 본 것이다. 많이 고무
시키고 흥분시키고 움직이게 하면 두터운 글이되는 것이고 그렇지 못하면 얇
은 글이 되는 것이다.

　글이 어떻게 되어야 이렇게 읽는 이를 고무시키고 흥분시키고 움직이게 할
수 있느냐하면 어떤 목표하는 생각에 바탕을 두기 때문에 그렇게 된다고 했
다. 소리는 생각에서 말미암는 것인데, 생각이 있으면 말도 있게 마련이다. 소
리와 말은 이런 점에서 생각을 바탕으로 하는 같은 외적인 표출 형상임을 알
수 있다. 헛된 말은 행동이 되지 못하니까, 일단 나와서 형용을 이루게 되면
일단은 글이라고 보아도 좋다는 말이다. 글은 생각을 바탕으로 하는 것이기
때문에 행동을 수반하게 되는 것이다. 여기에 글의 현주소가 있다. 행동이나
소리나 모두 보고 듣는 사람에게 영향을 주기는 마찬가지인데, 글도 같은 보
는 사람에게 영향을 준다는 점을 표현한 탁견(卓見)이라고 할 수 있는 이론이
다. 이렇게 생각을 바탕에 깔고 있는 글이라야 읽는 사람을 고무시키고 흥분
시키고 움직이게 해서 그와 짝하게 하고 그를 부축하게 해서 글의 두터움과
얇음을 알 수 있게 한다는 말이다.

　좋은 글과 나쁜 글을 구별하는 하나의 기준이 될 수도 있을 것같은 이 이론
은 아무리 잘 써진 글이라도 사람을 감동시키지 못하면 소용이 없다는 말을

---

16) "音由於思 有思斯有言矣 徒言不行 出而形容之者爲文 而必有資乎向 所謂 鼓而奮而動
　　之者 爲之配而夾持之 然後 可以驗所賦之厚薄矣."

하고 있는 것으로 이해할 수가 있을 것이다. 이런 점에 있어서는 소리와 행동도 한자리에서 논할 수 있는 것이다.

그런데 청강선생의 글은 후한 글이라는 설명이다. 그 이유는 한유(韓愈)가 말한 "물이 많고서야 뜨는 물건이 크고 작고간에 반드시 뜨게 된다."[17]라는 것이다. 큰 물이여야 그 물위에 뜨는 것도 또한 크거나 작거나 간에 모두 뜬다는 말이다. 작품이 좋아야 읽는 사람들의 마음을 두루 감동시킬 수 있다는 말이다. 큰 물이 많은 물건을 띄울 수 있는 것처럼 많은 사람을 감동시킬 수 있는 글을 후한 글이라고 했다.

박발(薄發)이라는 말에 대한 설명은 이 글속에는 없다. 그러나 박발이라는 말은 청강선생의 문이 능히 후발(厚發)할 수 있는 것이고 그래야 마땅할 것인데 시대를 잘못 만나서 박발하게 되었다는 말로 해석해도 무방할 것같다. 청강선생의 문을 돋보이게 하고자 하는 의도가 있는 말로 생각하면 좋을 것이라고 생각한다.

결론적으로 말해서 백사의 시문학관은 작품이 독자들에게 많은 감동을 주고 폭넓게 수용될 수 있는 것이어야 한다고 주장한 것으로 이해할 수 있을 것이다. 좋은 작품은 독자들을 두루 감동시킬 수 있는 후부(厚賦:두터운 작품)가 되어야 한다는 말이다.

2) 노일론(勞逸論)

「성소잡고서」를 보면 시인과 광대와 풀벌레를 비교하면서 시인이 가장 수고하는 자라고 주장한 대목이 있다. 이는 창작에 있어 시의 가치를 말한 것으로 이해할 수 있다.

---

17) "水大而物之浮者 大小畢浮者"

"내가 일찍이 이르기를 '시인과 배우(俳優)는 풀벌레의 종류다.' 라고 했다. 시인은 생각으로써 울리고, 배우는 입으로써 울리며, 벌레의 재주는 목으로써 울리는 놈, 날개로써 울리는 놈, 다리로써 울리는 놈, 가슴으로써 울리는 놈이 있어서, 울리는 것은 비록 다르나 사람을 기쁘게 하는 그 기량(技倆:재주)은 한가지다. 그래서 수고로움과 편안함을 말할 것같으면, 벌레가 심히 편안하고 배우가 그 다음이며, 시인이 제일 수고롭다."[18]

이 글에서 시인이 제일 수고롭다는 것이 무엇을 하는데 수고롭다는 말인가 하면, 명(鳴:울리는데)하는데 수고롭다는 말이니, 울린다는 것은 무엇인가? 명(鳴)은 울리는 것이요 우는 것이니, 슬퍼서 우는 것이 아니고 사물이 균형을 잃었을 때 나는 소리를 말하는 것이다.[19] 물건이 균형을 잃었을 때 나는 소리뿐만이 아니라, 사람에게는 마음이 있으니 이른바 생각(思)이라고 하는 것이 균형을 잃어도 소리는 나게 마련이고 이렇게 생각이 울려서 나오는 것이 시나 노래가 되는 것이다. 생각을 울리든 입을 울리든 다리를 울리든 날개를 울리든 하여간 울려서 나는 소리가 듣는 사람을 기쁘게 하는 것은 마찬가지다. 이 말속에는 시의 효용적인 가치를 내포하기도 한다. 울려서 듣는 사람을 기쁘게 해야 한다는 것이 시의 효용을 말한 것이다.

이어서 왜 시인이 가장 수고로운지 설명을 하고 있다.

"벌레가 우는 것은 때가 되면 저절로 그렇게 되는 것이지(예를 들면 가을에는 귀뚜라미가 울고 여름에는 매미가 우는 것과 같은 이치를 설명한 말) 일이 생겨서 또는 마음에 느껴서 무엇을 생각해서 그렇게 우는 것이 아니고, 배우가 좌우(左右)에 술(酒)을 지니고서 침을 튀겨서 종일 축복(祝福: 남이 잘 되라고 비는 일)을 하는 것은 입술이 마르고

---

18) "余嘗謂 詩人與優人 草蟲類也 詩以思鳴 優以喙鳴 蟲之技 有以脰鳴者 以翼鳴者 以股鳴者 以胸鳴者 鳴之雖異 其佼倆悅人 一也 而言勞逸 則蟲甚逸 優次之 詩最勞."
19) 한유는 물건이 균형을 잃었을 때 울린다고 해서, 예술 작품이 창작되어 지는 연원을 설명했다. 예술가는 마음의 균형을 잃었을 때 무엇인가 표현을 하게 된다는 이론이다.

혀가 굳어질 뿐이지 마음은 아무렇지도 않아서 그 입은 비록 수고를
하나 마음은 편안하며, 시는 위와 콩팥에서 꺼내서(마음 깊은 곳에서
우러나온다는 말) 입으로 읊조리고 손으로 베끼니 눈으로 보고 귀로
들어서 겨우 한귀절을 이루니, 오관(五官:눈, 코, 귀, 입, 살갗)과 여섯
의 구멍(귓구멍 2, 눈 2, 콧구멍 2을 말함)이 수고하고 부지런한 것이
몸의 3분의 2는 수고를 한 셈이 된다."[20]

벌레나 배우(俳優)는 마음을 쓰지 않기 때문에 수고로움이 덜하고 시인은
마음과 모든 감각 기관을 쓰기 때문에 수고가 많다는 설명이다. 그래서 결론
적으로 "귀한 사람은 사람을 부리고 천한 사람은 남에게 부림을 당한다."[21]
라고 말하고 있다. 시인은 남을 부리는 사람이지 남에게 부림을 당하는 사람
이 아니라는 말이다. 시는 인간의 각 기관(器官)과 생각까지, 모든 것을 집중
해서 만들어 내는 것이며 이런 수고로움에 대해서 높이 평가하고 있다. 먼저
말한 행이나 소리도 모두 생각을 바탕으로 하지 아니하고 그저 앵무새처럼 따
라 부르기만 한다면 가치가 없는 것이라고 볼 수 있다는 관점(觀點)을 말하고
있다.

노일론은 시인이 수고한 것에 대해서 귀중하고, 다른 무엇보다도 시가 가치
가 있는 것임을 역설한 글이라고 볼 수 있다. 당시 유학적인 시문학관으로 본
다면 시는 한갓 말기(末技:말단의 재주)에 속한 것인데 선생의 이런 주장은 이
미 현실을 감안한 실학적인 기운을 풍기고 있는 것으로 받아들일 수 있을 것
이다. 시문학의 가치를 인정하고 시인의 수고로움을 인정했다.

---

20) "蟲之鳴 時至而天機自動 非有事乎鳴也 優持酒左右 咳而終日福祝 脣焦舌强 而心不與
焉 其喙雖勞 其心逸 詩掐擢胃腎 口吐手寫 目視耳聽 而纔成一句 五官六鑿 勞而勤者 居
三分之二焉."
21) "貴者役人 賤者役於人"

3) 사수시빙론(思水詩氷論)

선생의 시문학관을 보면 생각과 시의 관계를 명료하게 설명하고 있는 부분이 주목을 끈다. 생각을 물(水)에 비유하고 시를 어름(氷)에 비유한 것은 시와 생각의 관계를 상징적으로 잘 설명하고 있다고 하겠다.

> "마음이 움직이면 시를 읊게 되니 나는 생각을 비유하자면 물이고 시를 비유하자면 어름이라고 하겠다. 물이 엉기면 어름이 되고, 어름이 녹으면 다시 물이 되니, 생각이 움직여서 시를 이루고 시를 읊어서 느낌과 생각을 돌이키는 것이 같다고 본다. 이래서 생각이 아름답지 못하면 시가 좋지 않고 마음이 맑지 못하면 생각이 아름다운데 말미암지 못한다. 그러므로 밝고 아름답게 느낀 바가 능히 사람으로 하여금 흥기(興起:어떤 느낌을 받아서 마음이 움직이고 결국 행동까지 일어나게 하는 것))시킨다고 하겠다."[22]

결국 생각이 밝고 고와야 좋은 시가 만들어진다는 논리다. 어름이 풀리면 물이 되듯이 시가 독자에게 읽히면 다시 생각으로 변하게 되어 감동을 주게 된다고 했다. 시와 생각은 본질적으로 하나이고 그 형태만 경우에 따라서 다르게 나타난다는 말이다. 매우 분석적이고 과학적인 방법으로 생각과 시의 관계를 분석해서 이론을 정립하고 있다.

후부론이나 노일론 사수시빙론은 모두 생각과 글의 관계를 상징적으로 그리고 비유로 설명하고 있다는 점에서 공통된다. 후부론은 생각이 두터워야 좋은 글이 된다는 주장이고, 노일론은 시인이야말로 생각을 짜내느라고 수고하는 사람이라는 주장이고, 사수시빙론은 생각이 바로 시가 되는 것이니 생각이 맑아야 시도 맑다는 주장이다. 백사 시문학관이 그저 유학적인 말기론에서 벗

---

22) "猶思動而詠於詩 余意思比 則水也 詩比則氷也 水而凝者爲氷 而水釋還復爲水 猶思動 成詩 詩詠而還感思也 是知思不睿 詩不好 心不淸 思無由睿 故明睿所感 能令人興焉."

어나 있음을 확인할 수 있다.

4) 양기론(養氣論)

「청강집서」의 끝에 보면 (뒤에 선생이 한 것을 배우고자 하는 자는 오직 그 기(氣:동양에서는 하나의 인격을 구성하는 중요한 무형의 요소로 취급하고 있다.)를 잘 길러야 한다."23) 라고 해서 청강선생을 배우고자하는 사람은 기를 잘 길러야 한다고 했다. 이는 양기(養氣)를 귀중하게 여기는 발언이라고 생각한다.

이 말 앞에 청강선생을 어떤 시인이라고 평했느냐하면 '물이 크면 그 위에 크고 작은 많은 물건들을 띄울 수가 있다.'고 하면서 시는 이렇게 많은 물건을 띄울 수 있는 큰 물과 같아야 한다고 설명하고 있다. 이는 상상력도 풍부하고, 함축의 미도 깊은 새롭고 무게 있는 시를 말하는 것인데 이렇게 좋은 시는 양기를 해야 지을 수 있는 것이라고 주장하고 있다. 이런 기(氣)를 중시하는 경향은 고려 이인로(李仁老)의 파한집(破閑集:심심풀이라는 뜻의 말)에서부터 이어 내려 오는 시문학관의 하나다. 조선조에 접어 들어서도 이런 생각에는 변함이 없었다. 부섬(富贍:넉넉하여 모자람이 없는 풍성한 상태)과 웅장(雄壯), 화려(華麗)한 시를 으뜸으로 치던 서거정(徐居正)에 있어서도 주기론(主氣論:시 창작에 있어 기를 제일 중요한 요소로 보는 이론)의 입장은 변함이 없었다. 이런 입장은 조선 중기를 넘어서는 임진왜란(壬辰倭亂)을 도맡은 백사에게게서도 그대로 보이는 점이다.

이런 점에서 선생은 양기론(養氣論)의 입장에 있다고 생각한다. 선생의 글을 다른 사람들이 평가한 말에도 '기기(奇氣:기이한 기운이 있다)' '용일(涌溢:보통을 넘는 힘이 있다)'과 같은 표현들은 선생의 작품속에서도 양기론의

---

23) "後之學先生之爲者 唯善養其氣"

입장이 드러나는 점을 지적한 것이라고 생각한다.

5) 해이론(解頤論)

「성소잡고서」의 처음은 이렇게 시작한다.

"시에 무슨 특별히 좋은 시가 있으며, 또한 무슨 귀한 시가 있는가?
그리고 세상에서 그토록 좋아하는 것은 무엇인가? 시라는 것은 잠꼬대
나 새가 지저귀는 소리를 새겨두어서 한 때 사람의 턱을 푸는 일(웃기
는 일)에 지나지 않는 것이다."[24]

시의 효용과 가치가 무엇이냐는 질문에 대한 답으로 해이(解頤:웃으개 소
리)를 들고 있다. 그리고 문학을 잠꼬대나 새의 지저귐으로 보고 있다. 자연이
내는 소리든지 사람이 내는 소리든지 모두 무늬로 생각하고 무늬가 바로 문학
임을 말한 것이다. 이는 문학을 낮추어 하는 말이 아니라, 문학의 폭을 넓히는
말로 이해해야 할 것이다. 그래서 잠꼬대나 새의 지저귐 같은 것도 문학이 되
는 것이다.

해이론은 시의 효용성을 말한 것이다. 문학은 무엇보다도 재미가 있어야 한
다는 의미로 받아드릴 수 있다. 문학 작품에 재미가 있어야 한다는 것은 당시
로 볼 때에는 독특한 주장이다. 이전의 선인(先人:선배)들이 웃으개 글을 쓰기
는 했지만 이런 확고한 시각으로 해학적(諧謔的:웃기는)인 글을 대하는 태도
는 새로운 각도라고 본다. 허균(許筠)의 문학을 논함에 있어서 이런 말로 시작
한 것부터가 의미가 있는 일이다. 허균은 무의식적으로 광해군에 항거한 혁명
적(革命的)인 성격을 가지고 있었던 인물이다.[25] 이런 인물에 대한 글을 평한

---

24) "詩有何好 亦何貴也 而世著之不已 何耶 不過雕鏤呻唉 解人一時頤耳."
25) 拙稿, 許筠文學에서 外壓의 出口, 畿甸語文學 10,11 合倂號 參照

말의 서두를 잘 음미할 필요가 있다고 생각한다. 이 글은 허균의 문집속에는 없는 글이다. 그러나 『백사집』에는 있다. 이 글을 통해서 허균 문학의 특성조차 일부(一部) 알 수 있다. 당시 폐모론(廢母論)에 서로 상반된 입장에 서게 되는 두 사람이다. 어찌 역사의 아이러니가 아닐 수 있을 것인가. 백사선생의 문학은 이렇게 깊고 현실적이며 예감적(豫感的)인 면도 있다.

6) 문애론(文愛論)

「계은집서(溪隱集序)」에 보면 정숙자(程叔子)의 말을 인용해서 "말은 글로 남기고자 하고 글이 되면 아끼나니 아끼는 까닭으로 전하게 되는 것이다."[26] 이라고 했다. 이 말의 앞에는 임진왜란의 병화(兵禍:전쟁)로 거의 모든 서적(書籍:책)이 불타서 전하는 것이 별로 없는데 유독 「계은집」은 남아서 마치 진(秦:秦始皇의 나라)나라에서 모든 글을 불살랐을 때에 어느 벽에 감추어 두었던 글이 세상에 알려지게 되어 사람들이 그 글을 다투어 보게 되었다는 이야기와 비슷하다고 했다. 『계은집』이 상당한 독자들을 가지고 있음을 이렇게 말하고 있다. 이런 말의 뉴앙스는 『계은집』이 잘 된 글이라기 보다는 시대를 잘 만나서 그렇게 읽혀 진다고 했다.

'언욕문(言欲文)'은 말은 한번 해버리면 없어지지만 글로 남겨두면 없어지지 않아서 사람들이 모두 글로 남기고자하는 뜻이 있어서 '말은 글로 하고자 한다.'는 말이다. '문즉애(文則愛)'는 글이 곧 아껴지게 된다는 말이다. 글속에는 그 사람이 버리기에는 아까운 생각이 담겨 있다는 뜻이다. 사람의 말은 이렇게 해서 전해지고 있다고 보는 관점이다. 말 중에도 가장 정제(精製:알짜만 다듬은 것)된 것이 글이 아닌가. 글이 곧 그 사람이 버리고 싶지 않은 생각임을 말한 것이다. '애고전(愛故傳)'은 아끼는 까닭으로 전해진다는 말이다.

---

26) "言欲文 文則愛 愛故傳"

이렇게 생각이 글을 통해서 후대로 흘러 전하여 가는 것이 가장 자연스러운 모습이다. 생각이 전해지지 못하는 세상은 문화의 발달이 멈추는 세상이다.

이상의 말을 정리해 보면 글이 곧 버리기 아까운 그 사람의 생각이고 그런 생각은 전해야 하니 글도 또한 전해야 한다는 말이 될 것이다. 글을 버리기 아까운 생각으로 보는 시문학관은 매우 독특한 것이다. 글을 말기(末技)로 보는 관점(觀點)과는 너무나 거리가 먼 생각이다. 글은 아까운 것이고 후세에 전해야 한다고 보는 것이다. 어쩌면 글이란 역사앞에서 그 시대 속에서 진실한 삶을 살면서 체험한 그 기록일런지도 모를 일이다. 임진왜란으로 글이 모두없어진 상태에 그 후손이 선대(先代)의 글을 발견해서 남기고자 하는 뜻을 가상(嘉賞:기쁘게)하게 생각한 백사의 정신이 잘 들어난 글이라고 생각한다. 필자는 이런 글을 통해서 백사 시문학관이 매우 폭넓고 글에 대한 이해심이 남달리 깊었던 점을 알 수 있었다.

문애론(文愛論), 이는 말기론(末技論)으로부터는 너무나 거리가 있는 관점이다.

'애고전(愛故傳)'이라는 말 다음에는 이정립(李廷立)의 아들이 그 아버지의 문집을 간행하려고 한다는 말이 있다. 그래서 그 글을 받아서 읽어 보면서 "우리 친구들이 술마시며 읊어 남긴 자취가 아닌 것이 없구나"27)라고 감탄해서 과거 그 시인 즉 이정립과의 예사롭지 않았던 관계를 회상(回想)하고 있다. 글을 통해서 생각이 흐른다는 것을 역설한 논리는 뛰어난 주장이 아닐 수 없다.

글의 함축과 독자층의 두터움에서의 후부론(厚賦論)과, 시인의 창작의 수고라는 측면에서의 노일론(勞逸論)은 글의 효용과 가치의 측면을 본 것이다. 양기론(養氣論)과 문애론(文愛論)은 문학의 본질적인 관점을 설명한 것이고, 해이론(解頤論)은 문학의 효용을 구체적으로 말한 것이다. 사람의 생각과 글과의 관계를 밝혀서 사수시빙론(思水詩氷論)을 말했다. 백사는 당시에 폭이 넓고 드높은 시문학관을 가지고 있었던 분으로 기억해도 좋을 것이다.

---

27) "無非吾儕　觴詠之遺迹"

5. 시세계(詩世界)

백사에 대한 시문학적인 연구는 아직까지는 깊이 있게 거론(擧論)되지 못했다. 이가원(李家源)의 『한국한문학사』에 "철령 높은 봉에 쉬어넘는 저 구름아."라는 시조를 한시(漢詩)로 옮긴 「철령숙운사(鐵嶺宿雲詞)」에 대한 언급이 간단히 있을 뿐이다.

백사의 시는 440여편이 전한다. 이렇게 작품이 적은 것에 대해서는 장유(張維)의 「백사선생집서」에 "작품들을 왕왕이 원고를 버리고 거두지 않아서 남은 것이 많을 수가 없다.28)라고 그 이유를 밝히고 있다. 그러나 백사의 시문학에 대한 평가를 이렇게 소홀히 할 수 없음을 시사해 주는 기록이 도처에 보인다.

우선 장유의 「백사문집서」에 보면

"공의 재주는 심히 높고 학문은 심히 넓어서 문장이 됨에 기발한 기운이 있고 높고 엄해서 굴레에 씌워지지 않으니, 그 지극한 것은 옛사람에 그리 멀지 않고, 지극하지 못한 것이라도 지금 사람들이 능히 미칠 바가 아니다."29)

---

28) "所著述 往往棄稿不收故 存者不能多"
29) "公才甚高 學甚博 爲文章 有奇氣 藻思涌溢 踔厲不羈 其至者 去古人不遠 而不至者 亦非今人所能及"

물론 그의 문집의 서문을 쓰면서 나쁜 평가를 내릴 수는 없다고 볼 수도 있다. 그러나 구체적으로 그의 문장의 특질을 들어서 '기기(奇氣)' '용일(涌溢)'이라는 평가는 백사 문학의 특징을 잘 말하고 있다고 하지 않을 수가 없다.

장유는 선생의 행장에서도 '기기(奇氣:기이한 기운)' '매방(邁放:탁트인 활달함)' '준첩(俊捷:뛰어나고 빠름)'이라고 같은 평을 하고 있다.

신흠(申欽)이 지은 선생의 「신도비명(神道碑銘:신도란 귀신이 다니는 길을 뜻하고 비명은 비석에 새겨 두는 명을 말한다. 귀신은 산소의 동남쪽으로 다닌다고 한다.)」에도 이렇게 그의 문장을 평하고 있다.

"선생은 문장에 있어 품위가 있고 민드는 것을 좋아하지 않아서 법을 취하면 옛스럽고 웅매(雄邁)하고 기준(奇俊)하여 스스로 일가(一家)를 열었다"[30] 여기서 '웅매' '기준'이라는 평은 앞에서 장유가 평한 것과 별차이가 없는 것으로 이해할 수 있다.

이정구(李廷龜)는 선생의 "문장을 만듦에는 기(氣)를 위주로 삼고 준일(俊逸)로써 마루를 삼는다."[31] 라고 했는데 '기(氣)'를 위주로 삼았다는 말이나 '준일'도 같은 의미의 평가라고 생각할 수 있다. 박미(朴瀰)도 「가장(家狀)」에서 선생의 문장을 평하여 '웅매(雄邁)' '기준(氣俊)'이라고 했다.

이상의 평가를 종합해 보면 선생의 글은 '기(氣)' '기(奇)' '준(俊)' '매(邁)' '웅(雄)'등의 말로 평하고 있는 것을 볼 수 있다.

선생의 시는 4가지로 나누어 생각할 수 있다. 임진왜란이라는 커다란 변란(變亂) 때문이다. 임진왜란이 일어나기 전에는 젊음의 발랄한 기개와 문무 겸비의 쾌활한 기상이 보이는 호연한 기상이 넘치는 시를 남겼다.

임란 중에는 우울하고 불안한 정서를 담고 있는 시와 나라에 대한 근심, 충성심이 가득한 작품이 돋보인다. 특히 국난을 도맡아서 나라의 이익과 장래를

---

30. "公於文章 雅不屑爲 而取法則古 雄邁奇俊 自闢一家"
31. 「묘지명(墓誌銘)」에서 "爲文章 以氣爲主 以俊逸爲宗"

위하여 동분서주(東奔西走:매우 바삐 일하는 모습)하는 선생의 모습이 생생하게 전해오는 시들이 많다.

임진왜란 중에 따로 취급해야 할 것은 『조천록』에 실려 전하는 작품들이다. 앞에서도 말했듯이 당시 선생이 정사(正使)이고, 이정구(李廷龜)가 부사(副使), 황여일(黃汝一)이 서장관(書狀官)으로 나라의 오해를 풀러 가는 여행길에서 3명의 그시대 뽑힌 문사(文士)가 주고 받은 시들은 당시의 생생한 기록일 뿐만 아니라, 이는 선생과 다른 두 문사(文士)를 통한 시문학적인 역량이 돋보이기도 하기 때문이다.

임진왜란후의 작품에서는 전후(戰後)의 복구가 아직 마무리도 되기전에 광해군의 집권으로 세상이 어지러워 지는 운명에 놓이게 된다. 따라서 선생의 작품에는 나라에 대한 근심과 걱정이 알알이 박혀 있음을 발견할 수 있다.

이 글에서는 임진왜란전과 후, 그리고 임진왜란중의 작품에 대해서만 간략하게 살펴 보려고 한다. 「조천록」에 대해서는 별도의 장을 마련해서 기술하려고 한다.

1) 임진왜란 전

임진왜란 전의 시에서는 달관(達觀)과 침잠(沈潛)과 기개(氣槪)와 풍자(諷刺), 그리고 애정(愛情)을 엿볼 수 있다. 여기에는 선생의 인간적인 면모가 잘 드러나는 작품들이 남아 있다고 생각된다.

(1) 달관

달관은 인생으로서 어느 경지에 도달한 것을 말한다. 경험이 많고 훤히 앞을 꿰뚫어 보는 안목과 지혜가 있는 것을 달관이라고 할 수 있다. 그래서 남을 용서해 주고 너그럽게 포용할 수 있는 정신적인 성숙의 상태, 여유를 말한다.

선생은 1592년 37세가 되기 전에 이미 다음과 같은 여유와 미래를 내다보는 인생의 경지를 가지고 있었다.

無 題

來時稚子挽爺衣	올 때에 어린아이 아비 옷깃 잡고서
問余今行幾日歸	내게 묻기를, 지금가면 언제 오냐고
共指碧桃花未落	함께 약속하길, 벽도화가 지기전엘걸
碧桃花落尙違期	벽도화는 졌는데 약속은 어겨.

<白沙集 卷一·7>

세상 만사가 뜻대로 되지 못함을 노래하고 있다. 순진한 어린아이를 속이고 자해서 속이는 것이 아니라, 세상이 그렇게 만든다는 말이다. 이미 다 꿰뚫어 아는 달관의 경지가 아니고는 말하지 못하는 우리들의 삶의 모습을 담담하게 그리고 있다.

제목을 일부러 '무제'라고 한 것은 그만큼 이 시를 폭넓게 읽어 주기를 바라는 선생의 뜻이 숨어 있다고 보아야 할 것이다. '누가 먼저 저 여자에게 돌을 던지겠느냐?'고 하신 예수님의 인간에 대한 통찰을 우리는 이 시에서 발견할 수 있다.

시인의 마음이 맑으면 그만큼 시도 맑다. 시가 맑아서 환하게 내비친다면 품격이 낮다고 할런지 모르지만 인생에서는 그만한 통달의 경지가 어려운 법이다. 우리들의 삶에서 최선의 방책(方策)은 정직(正直)이 아닌가.

久雨新晴月色倍淸感而賦之

今夜無端欲上征	오늘밤엔 그냥 길을 떠나서
廣寒宮殿坐吹笙	달에 앉아 생황을 불고 싶구나
晴秋徙倚雲間桂	맑은 하늘 구름사이 계수나무에 기대어

快覩乾坤表裏明　　시원히 보리라, 온세상이 맑은 것을.

<白沙集 卷一·9>

지금 생각하면 우주선이라도 타고 우주 공간에서 세상의 맑음을 보는 것같기도 하지만 이 시대를 생각하면 상상을 노래한 것이라고 볼 수 있다. 이는 시인의 마음의 상태가 이와 같이 통랑(通朗)함을 말한 것이다. 시인이 있는 곳이 땅이 아니다. 이미 지구를 초월한 몸이다. 이런 초연의 시상(詩想)은 활달한 선생의 기개에서 기인(起因)한다고 생각한다. 이런 의미에서 이 시는 현대에 매우 의미 있는 예언적인 시라고 볼 수 있다. 아니면 적어도 인간의 꿈을 보편적인 정서로 그렸다고 생각 할 수 있다.

이렇게 상상의 날개를 펴는가하면 그렇게 한다고 해도 인간으로서의 한계를 벗어날 수 없다는 달관한 시가 있다.

銀臺示朴內翰子龍 東亮

深室蒸炎氣鬱紆　　깊은 방 찌는 열기 답답하여서
夢爲鷗鷺浴晴湖　　꿈에라도 물새되어 맑은 호수에 목욕하네
縱然外體從他幻　　어지러이 외물따라 환상을 따른다 해도
烟雨閒情却是吾　　안개비 한가한 정이 바로 나로군.

<白沙集 卷一·22>

이 시에 대해서는 『시화총림』에도 언급이 있다.

"나는 병조 좌랑으로 병조에 들어가 일찍할 때에 이백사는 지신사(知申事:조선시대 초에는 승정원(承政院)을 대언사(代言司)라고 하고 책임자를 지신사라고 했다. 나중에 도승지(都承旨)로 바꾸었다.)로 역시 승정원에서 일직(日直)을 하며 절구 1수를 지어 보내기를

깊은 방 찌는 더위에 가슴이 답답해
꿈속에 해오라기 되어 맑은 호수에 목욕했네
겉몸은 비록 해오라기를 따라 변했으나
연우속 한가로운 심정은 나 그대롤세.
기상이 매우 훌륭하다."

이 '기상심호(氣象甚好)' 라는 평이 선생의 시가 기(氣)를 위주로 하는 시임
을 잘 말해 주고 있다. 이렇게 기가 바탕이 되어 있기 때문에 달관의 시가 되
었다고 할 수 있다. 내가 아무리 상상의 세계에서 현실을 피하여 즐거움을 누
린다고 해도 결코 벗어날 수 없는 현실이 있음을 잘 알고 있다. 그러나 사람들
은 잘 알면서도 현실을 떠나고자 한다. 이와 같은 인생과 세계에 대한 통찰은
선생의 시에 나타나는 하나의 경지(境地)임을 알 수 있다.

이런 달관의 경지는 선생이 역사를 바라보고 해석하는 지혜로운 눈에서도
발견할 수 있다.

讀史有感

一琴一劍燈一炷	거문고 칼 한 자루 등불 한 심지
且讀且悲仍且歌	읽고 슬퍼하며 또 노래도 하네
雌鳥雄鳥孰爾辨	암놈인지 숫놈인지 누가 분별하리오
得馬失馬於吾何	말을 얻든 말을 잃든 나에게 무슨 상관
熙寧孔子欺宋士	공자님도 돈 그림으로 송나라 선비를 속였고
居攝周公移漢家	주공의 행적은 한나라의 연호 되었네
從古賢愚同土宰	예로부터 어질고 현우(賢愚)가 한 땅에서 나왔으니
茫茫長夜祇堪嗟	아득한 긴 밤에 탄식함을 견디노라.

<白沙集 卷一·26>

이 시는 거문고와 칼과 등불 한 심지를 동일 선상에 놓고서 슬픔과 기쁨을
초탈한 경지를 노래하고 있다. 역사의 사건을 한마디로 말한다면 크고 작은

사건들이 모두 무엇인가? 자웅(雌雄:암수)를 구별해서 무엇하며 좋은 일이 생겼다고 얼마나 두고 좋아할 수 있을 것인가? 공자님도 세월이 지나면 돈의 그림이 되어 선비들을 속이는 인물이 되고[32], 주공이 그렇게 만고의 충신이지만 후세에 별볼일 없는 나라의 연호로 쓰이지 않는가? 인생의 무상함이 바로 역사의 무상함이다.

이런 달관의 경지는 호연한 기상을 바탕에 깔지 않고는 이루어 낼 수 없는 수준임을 생각해야 할 것이다. 우리는 여기서 선생의 사상의 깊이와 경지의 호방(豪放)함을 엿볼 수 있다.

1615년에는 지기지우(知己之友) 이덕형(李德馨:1561-1613)이 세상을 떠난 지도 2년이나 넘었고 폐모론(廢母論)은 더욱 기승을 부려서 세상이 시끄럽게 되니 선생은 마음을 다시 다잡아 인생에 대한 의미를 다시 생각하게 되었다. 이런 실상을 잘 보여 주는 시를 보자. 이 시를 지은 해는 돌아가시기 3년전이다.

坐 夜

外物一千變　세상 것은 천번이나 변하지만
寂寥唯此心　오직 이 마음만은 고요하여라
滔滔皆是夢　도도한 것도 모두 이 꿈중이니
一笑一回吟　한 번 웃고 한 번 읊노라.

<白沙集 卷四·10>

이미 정해진 마음을 읽을 수 있다. 요지부동(搖之不動)인 선생의 절조(節操)가 무섭다. 한창 도도(滔滔)한 것도 하나의 꿈이요 웃고 읊으면 그만이다. 사람은 목표가 정해지고 모든 것을 정리했을 때 이렇게 달관의 경지에 도달하게 된다. 폐모론에 대항(對抗)하면서 죽음의 자리와 때를 얻었다고 말씀하신

---

32) 예로부터 돈에는 역사 속에서 존경 받는 인물을 그려 넣었다. 宋에서 나온 고대 돈에는 孔子님의 像이 그려있었다.

것이 이 시에 상징적으로 들어 있다. 시제(詩題)가 캄캄한 밤에 앉아서다. 캄캄한 밤이라고 한 것이 당시 세상을 풍자한 것같다. 스스로 하나의 등불이 되겠노라는 결심이 엿보인다.

(2) 풍자

선생의 경우 대개 풍자의 작품들은 곤충이나 짐승을 그 제재로 삼았다. 선생의 시에서 이런 현상을 두드러지게 대할 수 있다.

소리개

側頭伺隙掠人飛	머리를 갸웃 엿보면서 약탈하는 놈아
飽滿盤天誰識汝	배불러도 하늘을 도는지 누가 너를 알겠니
時同鸞鵠恣遊嬉	이 때 난새와 곡새도 멋대로 함께 즐기는데
只是中心在腐鼠	다만 이 마음속에는 썩은 쥐만 있구나.

쥐

厠鼠數驚社鼠疑	변소의 쥐가 자주 놀람을 성황당 쥐는 몰라
安身未若官倉嬉	몸을 안전하게 하기는 창고가 제일 좋구나
志須滿腹更無事	뜻이란게 배부르면 그만인 것을
地塌天傾身始危	땅이 꺼지고 하늘이 무너져야 위태롭다네.

매미

只向凉宵飮秋露	다만 서늘한 하늘을 향해 이슬만 마시면서
不同群鳥競高枝	뭇새와 어울려 높은 가지를 다투지 않네
傳語螳螂莫追捕	사마귀야 매미를 잡으려 마라
人間何物不眞癡	세상에 무엇인들 참으로 어리석지 않으리.

<白沙集 卷一·7>

이 세편의 시는 「삼물음(三物吟)」이라고 해서 한편으로 묶여 있는 시다. 왜 하필이면 소리개와 쥐, 그리고 매미를 선택해서 함께 묶어 「삼물음」이라고 했을까? 세상에는 소리개 같은 사람도 살고 있고, 쥐같은 사람, 매미같은 사람들이 살고 있다고 보았고, 그들의 삶이 선생에게 특별나게 보였을 것이다. 소리개는 욕심이 많은 도전적(挑戰的)이고 공격적(攻擊的)인 새다. 귀족적이고 능력이 있는 난새와 곡새도 그와 섞이어 살고 있다. 난새나 곡새는 썩은 쥐는 안중에도 없겠지만 소리개는 오직 썩은 쥐만 노린다. 이것이 세상의 모습이다.

말하자면 이렇게 새들을 묘사(描寫:그림)함으로써 인간 세상을 풍자적(諷刺的)으로 그리고 있다고 하겠다. 이런 시들은 교훈(敎訓:가르침)을 담고 있기가 쉽다. 그러나 여기서는 그렇게 겉으로 교훈성이 드러나지 않는다. 그저 세상을 시인이 관찰한 대로 보여 주려고 노력하고 있다.

쥐는 세상에 배부르면 그만인 놈들이다. 걱정은 다만 먹을 것이 없는 것 뿐이다. 죽음이 목전(目前:눈앞에)에 닥쳐야 비로서 죽게 되었음을 알게 되는 어리석은 짐승이다. 그런 것들이 서로 각자의 처지를 이해하지 못하고 남의 삶을 의심스러운 눈으로 바라본다. 변소의 쥐가 왜 그리 자주 놀라는지 성황당(城隍堂)에서 사는 쥐는 알지 못한다. 이것이 서로 단절(斷絶)되어 살고 있는 인간들의 모습이다. 쥐의 삶을 통해서 인간 세상을 풍자하고 있다. 성황당의 쥐와 관청 곡간의 쥐와 변소의 쥐는 당시에 살고 있는 사람의 처지에 따른 구분이다. 지금도 이런 형태의 삶을 사는 사람들을 만날 수 있을 것이다.

'당랑규선(螳螂窺蟬:사마귀가 매미를 잡아 먹으려고 엿본다)'이라는 말이 있다. 매미는 사마귀가 엿보는 줄도 목청을 돋우어 노래를 부르고 있으나, 사마귀는 매미를 잡아나꿀 기회만을 엿보고 있다. 그러나 사마귀의 뒤에서도 새가 사마귀를 덮치려고 노리고 있는 것을 알지 못한다. 목전의 이익에 눈이 어두워서 곧 뒤에 닥칠 재난을 알지 못하는 것을 비유하여 일컫는 말이다. 인간 세상 살이에서 목전의 이익을 취하려는 것이 얼마나 어리석은 일인가를 풍자한 시다.

이 풍자의 시속에서도 호연(浩然)한 달관의 경지를 느낄 수 있는 것은 선생의 기상(氣象:타고난 성품 마음씨)이 그만큼 높고 크기 때문이다.

한번은 형님이 다스리는 연풍 고을에 갔다. 그 때 본 것들이 신기하여 풍자적인 솜씨로 그려보았다.

伯兄爲延豊將往訪之途中偶吟

兄在深深第幾巒	형님계신 깊고 깊은 몇구비 산속은
山童遙指白雲間	산골 아이 멀리 가리키는 흰 구름 사이
門如廢寺誰知縣	문은 무너진 절같아 고을 인줄 모르겠고
人似飢仙强號官	사람들은 굶주린 산사람, 간신히 관청이라하네
吏巧成猿態度	꾀많은 아전은 원숭이 처럼 구는데
愚民老作佛容顔	백성들은 노숙(老熟)한 부처님 얼굴
功名到此眞堪笑	공과 명예가 이렇다면 참으로 웃을 일
笑殺從前未掛冠	그런데도 우습게 벼슬을 하려 한다네.

<白沙集 卷一·2>

산골 고을 사람들의 모습을 코믹한 터치로 가볍게 그려내고 있다. 권위(權威)의 상징이어야 할 고을의 문이 무너진 절의 문처럼 보잘 것이 없고, 사람들은 흡사 굶주린 신선처럼 그렇게 기름기라고는 없다. 여기서 대조를 이루면서 풍자적인 부분은 아전의 아양 떠는 모습과 근엄한 듯이 속을 감추고 겉으로 점잖은 체 하는 백성들의 모습이다. 읽는 이로 하여금 웃음을 자아내게 한다.

이 시속에서는 아전은 아전대로 백성은 백성대로 각자 자기들의 타성에 젖어서 살고 있다. 아무리 좋은 정치를 펴고 교화를 시키려 한다고 해도 변할 리가 없는 아전과 백성들이다. 여기서 고을의 원인 형님이 안타깝게 보인다. 이것이 형제간의 우애로써 시(詩)속에서 내비치고 있다. 형님의 고충을 결구(結句)에서 공(功)과 명예가 겨우 이것이라면 차라리 벼슬을 하지 않는 것이 낫겠다는 말로 끝맺고 있다. 시대에 대한 풍자가 아닐 수 없다.

(3) 침잠

유학(儒學)에서는 마음의 평정이 중요하다. 흥분을 좋아하지 않는다. 그러나 시는 마음을 흥기(興起)시키는 것이니 시와 유학의 조화는 선비의 삶의 이상이 아닐 수 없다. 침잠은 이런 유학과 시의 조화를 현실적(現實的)으로 보여주는 예라고 하겠다.

사실 지금 우리들이 한시를 읽으면 현대시를 읽는 것보다 훨씬 마음의 평정을 얻게 된다. 이는 한시가 추구하는 바가 어떤 정서인지를 알 수 있게 하는 징표라고 생각한다.

坐夜

外物日千變　세상은 하루에도 천만번 변하지만
此心長寂寥　이 마음은 길이 고요하여라
床頭燈烱烱　책상 머리에는 등불이 밝고
窓下雨蕭蕭　창밖에는 비가 소소히 내린다.

<白沙集 卷一・4-5>

자아(自我)와 외물(外物)의 관계를 그림으로써 자아의 실상을 우리들에게 보여 주고 있다. 대조법(對照法)을 통해서 강조하는 형식을 취했다. 세상이 어떻게 변한다고 해도 나의 할 일은 하는 의지(意志)를 나타내면서 삶의 고매(高邁)한 인격을 표백하고 있다. 마음의 평정을 추구하는 실상이 여기에 있는 것이다. 기개(氣槪)와 부동심(不動心)의 경지를 그리고 있다.

『맹자(孟子)』 공손추장구(公孫丑章句) 上에 보면 용맹해서 마음이 움직이지 않는 사람의 예를 몇가지 들고 있다. 결론은 역시 지언(知言:말을 잘 알아듣다)을 할 줄 알고, 호연지기(浩然之氣:남을 용서하는 크고 높은 마음)를 가진 사람이어야 마음이 움직이지 않는다는 것이다. 용맹(勇猛)하다는 것은 아무리 청천벽력(靑天霹靂)을 친다고 해도 마음이 꿈적도 하지 않음을 뜻한다.

우리는 용맹에 대해서 잘못 해석하고 있지는 아니한지 살펴보아야 할 것이다. 용맹은 남의 말을 잘 알아 듣고, 호연지기(浩然之氣)가 있어서 마음이 일정하여 움직이지 않는 사람을 뜻한다.

이 시를 읽으면『맹자』의 이 공손추장구(公孫丑章句) 부분을 생각나게 한다. 한시는 인격 도야(陶冶)와 무관하지 않은 것을 여기서도 알아 볼 수 있다. 조선시대가 지금보다 도덕적이었다고 생각한다면 바로 이런 부분을 추구하는 것이 조선시대의 삶이었기 때문이었을 것으로 생각해 볼 수도 있을 것이다.

(4) 애정

유학의 관점에서 보면 남녀의 사랑을 그리는 것은 마음을 흔들리게 하는 것이 되기 때문에 피하는 경향이 있다. 더러는 매우 호연한 흥취를 일으켜서 남녀의 사랑을 실감나게 묘사한 시들이 보인다. 이런 시들을 대할 때마다 우리는 그 시인의 기상(氣像)을 대하는 감이 있다. 세상과 인생을 통찰하고 호연(浩然)히 대하는 기개(氣槪)를 엿볼 수 있다.

無 題

西江少婦步沿流	서강에서 젊은 부인이 물가를 따라 뛰네
江上烟波萬疊愁	강에 자욱한 안개가 얼킨 시름이어라
遙望行舟試喚客	멀리 가는 배 바라보며 불러 묻는건
問卽何日發忠州	어느날 충주로 떠나갈거요.

<白沙集 卷一·7>

이 시를 읽으면 임제(林悌)의 「무어별(無語別)」을 연상하게 한다. 겉으로 내색하지는 않지만 속으로 붉게 타는 여인의 뜨거운 사랑을 잘 그려낸 것이 서로 같은 솜씨다. 선생은 문무(文武)를 겸비하여 들어서는 재상이요 나가서는 장군인 분이다. 이렇게 부드럽고 아련한 사랑의 노래가 어떻게 나올 수 있

는지, 선생의 시적 감수성(感受性)의 탁월함을 대하는 것같다.

겉으로 드러 내지 못하는 사랑이 더욱 감칠 맛이 있고, 고귀하고, 열정적이라는 생각이 든다. 선생의 이 시 한 수로도 조선 시대 시인의 반열(班列)에서 앞자리를 드린다 해도 손색이 없을 것으로 생각한다.

선생은 정이 많은 분으로 생각한다. 두째 아드님이 태어 나셨을 때 지은 시를 보면 얼마나 가정적인 정감(情感)있는 분이었나를 알 수 있다.

井男生日戱題

富家生女百憂集	부자집에는 딸이 생겨서 온갖 근심이 모이지만
貧家生男萬事足	가난한 집에는 아들이 생겨서 만사가 흡족하다
日費千錢供壻難	날마다 많은 돈 들여 사위 이받기는 어려우나
只將一經敎子讀	한 권의 경전이면 아들에게 가르쳐 읽힐 수 있다
我今生男幸無女	나는 지금 다행이 아들만 있고 딸이 없으니
大者能書少能揖	큰 놈은 글을 하고 작은 놈도 인사는 차린다
誰家養女作孝婦	어느집에서 기른 딸로 며느리를 삼을까?
我欲送男爲慢客	나는 아들을 보내서 멋진 풍류객을 만들고 싶다
守家扶醉兩無憂	집안을 지키기에 양 옆에서 부축하니 근심이 없어
歸享他年浣花樂	미래에는 고향에 돌아가 마음껏 즐기리.

<白沙集 卷一·21>

딸이 없고 아들만 있는 것을 다행으로 여기는 유모어가 있는 시다. 이제 아들이 막 태어 났는데 며느리 걱정을 하는 것도 재미 있다. 정남(井男)이라는 분은 필자의 직계로 백사공의 둘째 아들이다. 이상하게도 『백사집』에는 정남의 탄생에 대한 시가 있다. 이는 그만큼 선생께서 두째 아드님의 탄생을 기뻐하셨다는 의미가 있다고 볼 수 있을 것이다.

이 시에서 '만객(慢客)'이라는 말이 의미가 있다고 생각한다. 만객은 바로 선생께서 아드님을 그렇게 기르고자 하는 선생의 꿈을 나타낸 말이다. 인간으로서 '만객'이 된다면 더 바랄 것이 없다는 선생의 뜻을 알 수 있다. 그러면 '만객'의 의미가 무엇인가? 만(慢)자에는 게으르다. 업수이여기다 등의 뜻도 있지마는 탁터진 구김이 없는 성격을 말하기도 한다. 구김이 없는 호방한 성격의 소유자가 되기를 바라는 마음을 이렇게 표현하신 것이라고 생각한다.

이렇게 선생은 가족에 대한 사랑도 각별함을 알 수 있다.

2) 임진왜란 중

전쟁은 사람의 사람다움을 송두리째 빼앗아 간다. 그 처참(悽慘)함과 불안과 우울의 정서, 그리고 살아 남기 위한 충성과 그 충성에서 우러난 외교적 수완(手腕)의 시들이 있다. 이러한 시들은 선생의 문집속에 아로 새겨 있는 귀중한 전쟁의 실상(實相)이다. 그 당시 일본이 우리에게 한 것이 사실적으로 그려져 있다. 우리를 이를 거울 삼아서 현대를 살아야 한다. 고통이나 부끄러움을 쉽게 잊는 것이 능사가 아니라 복수는 하지 않는다고 해도 잊지는 말아야 할 것이다. 현대 우리들은 이런 작품들을 통해서 민족 정신을 일깨워야 할 것이다.

(1) 참상(慘狀)

유비무환(有備無患)이라고 말은 하지만 느닷없는 침략을 당하고 보면 우리는 언제나 그렇게도 외침(外侵)에 대한 준비가 없었던가하는 후회에 접하게 된다. 6.25가 그랬고, 임진왜란이 그랬다. 준비없이 당하고 피난길에 올랐을 때의 처참한 모습이 생생한 시를 읽어 현실을 되새겨 본다. 지금 우리가 현대를 살면서 준비성이나 저축성이 부족함을 깨닫고는 있는지 우리는 왜 당하고 나서야 "아차 !"하는지 우리들의 해묵은 문제가 무엇인지 반성의 기회로 삼아야 할 것이다.

壬辰六月扈駕西幸途中作

倉卒天難時	갑자기 나라가 어려울 때에는
權宜策未工	원칙은 마땅했지만 계책은 공교하지 못해
人心猶拱北	사람 들은 모두 북쪽에 마음을 두는데
馬首欲還東	말머리는 동쪽으로 돌리려고 한하네
一路去何去	길은 하나인데 가면 어디로 가나
千山重復重	천산이 겹겹인 것을
孤雲在嶺嶠	외로운 구름이 고개 마루에 걸렸으니
吾與爾相從	너와 내가 서로 따른다.

<白沙集 嶺營新刊本 卷二·1>

임금님이 피난 길에 나선 참상을 묘사한 시다. 수련(首聯)에서 "원칙은 마땅했지만 계책이 공교롭지 못했다."고 하면서 나라의 체통(體統)을 살리고, 전련(前聯)에서 "사람들은 모두 북쪽으로 마음을 두는데, 말머리는 동쪽으로 돌리려한다."고 해서 말과 같은 미물이 사람보다 국가의 권위 회복의 의지가 강함을 말했다. 말머리를 동쪽으로 돌린다는 말은 말이 일본을 향하여 침략자들을 응징하고자 하는 뜻이 담겨 있기 때문이다. 이는 시인의 마음을 의인화해서 표백한 것으로 보아야 할 것이다.

피난길의 막막함을 후련(後聯)에서 말하고 그 참상을 미련(尾聯)에 그리고 있다. 그저 묵묵히 앞사람의 뒤를 따르는 풀이 죽은 사람들의 행렬을 상상하게 하는 마지막 귀절은 나라의 운명을 걱정하는 선생의 걱정하는 마음이 배어 있다.

앞의 시는 임난(壬亂)이 터지던 1592년 6월의 작품이다. 1593년 동궁을 모시고 온양을 지나면서 노래한 것도 그 처참함은 여전하다.

癸巳冬東宮溫陽道中作

| 此路幾時盡 | 이길이 언제나 끝이 나나 |
| 千山行復迷 | 산을 넘고넘어 가는 길이 아득하다 |

二年長避地	이년 동안이나 피해 다니다가
今日始聞鷄	오늘 처음 닭소리를 들었네
點籍無丁壯	장부를 뒤져보니 장정은 없고
逢人有寡妻	만나는 사람마다 남편 잃은 아내들
溫陽非隴坂	온양에는 언덕이 없어
不忍聽寒溪.	참아 차가운 냇물 소리를 들을 수 없네.

<白沙集 嶺營新刊本 卷二·8>

시상(詩想)이 어둡고 무게가 있어 두보(杜甫)의 시를 연상하게 한다. 산을 넘고 넘어서 찾은 온양이지만 몸을 숨길만한 언덕이 없는 벌판이다. 이년만에 발견한 마을이지만 도움을 받을 쓸모 있는 젊은이는 하나도 없다. 만나는 사람이라고는 남편을 난리에 잃은 과부들 뿐이다. 두보의 시 「삼리(三吏)」의 서술과 흡사하다. 피난길이란 언제나 마땅한 곳이 없다 그래서 자꾸 옮겨 다닌다.

궁중의 피난길은 한 곳으로 함께 가지는 않는다. 임금은 임금대로 동궁은 동궁대로 다른 왕자들은 왕자들대로 길을 각기 떠난다. 그래야 비상시국이 되어도 나라의 명맥을 유지할 수가 있다. 선생은 동궁을 모시고 남쪽으로 피난의 길을 재촉하고 있다.

이렇게 난을 피하여 다니는 모습이 처참함을 이렇게 노래하고 있기도 하다.

甲午夏以東宮命赴劉提督軍議事因審湖南山城還途入飛鴻嶺遇雨夜行

峽雲驅雨夜溪漲	소나기 구름이 비를 몰아 냇물이 불어나
人與病駒浮鼻行	사람과 병든 당나귀가 코만 내고 떠가네
應有山頭老樹鬼	산머리 늙은 나무에 혼이 있다면
分明指笑我宵征.	분명 오늘 밤 우리 행렬이 웃음거리일거야.

<白沙集 嶺營新刊本 卷二·8>

1594년은 임란이 일어난지 2년만이다. 아직 전쟁이 한창인 때다. 코믹한 가벼운 터치의 작품이지만 그 참상을 눅이려고 일부러 이런 기법을 사용했다고

보아야 할 것이다. 지엄하고 지존한 동궁의 행차가 코만 내놓고 냇물을 건너는 참상은 전쟁판의 피난길이 아니고는 있을 수 없는 일이다. 본래 임금이나 동궁의 행차에 물을 건너야할 위급한 상황이 생겼을 때에는 사람들이 사람으로 엮은 임시 다리를 만들어서 건너는 것이 보통이었다. 앞 시에서 문서를 뒤져보니 쓸만한 젊은이가 하나도 없다는 말이 바로 이런 상황이 되게 된 것을 잘 설명하고 있다. 이렇게 전쟁은 인간을 고립시키고 귀천(貴賤)을 없애며 어떤 의미에서는 운명 앞에 평등하게 만든다. 여기서 사람들은 인간 정신을 배운다. 그리고 평화와 평등과 자유의 고귀함을 알게 된다. 임진왜란이 우리들에게 고난을 주기도 했지만 그 고난을 통해서 또 많은 것을 일깨운 것도 사실이다.

이제 세월이 흘러서 어느 정도 전쟁의 상처를 치유하게 된다. 그래서 그 마무리를 위하여 지방을 순시할 때에 양산을 지나게 되는데 여기서 그 전쟁의 상처를 보고 다시 아픔을 되새기게 된다.

梁山書懷再疊前韻 其二

南民衣服半成斑　남쪽 백성 의복이 절반은 왜색을 닮고
呼我時時作上官　나를 부르는 소리도 자주 일본말투를 쓴다
徐伐鵝鷹歸海外　서라벌의 거위와 매도 잡아갔으며
扶桑烟火人河間　왜놈들의 횡포가 여기에 미쳤구나
荒城月照戍人語　황폐한 성에 달이 비친 싸움터에서
凍偗風鳴巡騎還　추위와 울부짖는 바람에 순시하고 돌아오니
鄕夢不知家萬里　고향 꿈 얼마나 먼지 알 수도 없지만
喜隨蝴蝶度千山　호랑나비 기쁘게 따라 산을 넘어 찾아가리.

<白沙集 嶺營新刊本 卷二·23>

이 시의 제2구에는 "일본 속(俗)에 호존자(呼尊者)를 위상관(爲上官)"이라는 주석이 달려 있다. 지금 우리가 흔히 우리말 처럼 쓰고 있는 '상관'이라는

말도 따지고 보면 임진왜란 때 수입된 말임을 알 수 있다. 제3구에도 "일본은 거위와 매를 귀히 여기어 사 간다."고 주석을 붙였다. 이렇게 해서 우리나라의 거위와 매가 일본으로 가게 되었다. 거위와 매까지 걷우어 갔으니, 다른 우리의 보물을 얼마나 노략질해 갔는지는 말할 것도 없다. 선생께서 '매(買)'자를 써서 일본이 마치 정당하게 사간 것처럼 쓴 것은 민족적인 자존심이다. 힘이 없어 빼앗겼다고 하지 않고 사간다기에 주었노라는 의미가 있다.

전쟁의 참상을 실감나게 묘사한 이 시는 7년간의 전쟁이 얼마나 우리 민족에게 상처를 남기고 있는지 잘 설명하고 있다. 이와 같은 현장감이 있는 시는 바로 시로 쓴 역사라고 말해도 좋을 것이다. 본래 한시는 사실의 기록이 그 역할의 하나이기도 하다. 생활 문학으로서의 면모가 여기에 있다.

전쟁은 우리들이 어려서 뛰어 놀던 곳을 피바다로 만든다.

有 感

大樹無言老不功   큰 나무는 늙어서 공이 없다고 말하진 않으니
古松亭下坐談農   古松亭 아래에서 농부와 좌담을 한다
風塵變盡靑靑鬢   전쟁 통에 구렛나루는 세어버렸고
夢入毯門劍血紅.   꿈에 놀던 곳에 갔더니 칼의 피가 붉더라.

                                    <白沙集 卷二·17>

이 시는 전쟁의 참상을 말하고 있다. 전쟁으로 어려서 놀던 놀이터가 칼의 피로 물들어 있는 꿈을 꾸었다는 선생의 말씀이고 보면 끔찍한 전쟁의 참상을 노래한 것임에는 틀림이 없다.

그래도 변하지 않고 남아 있는 오래된 나무, 실로 나라가 오래인 것은 그 나라에 큰 나무가 있어서가 아니라 대대로 내려오는 훌륭한 신하가 있기 때문이라고 하지만 여기서 큰 나무는 오래된 나라를 상징한다고 할 수 있다. 나라가 오래 되어서 왜란이 일어 나기는 했어도 농부와 좌담을 할 자리는 있다.

이번에는 전쟁의 참상으로부터 벗어나려는 노력을 살펴본다.

遂安途中

神林籬鼓走村翁	당산에서 피리불고 북을 치는 촌 늙은이
社酒豚蹄祝歲豊	차려 놓은 술과 돼지 고기로 풍년을 비네
聞說去年風雨順	소문에는 지난해 일기는 좋았다는데
三時民力不歸農.	때마추어 농부가 농사를 짓지 못했다네.

<白沙集 卷二·24>

전쟁으로 폐농이 되다시피한 상황을 그리고 있다. 계절따라 날씨가 농사짓기에 좋아서 일부러 당산에 풍년을 기원할 것도 없지마는 전쟁으로 농사를 지을 수가 없어 논밭이 묵으니, 이런 참변이 없기를 당산에 빌어 보는 것이다. 그래도 전후에 어느 정도 백성들이 자리를 잡아서 피리와 북을 울리며 돼지고기를 진설하고 풍년을 비는 모습에서 전후 복구의 현장을 실감할 수 있다.

(2) 우국(憂國)

참혹한 전쟁을 겪으면서 나라에 대한 근심과 걱정이 없을 수 없다. 전쟁의 참상을 묘사한 시와 우국의 심정을 토로한 노래는 실은 한 뿌리에서 나온 가지에 불과하다. 전쟁의 참상이 고발이라면 우국은 심정을 토로한 기록이라고 하겠다.

思 歸

終南山色杳風烟	남산의 빛이 바람 안개에 아득하니
一望長安在日邊	서울이 해 저편에 있는 것을 바라본다
력馬每憐鳴戀主	매여 있는 말이 가련하게 주인을 사모하듯
鄕心唯有夢歸田	고향에 돌아가고 싶은 마음만을 꿈꾼다
事如百尺竿頭卵	일은 백척간두의 계란과 같고
人似三秋葉底蟬	사람들은 늦가을 매미의 신세
料理此生仍不寐	이 삶을 살아가느라 잠을 못이루고

曉筎聲裡坐蕭然. 새벽 호드기 소리에 쓸쓸히 앉았노라.

<白沙集 卷二·16 - 17>

전쟁판의 우국이 짙게 배어 있다. 남산의 빛은 서울이 피난 길에서 아득하게 먼것을 말하고, 해 저편에 서울이 있다는 것은 임금이 계시지 않은 서울을 말하는 것이다. 이 시에서 고향은 서울을 의미한다. 수복(收復)의 간절한 소망을 읊고 있다. 제5구와 6구에서 전시의 위급함을 상징하고 있다. 나라의 운명이 위급함과 백성들의 삶이 죽음과 삶의 갈림길에 서 있음을 말했다.

선생은 임진왜란을 직접 겪어낸 분이다. 전쟁을 승리로 이끈 모든 계략이 선생의 머리에서 나왔다. 이런 전쟁의 담당자로서 제7,8구의 잠못이루는 심정을 지금 우리는 알 수 있다. 나라의 운명을 근심하는 선생의 고뇌가 이 시속에 간절하다.

이렇게 나라를 위한 우국의 충성은 가득하지만 뜻대로 되지 못하는 현실의 답답함을 제3,4연에 잘 표백하고 있다. 마치 말뚝에 매여 있는 말이 마음대로 움직일 수 없는 것과 마찬가지로 자신의 처지도 마음대로 할 수 없는 안타까움을 말하고 있다. 이는 나라의 힘이 미약함을 암시한다고 볼 수 있다. 여기서 우리는 선생의 우국과 충성을 깊이 느낄 수 있다.

이와 같은 선생의 우국의 마음은 몸을 부수어 바다를 메워서라도 왜국에 건너가서 그들의 목을 베고 싶다고 외치게 하고 있다.

金接伴晬在月城有寄因次其韻 其三

强和村老祝新年　억지로 촌로와 새해를 축하하며
願見南氓奠枕眠　원하는건 남쪽 백성이 벼개베고 잠잘만한 평화
何術碎身塡巨海　무슨 수로 몸을 부수어 바다를 메우기라도 해
唯思斫首補高天　왜놈들 목을 잘라 임금께 충성하길 생각하네
誰憐薏苡長銷骨　누가 가련히 여기리 율무가 뼈를 오래 녹임을
自愧弓刀久在邊　스스로 부끄럽기는 무기를 가지고 변방에 있는 것
好去角巾尋舊業　즐기어 은자가 되어 옛 일을 찾아

閉門終歲守吾玄. 문을 닫고 마칠 때까지 내 본심을 지키리.

<白沙集 卷二 · 10>

제2연까지는 침략자 일몬에 대한 강한 증오심을 불태우고 있다. 제6구에 나오는 율무는 약재로 쓰는 것으로 신경통 류마치스에도 좋고 방광 결석을 녹이는 데도 효과가 있다고 한다. 허약체질의 회복에도 쓰인다.

고대 중국에 전하는 전설에는 우(禹)의 어머니가 율무를 먹고 우를 낳았다고 전한다. 율무를 오래 녹여 없앤다는 말은 이렇게 훌륭한 임금을 못 나오게 한다는 말로 나라를 망하게 하는 것을 뜻했다. 이렇게 서서히 변화를 일으키는 점진적인 승리의 진전보다는 보다 적극적인 승리를 갈망하고 있는 심정을 읊고 있다. 이렇게 점차적인 방법으로 하는 것이 부끄럽다. 나라의 운명을 담당하고 있는 군사로서 아직도 수복을 하지 못하고 변방에 있는 것이 안타깝다는 의미다.

마지막 7,8구는 전쟁을 승리로 이끈 후의 자신은 아무 것도 싫고 오직 은거해서 자신의 본분을 지키겠다는 겸손과 청백리다운 심정의 토로라고 생각한다.

우국의 실천으로 원병에 대한 대우를 극진히 한 시가 있다.

李提督別章

詔許誅妖孼	조서가 내리시어 왜적을 베라하시니
竿旄出上台	깃발을 앞세워 높은 분이 나오셨네
國須光復運	나라엔 모름지기 광복의 운이 있어
天降異人材	하늘에서 특별한 인물을 내려 주셨네
謀定兵先勝	전략에 앞서 먼저 이기고
神扶慶大來	신령이 도와서 큰 경사 오네
泥鴻尋有跡	크게 남기신 자취를 찾아보니
留像浿江隈.	대동강가에 남아 있구려.

<白沙集 卷二 · 18>

원병의 장수인 이여송(李如松)에게 칭송과 찬사를 아끼지 않고 있다. 이를 혹자는 비굴한 사대주의라 삐뚤어진 시각으로 보는 자도 있겠지만, 실로 나라의 실속을 계산한 현명한 처사가 아닐 수 없다. 한말에 김택영(金澤榮)은 '문장보국(文章報國:글로써 나라에 보답한다)'이라고 했지만 바로 이런 경우의 시를 두고 하는 말이라고 할 수 있다. 이런 글을 받은 이여송이 우쭐 거리면서 우리를 위해 있는 힘을 다 과시해 보이는 당시의 모습이 상상된다.

선생의 이 시는 오직 나라를 구하고자하는 일념에서 간곡한 심사를 개진한 것으로 보아야 할 것이다.

朴通官隨册使在倭營述懷寄詩次韻却寄

囚人每夢上雲岑   죄인은 매일 산꼭대기에 오르는 꿈만 꾸면서
喝者常思浴水心   한여름에 목욕하고 싶은 마음 같았네
當暝想君多少意   답답하여 그대 생각 다소 있는데.
因風寄我短長吟   바람결에 그대 시를 보게 되었네
時常易失寧猶豫   때는 항상 잃기 쉬우니 차라리 늦추고
事到難言轉陸沈   일은 말하기 어렵게도 땅이 갈아앉는다네
最是華夷相混地   게다가 중국과 일본은 함께 섞인 이 땅
春來誰慰仲宣襟.   봄이 오면 누가 임금님을 위로 하리.

<白沙集 卷二·18>

이 시는 앞 4귀절은 편지를 받게 된 기쁨을 썼고, 뒤의 4귀절은 외교적인 작전을 일러 주고 있다. 왜 이리도 편지가 오지 않는지 궁굼하던 차에 받은 편지래서 그 기쁨이 크다.

중요한 것은 뒤의 4귀절에 나타난 작전이다. 제5구에서는 서두르지 말고 시간을 끌라는 의로 받아들일 수 있겠다. 제6구에서는 아직도 여기서는 일본이 자꾸 우리 강토를 침범하고 있다는 현실에 대한 전갈이다. 일본에서 듣는 남들의 말에 속지말고 일본이 아직도 우리를 괴롭히고 있다는 사실을 전하는 내용이다.

제7구는 우리를 도우러 온 중국의 병사들이나 일본의 병사들이 결국은 모

두 우리들을 괴롭히는 군사들이라는 사실을 말하고 있다. 얼핏 보기에는 우리 땅에 우리를 도우러온 구원병도 있고 일본군도 있다는 말이 되겠지마는 가만히 생각해 보면 그들끼리 자국의 이익을 위해서 강화조약을 체결하고자하는 속셈을 읽고 있다는 것을 알 수 있다. 제8구에서 우리 나라의 위상이 외로움을 말하면서 전쟁이 끝난 후에 후회하지말고 지금 마음을 단단히 먹고 협상에 임해야 한다는 부탁이 들어 있는 시다.

우리는 이런 시를 통해서 실천적인 선생의 우국의 실상을 엿볼 수가 있다.

(3) 불안과 우울

전쟁의 참상과 고난 그리고 풍전등화의 위기에 있는 나라에 대한 우국과 구국의 일념에서 모든 지략을 동원한 외교의 시편(詩篇)들은 우리의 심금을 울린다. 이렇게 전쟁중의 시들에서는 불안과 우울의 정서가 짙게 배어 있는 것을 실제 작품을 통해서 살펴 보려고 한다. 이미 앞에서 전쟁의 참상과 우국의 시들을 보면서 이와 같은 정서는 감지 할 수도 있었겠지만 그런 정서가 더욱 두드러진 작품을 찾아서 다시 읽어 보려고 한다.

曉起聞隣舍婦歌聲甚悲

雪屋風鳴戶　　눈 덮인 집에 바람은 창호를 울리고
鉤簾月影哀　　달아맨 발에 달 그림자가 슬프다
時危有隱慮　　때가 위태로워 숨을 데를 근심하는지
隣女曉歌懷.　　이웃집 여자의 노래가 심회를 자아낸다.

<白沙集 卷二・10>

전쟁으로 인한 위태로움을 그림으로써 불안한 정서를 표백하고 있다. 새벽에 들려오는 노래가 평화로운 것이 아니라, 불안한 마음을 표상하고 있다. 제1구에서 문종이의 떨림도 불안한 정서의 묘사라고 할 수 있다.

창호를 울리는 바람, 달아맨 발에 비치는 슬픈 달 그림자는 경치를 묘사한 것이고, 숨을데를 근심하는 마음과 이웃집 여자의 오래는 정취를 말한 것으로 이 시는 선경후정(先景後情:경치를 먼저 묘사하고 그에 마음을 갈무리는 수법)의 짜임을 가지고 있다.

傷 春

倚樓愁思亂交加　다락에 기대니 온갖 시름이 몰려오는데
燕入重簷雀琢花　제비는 처마밑으로 날며 참새는 꽃을 쪼고 있네
菱葉滿池萍又紫　마름은 못에 그득하고 부평초 보라빛 세상
一年春事已無多　올 해 농사는 일글렀구나.

<白沙集 卷二·19>

전쟁으로 농사를 짓는 사람이 없다 물을 댈려고 만든 못에는 잡초만 자라고 논밭도 풀만 무성할 뿐이다. 농사가 폐농이 된 것을 생각하는 선생의 마음은 우울과 근심의 정서가 짙게 깔려 있다.

이 시에서 제비는 명나라의 구원병을 말하고, 참새는 일본군을 말한다고 볼 수 있다. 제비가 처마밑으로 자꾸 날아 든다는 말로써 구원병이 오는 것을 상징하고, 참새가 꽃을 쪼고 있다는 표현으로 우리나라를 침탈하는 일본의 실상을 비유했다. 이와 같은 시를 통해서 전쟁의 불안과 우울의 정서를 감지할 수가 있다.

또 말년에 유배지인 북청에서 나라를 근심하면서 자신의 처지에 대한 불안한 정서를 노래한 시도 보인다.

夜 坐

終宵默坐筭歸程　밤새도록 묵묵히 앉아서 돌아갈 길을 셈하는데
曉月窺人入戶明　새벽 달이 엿보듯이 문틈에 들어 밝구나
忽有孤鴻天外過　문득 외기러기 높이 날아가니
來時應自漢陽城.　아마도 한양에서 날아 왔으리.

<白沙集 卷三·39>

내일을 예측할 수 없는 외로움에 싸인 불안한 유배 생활이잘 표현 되었다. 이 시를 통해서 우울한 선생의 감정도 감지할 수 있다. 자신의 명명 백백함을 나타내면서 가족 형제에 대한 그리움도 그렸다. 유배지에서의 불안과 우울의 정서를 잘 그린 시다.

(4) 기개

선생께서 전쟁 중에 남긴 시에는 전쟁의 참상이나 괴로움 우울하고 불안한 정서를 노래한 것만 있는 것은 아니다. 선생의 성장에서 보듯이 다분히 무관의 기질이 있었던 분으로 봐서도 그 전쟁의 와중에서도 기개를 노래한 굿굿한 시가 있다는 것이 선생의 진면목을 살피는데 매우 좋은 자료가 된다고 생각한다.

單于夜宴圖

陰山獵罷月蒼蒼	깊은 산에 사냥을 끝내니 달이 푸르네
鐵馬千群夜踏霜	수천의 튼튼한 말이 밤서리를 밟는다
帳裏胡笳三兩拍	휘장 속 두세마디 피리에
尊前醉舞左賢王.	취하여 춤추는 것이 어진 왕을 돕는 일.

<백사집 卷二·26>

수렵을 끝내고 휴식을 취하는 모습을 형상화한 시다. 첫귀절부터 기상이 씩씩하다. 제2구도 마찬가지다. 남성적이고 힘찬 기개가 돋보인다.

즐겁게 노는 것도 임금을 위한 일이다. 퇴폐를 일삼는 것이 아니라, 내일의 힘을 돋우기 위한 오늘의 놀이는 건전한 오락의 의미가 있다.

3) 유배시(流配時)

선생의 시중에서 임란 후의 작품들은 대개 유배 때에 읊은 것들이 많다. 유배를 당하는 심정은 모두 충성심이 그 바탕을 이루고 있지마는 자세히 살펴보면, 괴로움과 외로움, 그리고 감추지 못하는 기개와 임금님에 대한 감사를 읊은 감은이 있다.

(1) 고난

유배라는 것이 괴로움 자체라고 할 수 있다. 더구나 옳은 것을 위해서 바로잡으려다가 당하는 억울한 유배는 더욱 괴로울 것이다.

선생의 10년 후배인 신흠에게 자신의 심정을 토로한 것을 보면 선생의 내적 괴로움을 짐작할 수 있다.

> 寄申敬叔
>
> 兩地俱爲放逐臣　그대나 나나 모두 쫓겨난 신세
> 中間消息各霑巾　전해오는 소식에 눈물 지누나
> 淸平山下昭陽水　청평산 아래 소양강 물은
> 日夜西流到廣津.　밤낮으로 흘러흘러 광나루에 갈테지.

<백사집 卷三 · 36>

괴로움의 눈물을 그대는 알 것이라는 의미가 우러난다. 서로 같은 처지다. 그래서 서로의 마음을 알 수 있다. 임금님이 께신 광나루로 흘러드는 소양강 물이 한없이 부럽기만 하다.

괴로운 심정을 구체적으로 나열하거나, 설명을 하지는 않았지마는 우리는 이 시를 통해서 귀양길에 오른 선생의 괴로운 마음을 읽을 수 있다.

(2) 고독

유배의 삶은 외로움이 가장 절실하다. 나라에서 버림받은 몸을 누가 돌봐줄 것인가? 그를 돌봐주는 그것이 죄가 되는 마당이다.

夜 坐

終宵默坐算歸程	밤새도록 묵묵히 갈 길을 셈해 보니
曉月窺人入戶明	새벽달이 나도 몰래 창에 들어 밝구나
忽有孤鴻天外過	홀연히 외로운 기러기 하늘가에 지나가니
來時應自漢陽城.	그놈도 한양성에서 날아 왔겠지.

<백사집 卷三·39>

한밤에 나르는 외기러기가 자기처럼 느껴진다. 앞길을 생각하면 아득하기만 하다. 풀려날 길도 없고 이미 몸은 쇠약해져서 소생의 가망도 없다. 외로움의 정서가 강하다.

이 시를 보면 유토피아의 세계는 한양성이다. 외기러기와 자신은 이미 한양성을 떠난 존재들이다. 여기서 서로 공명을 해서 동화하고 있다.

(3) 기개

이렇게 외롭고 괴로운 귀양의 길에서도 선생의 기개는 살아 있었다. 이는 떳떳한 삶의 증거며 바른 삶에서 솟아나는 힘이라고 생각한다.

配昌城過忘憂嶺

獰風難透鐵心肝	무쇠 심장으로도 뚫기 어려운 모진 바람
不怕西關萬疊山	서쪽 관문 만첩산이 두렵지 않네
歇馬震巖千丈嶺	진동하는 바위 천길 고개마루에 말을 쉬며
夕陽回望穆陵寒.	석양에 돌아보니 목릉이 싸늘하네.

<백사집 卷三·37>

모진 바람에 대한 표현과 그런 악천후를 뚫고 온 의지가 강하게 묘사 되었다. 어려움을 극복하는 기개가 느껴진다. 이렇게 두려움이 없이 무엇이라도 뚫을 수 있는 강한 기개도 임금님에 대한 생각에는 비감이 서린다. 목릉은 선조의 능이다.

비록 귀양길의 노정을 시로 그렸다고 해도 구김이 없는 기개는 어디에서 오는 것일까? 우리는 여기서 작가의 의지를 보며 놀라움에 고개를 숙이지 않을 수 없다.

이 시에는 12월 22일 창성으로 귀양을 가라는 명령을 받고 길을 가다가, 첫날 망우리 고개를 지나며 읊은 것이라는 주석이 달려 있다. 그리고 첨가해서 이 날은 몹시 추웠다고 덧붙였다.

移配北靑別延陵諸君

雲日蕭蕭晝晦微　눈이 내려 스산하고 어두운 낮에
北風吹裂遠征衣　북풍이 귀양길의 옷을 찢누나
遼東城郭應依舊　요동의 성곽은 옛과 같은데
只恐令威去不歸.　다만 정령위처럼 돌아오지 못할까 두렵구나.

<백사집 卷三·37>

이 시에 대해서는 『시화총림』에서도 거론했다.

"백사 이상국이 무오년 봄에 인목대비를 폐위하려는 것을 간했다. 그 때의 집권당 대북파의 계획이 공을 극형에 처하려 하여 대사헌 이각과 대사간 윤인 등이 절해 고도에 위리 안치할 ㄱ서을 요청하여 먼지방에 귀양보내기를 결의하여 처음에는 평안도 방면으로 가게 되었다. 윤인등이 다시 육진으로 보내자고 하여 삼수로 가게 되었다. 여기서 광해군이 특명으로 "북청으로 보내라 했다." 서울에서 떠나는 날 절구 한 수를 짓기를

　　　　날씨는 음산하여 대낮에도 침침한데

거센 북풍이 멀리 가는 옷을 찢어 놓는구나
요동 성곽이야 언제고 여전하겠지만
영위가 한번 가면 다시 오지 못할까 걱정이다.

이 시를 듣는 사람들은 모두 눈물을 흘렸다. 그런지 얼마 되지 않아서 돌아가니, 사람들은 '시참'이라고 했다.

이 기록은 신흠이 지은 『청창연담(晴窓軟談)』에 있는 것이다. 대개 그 당시의 사정을 정확하게 말하고 있는 것으로 믿을 수 있다고 생각한다. 여기서는 '시참' 즉 시로써 미래를 말한 것으로 언급하고 있지마는 이 시속에서 우리는 힘찬 기개를 엿볼 수 있다. 자연의 악조건과 고투하는 선생의 모습을 볼수 있다.

이 시에도 주가 달려 있는데 다음과 같다. "청파(靑坡)에 도착했을 때 경원(慶源)으로 귀양지가 옮기게 되었다가, 또다시 삼수(三水)로 옮기고, 1월 9일에 북청(北靑)으로 고쳐졌다. 이연릉호민제군(李延陵好閔諸君)들이 술을 가지고 와서 우산단 길 옆에서 나를 전송했다." 우리는 이 주석을 통해서 당시에 선생께서 얼마나 선비들의 중망을 받으셨는지 알 수 있다.

(4) 감은

선생께서는 귀양길에서 조차 임금님의 은혜에 감사했다.

北謫始有三水之命命改北靑

孤臣不度濟人關　　외로운 신하는 제인관을 건너지도 않았는데
日月昭昭宇宙寬　　해와 달은 넓은 우주를 밝히네
青海怒聲風氣勢　　푸른 바다는 바람 기세에 성난 소리 내는데
白山孤影雪屛顔　　하얀 산 외로운 그림자에 눈물자욱 씼는다
恩加沙塞氷先泮　　은총이 변방 사새에 더하여 얼음 먼저 풀리니
心健關河路不難　　마음이 튼튼해져 관하의 길이 어렵지 않다

唯有憶君千里夢　오직 마음에 둔 것은 임금님 추억
曉隨殘月趍朝班.　새벽 달 따라서 조회에 나가는 것.

<백사집 卷三 · 38>

변방으로 귀양을 가는 선생의 심회를 그리면서 임금님을 못잊어 하는 마음을 표현했다. 자신의 처지는 오히려 임금님의 은혜로 얼음이 다른데 보다 먼저 풀린다는 고마움 뿐이고 과거에 임금님과의 추억으로 마음이 아프다.

제2구에서 해와 달이 넓은 우주를 밝힌다는 것이나, 제5구에서 얼음이 먼저 풀린다는 표현이 선생이 임금님의 은혜에 감사하는 마음을 나타낸 부분이다. 이런 시를 통해서 선생의 깊고 높은 충성심을 보게 되는 것이다.

백사는 이제현의 직계손은 아니다. 탄생으로부터 죽음의 고비를 여러 차례 넘기면서 임진왜란을 승리로 이끄는데 공을 세운 분이다.

『백사집』의 초간본은 1629년 윤4월 강릉에서 간행했고, 중간본은 1635년 진주에서 간행되었다. 『한국문집총간』에 들어 있는 『백사집』은 초간본과 중간본을 저본으로 한 것이다. 그런데 1906년경으로 추산되는 『영영신간본』이 편제가 다르게 전하고 있다. 여기에는 작품의 수록 수도 가장 많고 연보까지 붙여서 간행했기 때문에 가장 참고하기가 좋다.

선생의 시는 지금 440여편이 전하는데 이는 1602년경부터 약5년간 정계에서 물러나 있는 여가를 이용하여 정리한 것과 그 뒤에 더 첨가한 것으로 보인다. 선생의 시작품은 임진왜란 중의 것이 제일 많으며, 그 시들은 전쟁의 실상을 잘 전하고 있는 것들이 많이 보인다.

선생의 시문학에 대한 연구는 거의 없는 실정이다. 그 이유는 정치적인 역할이 컸기 때문에 그와 같은 업적에 가리워서 그랬던 것으로 생각할 수 있다. 대체로 우리 선배들이 선생에게 내린 평가는 기를 중시하는 호방한 시인으로 이해했던 것같다.

선생의 시문학관은 독특한 면이 발견된다. 후부론은 글의 질을 말하는 것으로, 글을 읽고 아무렇지도 않다면 두터운 글이라고 할 수가 없고 사람을 많이 고무시키고 흥분시키면 후한 글이 된다고 했다. 독자들에게 감동을 주고 폭넓게 수용되는 글을 원했던 것을 알 수 있다.

노일론은 시인의 가치를 평가한 시문학관으로, 시인의 가치가 무엇보다도 크다고 주장했다. 그 이유는 창작의 수고로움이 가장 크기 때문이라는 것이다. 이 논리는 흥미 있게 풀벌레와 광대에 시인을 비교함으로써 시인의 가치를 높였다.

사수시빙론은 생각과 시의 관계를 물과 어름에 비유하여 설명한 것이다. 사람의 생각이 어떻게 시가 되고, 또 시가 어떻게 사람의 마음을 움직이는 가에 대한 과학적인 분석이라고 생각한다. 마치 쏘슈르의 랑구와 빠롤을 연상하게 하는 이론이다. 무형의 생각과 유형의 작품이라는 관계성을 인식하고 분석적으로 이론을 전개했다.

선생의 작품으로 보나, 선생의 이론으로 보나 선생은 기를 창작에서 중요하게 보았던 것으로 이해할 수 있다. 선생의 작품에서 기를 중요하게 보았다는 증거는 다른 사람들이 선생의 작품을 평한 말에서도 찾을 수 있었다.

문학의 중요한 목적은 재미다. 재미가 없는 작품은 생명이 없다. 선생이 주장한 이 해이론은 요즈음의 효용론과도 통한다. 문애론은 말은 곧 글이고, 글은 곧 생각이고, 생각은 전해야한다는 주장이다.

감동과 수용의 측면에서, 창작의 수고로움에서, 그리고 글은 재미가 있어야 한다는 주장에서 시문학의 효용과 가치를 말했다. 글은 시인의 기와 생각으로 되어 있다는 주장은 시문학의 본질적인 측면이고, 생각과 글의 관계를 물과 어름에 비유하여 설명했다. 이와 같은 시문학관은 선생의 특징이 잘드러 나며 당시의 시대속에서 실학적인 요소가 싹트고 있었음을 알게 하는 주장이기도 하다. 시문학을 단순히 효용적 가치로만 보지 않고 문학 자체로, 재미로, 풍자로, 카타르시적인 재료로, 인격을 담아내는 그릇으로 보는 진보적인 시문학관이라고 평가할 수 있을 것이다. 특히 허균의 글 앞에 써 준 글에서는 시인의 가치를 인정하는 논리가 정연하다.

선생의 시세계는 4부분으로 나누어 생각해 볼 수 있다. 임난전과 임난중 그리고 중국에 사신으로 갈 때 읊은 『조천록』의 시들, 여기에 임난후 유배생활에서 나온 작품들로 나누어 볼 수 있다고 생각한다. 이와 같은 분류는 시대에 따라 선생의 시가 주제나 정서상 상당히 다르게 나타나기 때문이다.

임난전에는 호방한 성품이 잘 나타나는, 달관과 풍자, 고요한 침잠의 세계를 노래한 것들과 따뜻한 사랑이 넘치는 시편들을 찾아 볼 수 있다. 그런데 임난중에는 전쟁의 참상과 침략을 당한 조국에 대한 우국과 애국, 임금님에 대한 충성이 강하게 나타난다. 불안과 우울의 정서가 있으며, 그런 어려움 속에서도 천부적인 기개를 토로한 시원한 시편을 찾을 수 있다. 유배중에 지은 시들은 유난히 임금에 대한 충성이 짙다. 그러나 그 속에서도 인간적인 고뇌와 유배생활의 고난, 그리고 고독을 읊은 시들이 보인다. 기개를 드높임은 선생의 타고난 성품인 것같다. 유배중의 시속에서 기개가 높은 시를 대하게 되어 새삼 선생의 위대한 성품을 만날 수 있었다. 충성보다 한걸음 더 나아간 임금님 은혜에 감사하는 시를 대할 때 조선 시대 선생께서 얼마나 인간다운 삶을 진솔하게 살고 계셨던가를 깨달으며 고개가 숙여짐을 어쩔 수 없었다.

난리를 겪으면서 창작을 한 전쟁문학에 대한 연구가 그리 많지 못한 현실에서 선생의 시문학을 읽고 그 정신을 살핌으로써 우리들이 배우고 따를 바가 많다고 생각하게 되었다. 선생의 시문학은 전쟁문학의 일환으로 그리고 참다운 민족문학의 건설을 위해서 더욱 각광을 받아야 할 것으로 생각한다.

6. 시조론(時調論)

백사 이항복의 시조는 대체로 5수가 전한다. 지금까지 전하는 이 5수 시조의 의미는 무엇이며, 또 그 전하는 의미는 무엇인가? 문학 작품은 독자들의 감동을 통해서 생명을 얻는다고 볼 때, 지금 전하는 5수는 감동을 줄만한 것인가? 생명이 있는 작품인가? 이런 문제를 검토해 보는 것도 백사의 시조를 이해하는데 한 걸음 접근하는 길이 될 수 있을 것이라고 생각한다.

노래는 시보다 대중들에게 감동을 준다는 점에서 전파성이 더 강하다. 문학성을 따지기에 앞서, 시대와 맞물리는 이야기와 흥미를 끄는 대목이 감동을 주는데 한몫을 할 수도 있을 것이다. 이런 점은 노래와 한시와 대비를 통해서 밝힐 수 있다. 어떤 점에서는 노래의 경우에 있어서 이미 잘 알려진 작자의 창작이라기보다 대중들이 그 작자에게서 바라는 내용일 수 있다. 이것이 유행성이라는 노래의 특징에서 생겨나는 현상이라고 볼 수도 있을 것이다.

이런 작업은 노래와 시의 차이를 밝힐 수도 있을 것이고, 이를 검토해 봄으로써 대중성에 대한 진실을 밝힐 수도 있을 것으로 기대하는 바 있다. 세상이 백사를 어떻게 이해했으며, 세상이 보는 백사의 한(恨)은 무엇인가? 그래서 노래를 통하여 백사의 한을 풀어 주려는 소박한 심정은 없었을까? 이런 점을 규명하기 위하여 그의 한시와 대비를 해 보고자 한다.

시조의 대중적 친화력과 전파성을 앞세워 백사의 시조를 바라 보고자 하는 의도를 미리 밝히는 바이다. 대체로 백성들과 친화력이 있던 정철, 윤선도, 송순 등에서 볼 수 있는 시조의 창작이 백성들과 친화력의 면에서 환경이 달랐던 백사에게서 시조가 창작 되었다는 사실도 의심이 간다. 이제현이나 서거정의 경우 시조 같은 노래는 없었다. 말하자면 작가가 상대한 계층이 그가 어떤 형식의 작품을 남겼는가에 영향을 준 것이 있을 수 있는 일이기 때문이다.

1) 한시와 시조

철령(鐵嶺)노푼 봉(峰)에 쉬여 넘는 져 구름아
고신원루(孤臣寃淚)를 비삼아 씌여다가
님겨신 구중심처(九重深處)에 쑤려 볼가 ㅎ노라

<악학습령(樂學拾零)>

이 시조는 가장 많이 알려진(중등 교과서에 수록한) 작품이다. 『청구영언(靑丘永言)』『해동가요(海東歌謠)』『악학습영』 등 8가지 노래말 모음에 실려 있다. 이것만 보아도 이 시조의 창작은 백사의 것이라고 믿을 수 있을 것이다. 이를 좀더 구체화 하기 위하여, 이에 대하여 가장 시상이 비슷한 한시가 전한다.

配昌城過忘憂嶺

獰風難透鐵心肝   무쇠 심장으로도 뚫기 어려운 모진 바람
不怕西關萬疊山   서쪽 관문 만첩산이 두렵지 않네
歇馬震巖千丈嶺   진동하는 바위 천길 고개턱에 말을 쉬며
夕陽回望穆陵寒.   석양에 돌아보니 목릉이 싸늘하네.

<백사집 卷三·37>

우선 고개가 철령이 아니라 망우령(忘憂嶺)이다. 그러나 첫귀절에서 "철심간(鐵心肝)"이라는 시어를 볼 수 있다. 한시에서는 쉬어 넘는 구름은 없고, 앞으로 갈 길에 대한 두려움보다 기개가 넘치는 시상을 가지고 있다. 끝 구절 "석양에 돌아 보니 목릉이 싸늘하다는 것은 바로 "고신원루를 구중심처에 뿌려 달라."는 의미와 같이 자신의 진심을 알아 주지 못하는 지금 임금(광해군)에 대한 심정을 그리고 있다.

시조에는 애절한 恨이 있고, 시에는 작자의 기상과 우국충정이 있다. 이것이 개인의 정서인가, 아니면 당시 대중들의 정서인가를 따지기에는 미흡하다고 해도 시와 노래에서 다루고 있는 정서가 다른 것만은 사실이다. 시의 정서가 보다 개인적인 특수한 경험이라면 시조의 정서는 유행성이 첨가 되어 있는 경향을 볼 수 있다.

移配北青別延陵諸君

雲日蕭蕭晝晦微	눈이 내려 스산하고 어두운 낮에
北風吹裂遠征衣	북풍이 귀양길의 옷을 찢누나
遼東城郭應依舊	요동의 성곽은 옛과 같은데
只恐令威去不歸.	다만 정령위처럼 돌아오지 못할까 두렵구나.

<백사집 卷三·37>

이 시에 대해서는 『시화총림(詩話叢林)』에서도 거론했다.

"백사 이상국이 무오년 봄에 인목대비를 폐위하려는 것을 간했다. 그 때의 집권당 대북파의 계획이 공을 극형에 처하려 하여 대사헌 이각과 대사간 윤인 등이 절해 고도에 위리 안치할 것을 요청하여 먼지방에 귀양보내기를 결의하여 처음에는 평안도 방면으로 가게 되었다. 윤인등이 다시 육진으로 보내자고 하여 삼수로 가게 되었다. 여기서 광해군이 특명으로 "북청으로 보내라 했다." 서울에서 떠나는 날 절구 한 수를 지었는데

날씨는 음산하여 대낮에도 침침한데
거센 북풍이 멀리 가는 옷을 찢어 놓는구나
요동 성곽이야 언제고 여전하겠지만
영위가 한번 가면 다시 오지 못할까 걱정이다.

앞에서 대비해 본 시는 시조에서와 같이 고개를 넘으면서 지은 것이다. 그러나 이 시는 떠나는 마당에 지은 것이다. 서로 창작 조건이 다르다. 그러나 귀양을 가는 사람의 심정을 그린 것은 마찬가지다. 이 시는 시화총림의 해석처럼 시첨(詩讖:시에 나타난 예언)이 되어 실로 다시 오지 못하게 됨을 예언한 것이 되었지마는 시조에는 이런 절박함이 없다. 다시 말하거니와 이 시에 비하면 시조는 유행성과 대중적인 정서가 있다고 할 수 있다.

다음 시조를 보면 백사는 자신이 하고 싶은 말을 마음대로 하지 못한 것을 노래했다. 이런 점이 없지는 않았겠지만 실로 그의 한시를 보면 자신이 하고 싶은 말을 작품을 통하여 풍자적인 수법으로 얼마든지 했음을 볼 수 있다.

귀먹은 소경이되어 산촌애 들어서시니
들은 일 업거든 본 일이 이실손냐
입이아 살았노라만는 말 못하야 흐노라

<법어(法語)>33)

소리개(鴟)

側頭伺隙掠人飛   머리를 갸웃 엿보면서 약탈하러 나르는 놈아
飽滿盤天誰識汝   배불러도 하늘을 도는지 누가 너를 알겠니
時同鸞鵠恣遊嬉   이 때 난새와 곡새도 멋대로 함께 즐기는데
只是中心在腐鼠.   다만 이 마음속에는 썪은 쥐만 있구나.

---

33) 한춘섭 등, 한국시조큰사전, 을지문화사, 1985. P.1057에는 法語라고 출전을 밝혔으나,
   P.1038에 있는 일러두기에는 法語가 어떤 문헌인지 설명이 없다.

쥐(鼠)

厠鼠數驚社鼠疑	변소의 쥐가 자주 놀람을 성황당 쥐는 몰라
安身未若官倉嬉	몸을 안전하게 하기는 관청의 창고가 제일 좋구나
志須滿腹更無事	뜻이란게 배부르면 그만인 것을
地塌天傾身始危.	땅이 꺼지고 하늘이 무너져야 위태롭다네.

매미(蟬)

只向凉宵飮秋露	다만 서늘한 하늘을 향해 이슬만 마시면서
不同群鳥競高枝	뭇새와 어울려 높은 가지를 다투지 않네
傳語螳蜋莫追捕	사마귀야 매미를 잡으려 마라
人間何物不眞癡.	세상에 무엇인들 참으로 어리석지 않으리.

<백사집 卷一·1>

이 세편의 시는 「삼물음(三物吟)」이라고 해서 한편으로 묶여 있는 시다. 이 시들은 단순히 동물을 그린 것이 아니다. 당시 살았다고 보이는 인물에 대한 비유적이고 풍자적인 표현이다. 이렇게 하고 싶은 말을 작품을 통하여 할 수 있는데 무슨 "입이야 살았노라마는 말못하야 하노라."라고 할 수 있을까? 이는 백사의 개인적인 심정을 묘사한 것이라기 보다, 아마도 그 상황이라면 그랬을 것이라는 다른 백성들의 생각을 표현한 것이 아닌가, 의심하게 하는 바 있다.

혹 위의 시조가 광해군의 폐모론에 반대했던 사실을 노래한 것이라고 해도 말이 맞지 않는다. 백사는 영창대군을 해할 때나, 폐모를 결행할 때 한결 같이 이항복과 함께 직언하였다. 그들은 서로 "이제 죽을 자리를 얻었다."라고 말할 정도였음을 본다면 이런 노래가 백사의 창작이라고 하기에는 어렵지 않을까 상상해 보는 것이다. 당시의 상황을 기록한 기록물을 예로 들어 둔다.

(예1) 1613년 처음으로 대비가 있는 궁전을 봉쇄한 다음 별도로 금

병을 설치하여 지키도록 했다. 영창대군을 강화의 유배지에서 죽였으니 이 때 8세였다. 이 때 임해군은 교동에 있었는데 이미 고을 원인 정항이 살해 했다. - 중략 - 이원익·이항복·이덕형·심희수 등은 죽음을 무릅쓰고 잇달아 차자를 올려 "효를 다하고 은혜를 온전케 할 것"을 주청하였다. 영창대군을 체포할 때 대군이 인목대비에게 가서 안겨 있었는데 금부의 아전들이 자전을 밀치고 끌어 내왔다 한다. - 중략 - 영상 이덕형과 좌상 이항복이 서로 잇달아 정승직을 그만 두었다. 박응서가 변고를 올렸을 때 영창대군은 겨우 여덟살이었는데 삼사에서 역모의 괴수로 지목하고 번갈아 상장하여 목베기를 주청하였다. 당시의 재신들이 잇달아 백사를 만나 화복을 가지고 협박했다. 정승 백사는 말하기를 "선조(宣祖)의 후한 은혜를 받아 지위가 정승에 이르렀는데 어찌 참아 뜻을 굽혀 임금을 저버림으로써 스스로 명분과 의리를 손상 시키겠는가."라고 했다. 양사의 장관(대사헌과 대사간)들이 국청에서 떠들어 대기를 "현재의 여론은 '대신(이덕형과 이항복)들이 폐모에 대하여 말하지 않는 것은 그르다.'고 한다."하니 백사가 먼저 밖으로 나왔다. 이항복이 따라나와 말하기를 "조정의 의논이 여기에 이르렀으니 우리들이 먼저 화를 당하겠는데 그대는 어찌 하려하오."하니 백사가 말하기를 "예 잡기하에 '내란에는 간여치 않는다.'했으니 어찌 영창대군을 위해서 꼭 죽을 것이 있겠소. 공은 수상으로서 이 의론에 결단을 하오. 만약에 영창대군을 궐 밖에 내보내기만 한다면 나는 뜻을 굽혀 따르겠거니와 반드시 삼사의 의논대로 한다면 이의를 세우지 않을 수 없소. 죽고 사는 것은 명이오."라고 했다. 그러자 수상은 웃으면서 "나의 뜻과 같다." 하고 이튿날 백관을 거느리고 임금님 앞에 나아가 "인 에 근본을 두고 의 로 결단을 하여 영창대군을 궐문 밖으로 나가 있게 하소서."라고 했다. 그러자 적신 이이첨은 말하기를 "조정의 의논은 중형으로 다스리려 하는데 대신들은 다만 궐문 밖으로 내보내기를 주청하니 종사를 위하는 뜻이 아니다." 하고 인하여 질병을 핑계로 출근하지 않으면서 말하기를 "대신들과는 구차하게 일을 함께할 수 없다." 하므로 이항복은 그 말을 듣자 웃으면서 말하기를 "사람은 제각기 보는 바가 있는 것이니 마음대로 하라." 했다. 그러다가 적신인 정조와 윤인 등이 맨먼저 폐모의를 발의 하기에 이르렀다. 좌상 백사는 수상 이항복에게 말하기를 "나는 죽을 자리를 얻었소. 영창대군을 위하여 죽는다면 용맹에 손상이 된다 하겠으나 대비를 위하여 죽으면 의로운 일이 될 것이오,"라고 했다. 이항복이 말하기를 "우리 둘이 함께 상감한테 가서 먼저 성효를 다할 것을 반복하여 말씀드리고 인하여 대간들의 부도덕한 상태를 말씀드리는 것이 좋겠다." 하니 백사는 말하기를 "안되오. 이 일은 반드시 대신들과 상의한 다음 도리와 의리에 근거하여 혹은 직접 말씀을 드리거나 차자를 올리고 인하여 영창대군을 죽여서는 안된다고 언급하는 것이 옳소."라고 했다. 이튿날 대궐로 나아갔을 때 수상이 좌상의 귀에 대고 말하기를 "이 일은 어떻게 날자를 기다릴 수 있겠소. 내 마음은 불타는 것과 같으니 오늘 들어가 아뢰는 것이 어떠하오" 하니 좌상은 "불가하다." 하고 인하여 차자(箚子)의 초안을 꺼내 보이자 수상은 기뻐하면서 "좋다."고 했다. 전날 저녁에 백사는 집으로 돌아와 외랑에 이르자 조의(朝衣)를 벗지 않은 채로 눈을 부릅뜨며 말을 하지 않았다. 자제들이 까닭을 물으니 "삼강이 무너졌다. 내가 대신으로서 어떻게 남아 있는 생명을 아낄 수 있는가."라고 했다. 그 후에 정협이 나아가 "영창대군을 옹립하려는 모의를 했다."고 자복하니 헌납 유활은 '백사가 정협을 잘못 천거했다.'는 이유를 들어 파직시킬 것을 주청했다. 그러자 백사는 종 한사람에게 말을 잡혀 타고 동대문 밖으로 나가 동쪽 교외에 우거하니 드디어 정승에서 면직되었다. 이에 이항복은 외롭게 되어 의지할 곳이 없음으로 매양 집으로 돌아와서는 천정만 쳐다보고 눈물을 삼키면서 밥을 물리치고 오직 찬 술만 찾아 마실 따름이었다. 연흥부원군이 사사되고 영창대군이 중법으로 다스려지려 할 때 이항복은 시대의 일에 관하여 극론하려 했으나 화가 노부에게 미칠까 두려워 하니 그 부친은 말하기를 "생사와 화복은 마땅히 나라와 더불어 함께 해야할 것이니 어찌 할 말을 못하고 참으면서 평생의 소신을 저버릴 수 있느냐."고 했다. 그리하여 한 장의 차자를 올려 남들로서는 감히 하지 못할 말을 하자 논의가 흉흉하니 삼사에서는 처벌하기를 주청했다. 광해주가 노하여 문밖으로 축출할 것을 명하니 그날로 물러나 용진으로 돌아 갔는데 열흘이 못되어 병이 나서 별세했다. 백사의 만시에 이르기를

淪落空山舌自捫   빈 산속에 떨어져 입다물고 살다가
聞君長逝倍銷魂   그대 아주 갔다는 소식에 갑절이나 정신 없네
哀詞不敢分明語   슬픈 만사에서조차 분명한 말 감히 못함은
薄俗窺人喜造言   야박한 세속 남을 엿보아 말만들기를 좋아 해
　　　　　　　　　서네

라고 했다.34)

　　강호(江湖)에 기약(期約)을 두고 십년을 분주ㅎ니
　　그 모른 백구(白鷗)는 더듸 온다 ㅎ려니와
　　성은(聖恩)이 지중(至重)ㅎ시민 갑고 가려 ㅎ노라
　　　　　　　　　　　　　　　　　　　　＜악학습영＞

　이 시조는 자연과 더불어 사는 안락한 삶이 좋기는 하지만 그래도 나라를
걱정하는 마음이 먼저라는 뜻을 담고 있다. 이 시조의 내용에서 특히 강조하
는 것은 강호에 뜻을 두고 정치 생활을 하고 있다는 점이다. 그러나 실제로
한시를 보면 백사의 충성심은 이런 형태의 것은 아니었다. 강호에 기약을 두
었다기 보다는 차라리 나라에 목숨을 받쳤다는 것이 옳을 것이다.
　물론 노래는 풍류를 담고 있어야 하기 때문에 사실과는 다른 허구적인 부분이
있다고 할 수도 있을 것이다. 여기서는 그런 점을 논하고자 하는 것이 아니라, 이
런 시조는 백사의 진심과는 거리가 있다는 점을 말하려고 하는 것이다. 따라서 시
나 시조에 대한, 작가에 충실한 연구가 되기 위해서는 시조보다는 한시를 대상으
로 하는 것이 더 접근하지 않겠느냐는 점을 말하고자 하는 것이다.
　백사가 한시에서 충성을 작품화한 것은 이런 것들이 있다. 난리를 피하는
중에 고난을 형상화 하기는 했지만 그 속에서 백사의 충성심을 읽을 수 있다.
그러나 이런 충성심은 강호에 뜻을 둔 사람의 마음이 아니다. 앞에서 인용한
백사와 이항복의 이야기를 읽어 보면 오히려 자연 속에서도 항상 나라를 근심

---

34. 趙南權譯『國譯紀年通攷 坤』P.889 - 891

하는 마음이 떠나지 않고 있음을 볼 수 있다. 백사의 시조에서 강호에 뜻을 둔 것처럼 표현한 점은 실로 그의 삶과도 거리가 있는 노래임을 알 수 있다.

壬辰六月扈駕西幸途中作

倉卒天難時　갑자기 시대가 어려울 때에
權宜策未工　원칙은 마땅했지만 계책은 공교하지 못해
人心猶拱北　사람들은 모두 북쪽에 마음을 두는데
馬首欲還東　말머리는 동쪽으로 돌아가려 한다.
一路去何去　길은 하나뿐 가면 어디로 가나
千山重復重　千山이 겹겹인 것을
孤雲在嶺嶠　외로운 구름이 고개 마루에 걸렸으니
吾與爾相從.　너와 내가 서로 따른다.

<백사집『영영신간본』卷二·1>

"사람들은 모두 북쪽에 마음을 두는데"라고 한 것은 백성들의 충성심을 그렇게 상징적으로 표현한 것이다. 피난을 말했다면 공('拱')자를 쓰지 않았을 것이다. "고운재령교(孤雲在嶺嶠)"라는 구절에서 '고신원루(孤臣冤淚)'를 떠올릴 수 있으며 '비삼아 띄운다.'는 말과 의인화 했다는 점에서 시조와 이미지 형성이 같은 시어라고 볼 수 있다.

　　장사왕(長沙王) 가태부(賈太傅)야 눈물도 여릴시고
　　한문제(漢文帝) 승평시(昇平時)에 통곡은 무슴일고
　　우리도 그런 쩌맛나시니 어이 울고 흐노라
<병와가곡집>

이 시조는『청구영언』『해동가요』등 5가지 노래말 모음집에 실려 있다. '철령 높은 봉에'만은 못하다. 이 시조가 태평성대에 대한 사치스러운 감상을

노래한 것이라고 본다면 모두 임금께 대한 충성을 노래한 것이라고 할 수도 있을 것이다. 대체로 시조는 풍자로써 '임금님 그렇게 하면 안됩니다.'라는 간언이거나, 태평성대를 노래하여 '이렇게 잘 살고 있는 것이 바로 임금님 덕분입니다.'라고 임금님 만세를 부르는 두 가지 내용으로 나누어 볼 수 있을 것 같다. 이런 관점에서 구태여 이 시조의 시대를 생각해 본다면 아마도 임난전으로 보는 것이 좋을 것 같다. 그래야 가의(賈誼)같은 인물의 눈물이 바로 쓸데 없는 눈물이 아니라는 의미가 살아나기 때문이다. 옛 시들 속에는 '안불망위(安不忘危)'라는 제목이나 주제들이 자주 보이는데 이 시조의 시상이 이런 신하의 마음씨를 형상화 했다고 볼 수 있기 때문이다. 태평성대에도 나라의 다스림을 소홀히 하지 않아서 태평성대를 계속 유지하는 일에 열중해야 한다는 것이다.

시절이 저러ᄒ니 인사도 이러ᄒ다
이러ᄒ거니 이러저러 아닐소냐
이런자 저런자 ᄒ니 한숨 겨워 ᄒ노라

<악학습영>

이 시조는 『청구영언』 『해동가요』 등 7개의 노래 모음집에 실려 있다. 이 또한 백사의 창작이라고 보기에 충분한 문헌적 뒷받침이 있다고 볼 수 있다. 이 시조는 세상의 어지러움을 노래한 것이다. 시비도 가리기가 어렵고 정의로움도 찾아 보기 힘들다. 임난중의 어수선한 상황을 이렇게 노래한 것은 아닐지? 실로 임난의 참상을 형상화한 한시를 보면 이런 한심한 세태를 엿볼 수 있다.

梁山書懷再疊前韻 其二

南民衣服半成斑　남쪽 백성 의복이 절반은 왜색을 닮고
呼我時時作上官　나를 부르는 소리도 자주 일본말투를 쓴다

徐伐鵝鷹歸海外　　서라벌의 거위와 매도 잡아갔으며
扶桑烟火入河間　　왜놈들의 횡포는 황하에도 들 지경
荒城月照戍人語　　황폐한 성에 달이 비친 싸움터에서
凍磧風鳴巡騎還　　언 자갈과 울부짖는 바람에 순시하며 돌아보니
鄕夢不知家萬里　　고향 꿈 얼마나 먼지 알 수도 없지만
喜隨蝴蝶度千山.　　호랑나비 기쁘게 따라 산을 넘어 찾아가리.

<백사집『영영신간본』卷二·23>

이 시의 제2귀에는 "일본속(日本俗)에 호상자(呼尊者) 위상관(爲上官)"이라는 주석이 달려 있다. 지금 우리가 흔히 우리말 처럼 쓰고 있는 '상관'이라는 말도 따지고 보면 임진왜란 때 수입된 말임을 알 수 있다. 제3귀에도 "일본은 거위와 매를 사가기를 귀히 여긴다."고 주석을 붙였다. 이렇게 해서 우리나라의 거위와 매가 일본으로 가게 되었다. 거위와 매까지 걷우어 갔으니, 다른 우리의 보물을 얼마나 노략질해 갔는지는 말할 것도 없다. 선생께서 '매(買)'자를 써서 일본이 마치 정당하게 사간 것처럼 쓴 것은 민족적인 자존심이다. 힘이 없어 빼앗겼다고 하지 않고 사간다기에 주었노라는 의미가 있다.

7년간의 전쟁은 이렇게 일본의 그림자를 남기게 되었다. 이런 전쟁의 피해를 복구하기 위하여 애쓰는 당시 상황을 생각하면 위의 시조가 실감이난다. 근대 일정시대를 지나고 오히려 일정시대를 그리워 하던 인물들을 만나 볼 수 있었던 우리의 경험으로 볼 때 임난후 이런 혼란이 있었을 것이라는 짐작이 가능하다. 주제는 모두 우국충정으로 일맥 통한다고 볼 수 있을 것이다.

2) 창작의식

시조와 한시를 대비해서 시조의 의미를 음미해 보면서 작가로서 백사의 창작 의식을 생각해 보고자 한다. 앞에 인용한 시조와 시들에서 볼 수 있는 것처

럼 우선 애국과 충성을 들 수 있다.

임난이라는 소용돌이를 거치면서 변화하는 사회 현실과 전후 복구에 힘을 쓰기 보다는 광해군으로 말미암은 인륜의 파괴는 5편의 시조를 남기기에 충분한 이유가 된다. "철령노푼 봉에 쉬여 넘는 져 구름아"라는 시조는 백사가 폐모에 반대하다가 귀양길에서 한을 노래한 것이며, "귀먹은 소경이되어 산촌애 들어서시니"라고 노래할 때에는 바른 길로 가지 못하는 나라의 형편을 마음대로 말하지 못하는 사정을, 나아가서는 말을 한다 해도 받아드려지지 않는 현실을 탄식한 것이라고 볼 수 있다. "강호에 기약을 두고 십년을 분주ㅎ니"라고 노래한 것은 치리리 이런 세상에 연연해 하기보다는 자연과 더불어 지내는 것이 좋겠다는 자연귀의를 강하게 드러내 보였다. "장사왕 가태부야 눈물도 여릴시고"라는 시조는 태평성대에 사치스러운 눈물을 통해서 안불망위를 하지 못한 아쉬움이 그 창작의식이 될 수 있을 것이며, "시절이 저러ㅎ니 인사도 이러ㅎ다"라는 시조는 임난후 어지러운 사회 현상이 창작의식으로 작용했을 것이다.

백사 시조의 창작의식은 시대상과 맞물려 수긍이 가는 바 있지만, 한시와 대비를 하면서 백사의 내면 세계와는 다른 점도 발견할 수 있었다. "귀먹은 소경이되어 산촌애 들어서시니"라는 시조와 "강호에 기약을 두고 십년을 분주ㅎ니"라는 시조는 선비들의 일반적인 강호 선호 취향을 노래한 것이지 당시 백사의 절박한 삶을 노래했다고 보기에는 의견을 달리하고 싶고, "장사왕 가태부야 눈물도 여릴시고"라는 시조와 "시절이 저러ㅎ니 인사도 이러ㅎ다"라는 시조는 당시 임난 전후라는 시대상을 고려할 때 수긍이 가는 점이 없지는 않다고 할 수 있다.

대비한 한시들의 창작의식은 분명하고도 절박한데 비하여 시조의 창작의식은 시대와 관련을 지어서 그렇듯하기는 하지만 백사 그 작가를 놓고 볼 때 한시의 창작의식과는 그 절박성에 있어 차이가 있음을 말하지 않 수 없다.

이제 다시 처음의 문제 제기로 돌아 와서, 이 시조들은 전적으로 백사의 창작의식에 의해서 써 진 것이라고 하기는 어렵다는 결론에 도달할 수밖에 없게 되었다. 그의 한시와 대비를 해 본 결과 창작 의식면에서 차이를 보이고 있는 점이 발견 되었기 때문이다. 시조는 한시보다 백사의 창작으식으로 지었다기 보다는 당시 대중들의 의식이 엿보이기 때문이다.

이런 점은 이 작품들의 생명력을 더 강하게 할 수 있는 조건으로 작용할 수 있다. 대중들의 손에 의해서 그들이 좋아하는 것을 작품화 했기 때문이다. 이런 점은 한시와 대비를 통해서 알 수 있었다. "철령노푼 봉에 쉬어 넘는 져 구름아"라는 시조와 "시절이 저러ᄒ니 인사도 이러ᄒ다"라는 시조에서는 한시의 시어나 시상을 다른 시조보다는 비교적 많이 찾아 볼 수 있었다. 가장 백사의 창작의식에 가장 접근한다고 할 수 있을 것이다.

시조와 한시의 대비를 통해서 시와 노래의 차이도 알수 수 있었다. 창작에 있어 개인 의식의 형상화와 그렇지 않은 경우의 차이를 볼 수 있었다. 노래는 유행성과 전파성이라는 특징을 가지고 있다는 점을 알 수 있고, 이 점이 바로 시조 창작에 있어 어떤 경우에는 작가를 규명하는데 의문을 주기도 한다. 백사는 서거정이나 이제현보다는 일반 백성들과 거리감이 적었던 작가로 말할 수 있을 것이다. 시조 작품이 5편 있다는 점도 그렇지마는, 임난후 지방 시찰을 할 때 남긴 시들이 이 점을 뒷받침한다.

이 논의를 마무리하면서 분명한 것은 백사에게 강호의 의미가 어떤 것이었으며, 세상 사람들은 어떻게 생각했는지 상상해 볼 수 있는 기회가 되었다는 점이다.

7. 「한식사선묘시차두자미칠가 (寒食思先墓詩次杜子美七歌)」

백사 이항복의 시문학에 대하여 필자의 「백사 이항복의 시문학론」[35] 이외에 아직은 그리 활발한 연구가 있는 것같지 않다. 새 자료를 발굴하고 학계에 거론하여 반응을 기다리면서 그 시인의 시문학적 특징과 가치를 알아 본다는 것도 중요한 일이라고 생각한다. 이런 작업을 통해서 문학사는 더욱 발전할 수 있기 때문이다. 이런 취지에서 필자는 1994년 「백사의 무술조천록 고」[36] 를 이어서 발표한 바 있다. 이를 통하여 백사의 시에 접하면서 『백사집』에 실려 있는 시들을 읽어 학계에 알리고자 하는 의욕이 더욱 강하게 일어남을 억제할 수 없었다.

문학 작품이 독자에게 공감을 주고 감수성을 자극하여 삶을 더욱 가치 있게 한다면 가치가 있다고 생각한다. 이렇게 독자와 호응 관계를 성립하게 될 때는 작품으로서 문학성을 검토할 필요가 있다고 생각한다. 더구나 작품의 특징을 발견한다면 그것은 더욱 문학적 가치를 높일 수 있을 것이다. 어느 특정의 논자가 그렇게 생각한다면 보편성을 잃게 되겠지마는 이런 논문을 통하여 보

---

35) 東岳語文論集 第輯 PP.
36) 畿甸語文學 第9,9合倂號 PP. 701-724.

편성을 획득할 수도 있을 것으로 기대하는 바도 있다. 작품 발굴과 해석의 의의를 이점에 두고자 한다.

이런 논리 전개상의 의도를 담고 있는 것이 이 논문이다. 우선 동양 시문학에서 시성의 칭을 얻고 있는 두보의 시와 그 형식과 내용면에서 충분히 대를 이루고 있다는 표면적인 사실만으로도 발굴 분석의 가치가 있다고 생각한다. 「백사 이항복의 시문학론」에서 말했던 것처럼 백사의 시문학관은 당시 보편성을 얻고 있다. 예를 들면 서거정식의 관각적 경직성보다는 개성을 인정하고 시문학만의 특별한 가치를 인정하는 논리를 편 것 등이다. 이런 선행 연구를 바탕으로 논의하는 과정에서 앞으로 작품의 가치를 더욱 세밀히 검토 하려고 한다.

이 작품을 선정하게 된 이유는 이 제목에서 처럼 두보의 시와 관련을 가지고 있다는 사실과, 그러나 내용은 시인 자신의 체험이기 때문에 시대성을 얻고 있다는 점이다. 이는 문학의 특수성과 보편성을 충분히 가지고 있는 작품으로 일견 해석할 수 있을 것으로 본다. 게다가 작품의 양과 질에 있어서도 문학 예술로서 가치가 있다고 믿는다. 이 작품과 관련되는 두보의 시와는 다르게 병서(幷序:이의 앞에 그 시에 대한 설명을 한 글)가 있어서 창작의식도 잘 밝혔다. 이렇게 이해하기도 쉽고 시대성도 있으며 문학 예술로서 보편성과 특수성을 갖추고 있는 작품을 검토 한다는 것은 한국 시문학사를 더욱 풍부하게 하는 일이 될 것이다.

1) 창작의식

이 작품의 창작의식은 이 시의 병서에 잘 나타나 있다. 먼저 병서를 읽어 보고 그 의미를 검토 하려고 한다. 인용한 글 중에서 ( )안 넣은 글은 이본에 기록한 것을 옮긴 것이다.

寒食思先墓次子美七歌 幷序

余少時	내가 어렸을 적에
嘗賦柳子	일찍이 한식날 선영을 생각했다,
寒食思先墓詩	라는 시를 었으나
當時癡少	당시에 어리석고 어렸으며
務合科程規範	과거 시험을 보는 교육 과정에 힘쓰느라고
不復深究詩意	시의 뜻을 다시 깊이 궁구하지 못했었다.
今年春	금년 봄에
客寓月城	나그네가 되어 개성에 부쳐 살면서
悼念存歿	가족이 살았는지 죽었는지에 대해 추도하니
仍感良時	이 좋은 계절에 느낌이 있었다.
乃知古人	이에 두보가
一吟一詠	하나하나 읊고 노래한 것을 알고 보니
無非情景俱到	마음이 폭 빠지는 정경이 아닌 것이 없었다.
偶吟子美七歌	두보의 칠가에 짝하여 읊으면서
追步其韻	그 운에 따라 노래를 지으니
因竊自傷	때문에 가만히 속이 상하는데
賦命奇孤	타고난 운명이 기구하고 외로우며
生又不辰	살만한 시대가 아니어서
生纔九齡	태어 나면서 겨우 9세에
嚴父見背	아버지를 여의었고
甫過成童	내가 어린이를 면하면서
慈母繼殂	어머니도 이어 돌아가시니
靈根旣蹶	조상이 이미 기우러지고
具爾分飛	우리들은 모두 나뉘어 흩어지니
孑然單形	의지할 데 없는 혼자 몸으로
獨携隻影	아무도 돌봐 주는 사람이 없었다.
棲依無所	붙이어 살 데가 없어서
仰給人餘	사람들이 남기어 주기만을 바라면서
少失門庭之訓	어려서도 가정의 교훈을 잃어 버렸으며

長無師友之益　　　커서도 스승이나 벗의 도움이 없었다.
狂奔浪走　　　　　이리 뛰고 저리 뛰면서
如獸自長　　　　　마치 짐승이 스스로 자라 듯이 자랐으나
幸竊早科　　　　　요행이 일찍이 과거에 합격하여
厚誣時輩　　　　　얼굴 두껍게도 그 때의 무리들을 속여서
官日遷而俸日益　　벼슬은 날로 옮기었고 봉급도 날로 더하여
顏愈厚而心愈戚　　더욱 얼굴이 두꺼워져서 마음은 더욱 울적했다.
追念少時　　　　　어렸을 때를 더듬어 보니
獨依嬬母　　　　　홀로 청상의 어머니에 의지하여
白髮憂傷　　　　　흰 머리털은 근심에 상하였고
困窘萬狀　　　　　모든 것이 다 곤궁하였다.

(每當秋闈冬夜　　　늘 가을이나 겨울 밤을 당하여
更漏漫漫　　　　　물시계의 물이 뚝뚝 떨어 질 때에
不眠推枕　　　　　잠을 자지 못하고 벼개를 높이시며
撫頂而戒曰　　　　내 이마를 어루만지면서 훈계하시기를
家世素貴　　　　　집안의 대를 이음이 번성하지 못해서
一朝蕩亡　　　　　하루 아침에 모두 망하였다.
將無以樹立　　　　장차 가계를 세워서
振吾宗者　　　　　우리 종중을 떨칠 수가 없구나.
唯汝在　　　　　　오직 네가 있어서
汝若能記吾訓　　　너라도 만약 나의 훈계를 기억할 수만 있다면
不自失墜　　　　　저절로 실추되지는 않으리니
雖死猶有兒也　　　비록 죽더라도 오히려 아이가 있음이로다.
且九原可開　　　　또 구천에 간다고 해도
吾有辭於先大夫矣　내 너의 아버지에게 드릴 말씀은 있겠구나.
旣又屈指而計曰　　그리고 또 손꼽아 계산을 해보고 말씀하시기를
天假吾年　　　　　하늘이 빌려준 내 나이로는
及見汝顯揚　　　　네가 출세하는 것을 볼 수 있을 것이니
則汝爲孝矣　　　　그렇게 한 즉 너는 효도를 하는 것이다.
仍復潛然　　　　　이에 다시 가만히

涕下如是者八年而)　　눈물을 흘리셨는데 이렇게 하기를 8년이었네.)

豈期風樹搖搖　　　어찌 바람에 나무가 흔들리는 걸 기약하리오.
菁華荏苒　　　　아름다운 꽃망울이 차츰 변하여도
兒未齊戶　　　　어린애여서 집안을 가즈런히 하지 못하나
親年不待　　　　어버이의 연세는 기다려 주지를 않는구나
天降之酷　　　　하늘이 내린 혹독함에
遂遭大罰　　　　드디어 큰 벌을 당했으니
天乎神乎　　　　하늘이여 신령이시여
其忍視(是)乎　　　그 참아 이러하십니까?
而踰時改歲　　　그런데 때를 넘겨서 해가 바뀌어
以至于今　　　　지금에 이르니
又頑然獨生　　　또 완연히 혼자 살아 남았구나
而不得死者　　　그리하여 죽지 못한 것이
抑何如人耶　　　아, 무슨 사람이라 하리
每一入夢　　　　늘 한번 꿈만 꾸어도
儀形警咳　　　　거동과 형체와 윗사람에게 기척함을
十不記一(二三)　　열 중에 하나도 기억하지 못한다
而猶不得其眞　　　그리하여 오히려 그 참을 얻지 못하니
嗚呼天地有盡　　　오호라, 천지가 다 하였구나
此恨無窮　　　　이 한스러움은 무궁하리라.
俸祿雖厚　　　　봉록이 비록 후하고
豊柔滑甘之具　　　풍요하고 부드럽고 매끄럽고 달콤한 것들이
雖日陳於前　　　비록 앞에 날마다 벌려 있으며
衣冠呼唱之榮　　　차림새와 존경을 받는 영광스러움이
雖日耀於里　　　비록 마을에서 날마다 빛난다 해도
入門上堂　　　　문에 들어 마루에 오르면
誰爲喜而　　　　누가 기뻐할 이 있으며
將誰孝哉　　　　누구에게 효도하리
天可問耶　　　　하늘에게 물어 보자꾸나.
嗚呼痛哉　　　　아아, 슬프도다.

從玆以往	이를 좇아서 지나 온 세월이
首尾十餘年	벌써 십년이 되었구나
衰門多孼	쇠약한 가문에는 죄가 많아서
老天無祐	늙마에도 하늘이 돕지 않는구나
諸妹曁兄	여러 누이들과 모든 형님들이
接迹而亡	도적이 왔던 데에는 다 죽었으니
晚與季氏	만년에는 동생도 모두
零丁孤苦	찾을 수 없어 외롭고 괴롭구나
相依爲命	서로 의지하여 목숨이 되어
共架同爨	함께 일하고 한솥에 밥을 먹으면서
庶幾嗣續	거의 족속을 이어
之不廢	폐하지 않을 듯했더니
不幸遭亂	불행하게 난리를 만났구나.

(延秋夜啓	연추문을 밤에 열고
弟隨羈紲	동생은 말고삐잡고
於西塞	서쪽 변방으로 따라 갔고
兄負木主	형님은 신주를 지고
而東奔	동쪽으로 쫓기게 되었구나
乃於壬辰十月狪)	임진년 10월에 갑자기 일어난 일이로다.

兄遇賊溺水死	형님은 도적을 만나 물에 빠져 돌아가시니
其年十二月	이 해 12월이었다.
少女遭疫死江都	어린 딸은 역질을 만나서 강도에서 죽었는데
聞女臨亡	딸이 죽었다는 소식에는
猶忍氣擧目	간신히 기운을 차려 눈을 뜨면서
呼爺願見者	아비를 부르며 만나 보기를 원한다고
三而逝	세번이나 그렇게 하고서 갔다는 구나
吁爲人父	아, 사람의 아비가 되어
而尙忍聞是耶	어찌 참아 이 소식을 들으랴!
先季(年)七月	지난해 7월에는

贊償落南	어른을 모시고 남쪽으로 내려 갔는데
踰冬及春	겨울이 지나 봄이 되었어도
事了無期	일이 끝나기는 기약이 없었다
鄕音日惡	시골의 소리도 날로 험악해 져서
來輒可懼	와서야 문득 놀라게 되었다
同堂親姪	우리 씨족의 아저씨와 조카들이
接迹而亡	도적을 만났던 사람들은 모두 죽었단다.
(平生所嬌姪女	평생 아립답던 질녀는
因産而逝	아이를 낳다가 죽었으며
甥又求食遑遑	남편은 먹을 것을 구하러 바삐 다니다
逢盗死途中)	도적을 만나 길거리에서 죽었단다.
歷數一家	일가를 자주 찾아다니면서
在世者幾何	세상에 사는 자가 얼마나 되오
而回視先墓之傍	그런데 선영의 옆을 돌아다 보니
宿草新墳纍纍相望者	옛이거나 새 무덤이 줄줄이 이어 있어
非齊斬則朞功也	함께 죽지 않은 것이 곧 가까운 친척들일세
死而有知	죽어서도 알아 보고
倘能相遇	아마 서로 만나겠지
九重泉路	저 세상의 길이
乃余之樂土	이제는 나의 낙토로다
而一朝長辭	그리하여 하루 아침에 길이 글을 쓰노라니
將庶幾其拭目	장차 거의 그 흙 속을
於土中矣	자세히 들여다 보아야겠구나
嘗聞死生命也	일찍이 듣기를, 죽고 사는 일은 천명이라니
幸而未至乎死也	요행이도 아직은 죽지를 않았구나
則其死者已矣	곧 죽은 이는 끝이 나서
無所逮及	다달을 데가 없으니
唯盡誠追遠	오직 정성을 다 하여 추원할 뿐이다
幸有墓四序	다행하게 산소는 4번 찾아 볼 수 있으나

展掃熒熒	자리를 펴려니 쓸쓸하고 외롭구나
奉奠顧騁	제사를 봉행하며 함께 할 이를 돌아 보니
無他兄弟相助者	형제로서 서로 도울 다른 이가 없구나
常恐我死之後	항상 내가 죽은 뒤에 두려운 것은
此事遂廢	이 일이 드디어 폐하여 져서
香火寥寥	분향하는 이도 적막해 지고
頹然爲一丘墟	무너져 하나의 빈 언덕이 될까일세
到今猶未及死	지금까지는 오히려 죽지 않았는 데도
闕然廢省者	버려두고 성묘를 폐한 것이
又復六年	또 다시 6년이로다.
諺曰生子無良	항간에서 말하기를
不如孤居	무자식 상팔자라 하느니
信哉言也	이 말이야말로 믿을만 하구나
自亂雖來	비록 난리가 온 때부터
村隣散亡	마을 사람들이 흩어지고 죽어서
無人看守	돌 볼 사람이 없다고는 하지만
松楸毀傷	소나무와 가래나무가 손상 시키며
蒭(芻)牧不禁	꼴을 베는 걸 금하지 아니 하고
又往歲	게다가 지난 해에는
野火無戒	들 불을 조심하지 않아서
燒及塋草	선영의 띠를 불타게 했으니
平時拱木	평상 시에 산소 주위의 나무들도
亦皆剝落	또한 모두 쓰러지고 꺾어 져서
孰謂有後之墓	누가 자손이 있는 묘라고 말하겠는가
乃至於斯也耶	마침내 이 지경에 이르게 되었구나
卽今芳春載陽	지금 아름다운 봄이 햇볕을 내리 쬐니
節屆禁火	불조심할 절기가 되었구나
雨露旣濡	비와 이슬이 이미 촉촉하나
心焉怵惕	마음은 두렵고 근심스럽다
況南人之俗	하물며 남쪽 사람들의 풍속에는
禮重祀事	예로서 제사를 중히 여긴다

東隣西舍	동네 모두가
裹飯包魚	밥을 싸고 물고기를 품어 오는데
髫童在前	다박머리 아이들이 앞에 서고
黃犬隨後	누렁이도 뒤를 따른다
蚩氓賤隷	아무 것도 모르는 백성들과 천한 종들도
各自上父母丘隴	각자 부모의 무덤에 제물을 올려서
以寓追遠之意	조상님 생각하는 뜻을 새기는구나
而舊鬼新魂	그리하여 오래된 귀신과 새 넋이
無不焄蒿悽愴	향내를 맡고 신비롭게 되어서
冥感遠降	명부에서 감응하여 멀리 내려와
享子孫誠意者	자손의 성의를 누리는 자가
此獨何人	이 홀로 누구리오.
坐臥自如	앉거나 눕거나 마음대로 하며
猶言猶食	일변 이야기도 나누고 음식도 먹으며
猶踏履平地上	평지 위를 거니는 듯하니
自列於人數中耶	자연스레 사람들 가운데에 늘어서 있구나
因風引頸	바람이 불면 목을 길게 빼고서
西望長號	서쪽을 바라 보고 길게 부르며
擧足頓地	발을 들고 땅에 조아리며
洩哀于歌	슬픔을 노래에 실어 보려니
歌不成聲	노래가 소리를 이루지 못하고서
終天而止矣	해가 저물어 멈추는구나.
歌曰	노래에 이르기를

<백사집 卷二 · 11-14>

　이 병서를 보면 이 노래 창작의식은 남쪽을 순시하는 중에 조상을 숭배하여 제사를 모시며 성묘를 하는 남쪽 사람들의 풍습을 보고 문득 느끼어 부른 것이라고 설명 했다. 병서는 본래 창작의식을 기록하는 것이 보통이다. 이런 시인의 창작의식을 통해서 작품의 성격을 비교적 분명하게 알 수 있다. 추원보본(追遠報本:조상을 생각하여 그 근본을 잊이 아니하고 은혜를 갚는 일)은 오

랜 유학적 풍속이다. 난리통에 잠시 소홀하게 되었던 조상 숭배의 정신을 일깨우는 의도가 있다고 볼 수도 있을 것이다. 그러나 이런 교훈적인 의미보다 더 앞서는 것은 시인 자신이 조상의 산소를 정성껏 돌보지 못하는 양심상 거리낌을 더 강도 있게 표현하고자 한 것이라고 생각한다. 어쩌면 이런 작품을 통해서 스스로 마음의 위안을 구하고 있는지도 모를 일이다. 지금 이 병서를 읽는 우리들은 백사가 조상에 대한 남다른 효성을 가지고 있었다는 사실을 입증하는 자료로 볼 수 있다. 이보다 더 중요한 것은 당시 사람들의 보편성을 얻고 있다는 것이다. 이는 유학 중심 사회에서 사람들이 가지는 보편적인 의식이다. 충효를 금과옥조로 믿는 사람들의 시대 정서를 잘 대변하고 있다.

이 병서의 내용은 애절하다. 이 병서에는 삶의 곤궁함과 외로움이 넘친다. 여기다 일본 도적의 침입이라는 역사적 사실조차 가세하여 한층 추원보본의 정서를 강조한다. 효도와 충성은 통하는 것이고 효도 중에서도 추원보본의 정성은 핵심이다. 이 시인은 이 병서에서 이와 같은 시인의 의식과 두보가 먼저 지은 것이 창작의식을 불타게 했다고 말하고 있다. 이런 2가지 요소를 가지고 볼 때 앞에 것은 정서적 의식이고 뒤의 것은 역사성을 가지고 있는 의식이라고 볼 수 있을 것이다. 시인은 이와 같이 복합적 원인에 의하여 창작을 하게 된다. 이런 창작의식이 지금 우리들에게 주는 의미는 무엇인가? 전쟁은 창작의식을 풍부하게 하는 한 요인이 될 수도 있다는 것을 알 수 있다. 단순히 전쟁이라는 사건이 중요한 것은 아니다. 전쟁을 어떻게 체험하고 소화했는가 하는 것이 창작의식에 미치는 영향을 측정할 수 있을 것이다. 작가의 역량이 그가 체험한 것을 시로 만드는데 하는데 크게 영향을 준다고 할 수 있다. 이런 점에서 백사는 좋은 시인적인 감수성을 가지고 있었다고 평가할 수 있을 것이다.

병서의 가치는 이렇게 시인의 가치와 작품의 수준을 알아 보는데 매우 중요한 단서를 준다. 두보의 시를 본따서 운(韻)을 밟아 가면서 개성 있는 정서를 표현한 것을 보면 백사의 시 창작 능력을 알 수 있다. 언어의 선택과 그 작업을 통해서 창작한 작품을 볼 때 개성 있는 정서적 표현을 알 수 있다. 이는 형식은 같으면서 다른 정서와 내용을 담는 창작적 능력을 가름할 수 있는 기준이 될 수 있을 것이다. 또 한가지 시인의 가치와 작품의 수준을 판가름 하는 것은 역사적 사실을 얼마나 호소력 있게 지금 독자들에게 전달하고 있느냐는 것이다. 고전은 지금 살아서 우리들에게 영향을 주어야 한다. 이런 작품만이 고전으로서의 가치를 얻을 수 있다. 이런 기준으로 볼 때도 이 병서는 정서적 개성을 통해서 백사의 시인으로서의 가치와 능력을 높이 평가할 수 있게 한다. 같은 자료로 만든 음식이 맛이 다르듯이 이 시도 이런 효과를 충분히 나타내고 있다. 이런 점은 백사에 대한 여러가지 풍자적이고 해학적인 일화들과도 같은 맥락에서 이해할 수 있다. 풍자와 해학은 문학성을 잘 알 수 있게 하는 수사 기법 중의 하나다. 이런 점과 이 시의 병서에 나타난 감수성은 같은 차원에서 논의할 수 있을 것이다.

병서는 산문이다. 그러나 이렇게 단락을 나누어 놓고 보면 율격(律格)이 내재(內在)해 있음을 알 수 있다. 그래서 번역에서 운률(韻律)을 주게 되었고 대우(對偶:서로 짝을 맞추는 일)도 나타낼 수 있게 된 것이다. 이런 점은 백사의 글이 산문(散文)과 운문(韻文) 중에서 어떤 성격을 가지고 있는가를 짐작하게도 한다. 그러나 한가지 조심할 것은 한문은 그 글의 성격상 율문적 요소가 강하다는 사실을 잊어서는 안된다. 조급하게 결론을 내려서 백사는 산문보다 율문에 더 문학성이 있다는 식의 평가는 위험하다고 보는 것이다. 그러나 보편성에서 보더라도 한문은 율격이 강하다고 할 수 있을 것이다. 이 병서는 이런 결론을 끌어 내는데는 좋은 재료가 될 수 있다고 생각한다.

이 병서에 나타나는 사건들을 가지고 역사적인 사실의 진부를 따지는 것은 그리 바람직하지 못하다고 보겠다. 대체로 문학은 사실과는 거리가 있다. 그러나 당시의 사실을 이해하는 감수성의 분야에서는 매우 구상화되어 있다고 말할 수 있다. 어쩌면 추상화한 과학적이고 측량적인 기록보다 더 진실에 접근하는 글이 될 것이다. 우리는 이 병서를 통해서 당시 백사의 심정을 이해하고 공감해 보는 것이 중요한 우리들의 몫이라고 생각한다. 이런 논의를 통해서 우리는 경험의 폭을 넓혀서 세계를 바라보는 안목을 향상시키고 사고의 깊이와 이해의 정도를 확산할 수 있다. 이런 점은 우리 삶에 고전이 기여하는 부분이다. 이 병서를 번역하여 독자들에게 널리 읽히고 싶은 욕심도 결국 인간의 삶의 질을 향상시킨다는 목적에서 벗어나지 못한다고 말하고 싶다.

두보에 대해서는 그 시의 운을 밟아서 이 시를 지었다는 말에 이어서 시대가 마음에 들지 않는다는 말을 덧붙이고 있다. 속이 상하고 타고난 운명이 기구하다고 했다. 이 말이 바로 두보 시의 창작의식과 일치하는 부분이다. 두보는 자신의 시에 대하여 병서를 쓰지는 않았다. 그러나 그 시를 읽어 보면 그 시대에 잘못 태어난 자신을 한스러워 한다. 시에 흐르는 정서는 서로 비슷하다. 이런 점들이 두시의 운을 밟게 한 이유가 될 수 있을 것이다.

2) 형식

이 시는 노래의 형식을 가지고 있다. 제목에서도 '가(歌)'라고 밝혔다. 歌라고 한 것은 「시경서」에 '시영언가언지(詩言志歌永言:시는 뜻을 말한 것이고 노래는 말을 길게 느린 것이다)'이라는 말에서 알 수 있듯이 유장한 표현이라는 의미를 가지고 있다. 응축된 시어를 사용하지 않았다는 말이다. 이는 두보의 시 「건원중우거동곡현작가칠수(乾元中寓居同谷縣作歌七首)」와 같은 유형의 시제다. 이 두시를 읽게 된 것이 창작의식을 일으켰다는 병서의 말과 같이 두보와 시로써 견주려는 창작의식도 있다고 생각한다.

형식은 두시와 매우 흡사하다. 먼저 두시를 인용해서 백사의 시와 형식적인 면에서 대비해 보고자 한다. 대비라는 의미는 같은 점과 다른 점을 알아 본다는 말이다. 이런 작업의 의미는 백사 시문학의 특징이나 의식, 가치를 알 수 있을 것이다. 세대를 초월해서 인간의 보편적인 정서를 노래한 작품이야말로 현대에도 살아 있는 작품이다. 이런 작품의 가치를 여기서 천착해 보려는 뜻이 담겨 있다.

乾元中寓居同谷縣作歌七首

有客有客字子美   나그네 나그네 자는 자미니

白頭亂髮垂過耳	흰 머리털이 엉클어져 귀 아래 느러졌네
歲拾橡栗隨狙公	이 해도 원숭이를 따라 도토리나 밤을 줍는데
天寒日暮山谷裡	춥고 해저문 산골짝 속이로다
中原無書歸不得	중원에서는 소식이 없어 돌아갈 수 없으니
手脚凍皴皮肉死	손발이 얼어 터져 살점이 죽는구나
嗚呼一歌兮歌已哀	아아, 첫번째 노래여 노래가 이미 슬프니
悲風爲我從天來	슬픈 바람이 나를 위하여 하늘에서 내려 오네.
長鑱長鑱白木柄	긴 삽이여 긴 삽이여 하얀 자루니
我生托子以爲命	내 삶을 그대에게 의탁하여 목숨으로 삼노라
黃精無苗山雪盛	곡식은 싹도 없고 산에는 눈만 풍성하며
短衣數挽不掩脛	짧은 옷을 잡아 올리니 종아리만 드러나
此時與子空歸來	이 때 너와 함께 할 일 없이 돌아 오니
男呻女吟四壁靜	남녀의 신음 소리37)에 네 벽이 고요하네
嗚呼二歌兮歌始放	아아, 두번째 노래여 노래가 이제 풀리니
閭里爲我色惆悵	마을 사람들이 나를 위해 얼굴이 슬프구나.
有弟有弟在遠方	아우여 아우여 먼 땅에 있으니
三人各瘦何人强	3사람이 각자 여위였으니 누가 강건하랴
生別展轉不相見	살아서 이별해 불안해도 서로 못보니
胡塵暗天道路長	오랑캐 먼지에 하늘이 어둡고 길이 지루하구나
東飛鴛鵝後鶩鶬	들거위가 동쪽으로 나는데 무수리가 좇으니
安得送我置汝傍	어찌 나를 보내어 네 옆에 둘 수 있겠는가
嗚呼三歌兮三發	아아, 세번째 노래여 세번 부르노라니
汝歸何處收兄骨	너는 어디에 가서 형의 뼈를 거두리.
有妹有妹在鍾離	누이여 누이여 종리(鍾離) 고을에 있나니
良人早歿諸孤癡	남편은 일찍 죽고 여러 자식은 어리구나
長淮浪高蛟龍怒	회수(淮水) 물결이 높고 교룡이 노하나니
十年不見來何時	10년을 보지 못하니 어느 때나 올까

---

37) 呻吟은 굵어서 앓는 소리.

扁舟欲往箭滿眼　　　작은 배를 타고 가려니 화살이 눈에 가득하니
杳杳南國多旌旗　　　아득한 남국에는 정기가 가득하도다.
嗚呼四歌兮歌四奏　　아아, 네번째 노래여 노래를 네번째 부르니
竹林猿爲我啼淸晝　　대숲 속의 원숭이가 위로하여 우는구나.

四山多風溪水急　　　사방 산에 바람이 많고 계곡 물이 빠르니
寒雨颯颯枯樹濕　　　찬 비가 서늘하니 죽은 나무가 젖는구나
黃蒿古城雲不開　　　황호 옛 성에 구름이 걷히지 아니하니
白狐跳梁黃狐立　　　흰 여우는 뛰고 누른 여우는 섯구나
我生胡爲在窮谷　　　나는 어찌 하여 깊은 산골짝에 있는지
中夜起坐萬感集　　　밤중에 일어나 앉으니 만감이 서리는구나
嗚呼五歌兮歌正長　　아아, 다섯번째 노래여 노래가 정작 기니
魂招不來歸故鄕　　　넋을 불러도 오지 아니하고 고향으로 가는구나.

南有龍兮在山湫　　　남쪽의 용이 산 못에 있으니
古木巃嵸枝相樛　　　고목이 높고 가지 서로 얼켰구나
木葉黃落龍正蟄　　　나뭇잎이 떨어져 용은 정작 숨었으니[38]
复蛇東來水上遊　　　모진 뱀[39]이 동으로 와서 물 위에서 노는구나
我行怪此安敢出　　　내 가다 이를 괴이히 여겨 어찌 감히 나가서
拔劍欲斬且復休　　　칼을 빼어 베고져 하다가 또 다시 마는구나
嗚呼六歌兮歌思遲　　아아, 여섯번째 노래여 노래의 뜻이 기니
溪壑爲我回春姿　　　골짜기가 나를 위해 봄을 불러 내었구나.

男兒生不成名身已老　　남아가 공명을 이루지 못하고 몸이 늙으니
三年飢走荒山道　　　3년을 거친 산길에 굶주리며 다니노라
長安卿相多少年　　　장안의 높은 이들은 젊은이가 많으니
富貴應須致身早　　　부귀는 응당 몸에 일찍 다다라야 하느니라
山中儒生舊相識　　　山 중에 유생들은 전부터 아는 이들이니
但話宿昔傷懷抱　　　오직 옛날 일을 이야기 하며 회포에 젖노라

---

38) 龍蟄은 唐 玄宗이 남쪽에 있는 것을 말했다.
39) 复蛇는 史思明을 가리킨 말이다.

嗚呼七歌兮悄終曲　　아아, 일곱번째 노래여 슬퍼 노래를 마치고
仰視皇天白日速　　하늘을 우러러 보니 하얀 해가 빨리도 가는구나.

<두시언해 卷二十五·26-29>

有父有父先趾美　　아버지여 법도(法度)40)가 훌륭하신 아버지여
兒生九齡父死耳　　나는 9세에 아버께서 돌아 가셨네
兒時癡弱不耐經　　어릴 때는 못나서 삶을 견뎌내지 못하고
只得從母啼閨裏　　다만 어머니만 의지하고 규중에서 울기만 했네
諸兄相逝獨子然　　형님들도 돌아가시고 외톨이가 되어
三十三年頑未死　　33년간을 억지로 살아 왔지
嗚呼一歌兮聲悲哀　　아아, 첫번째 노래를 부르니 소리가 슬퍼
昊天罔極魂不來　　은혜가 너무도 큰데 넋은 돌아오지를 않네.

有母有母親刀柄　　어머니여 친히 칼자루를 잡으신 어머니여
半世孤燈賦薄命　　반평생 외로운 등불 아래서 고생만 하셨네
有子不肖不得力　　자식이 있으나 못나서 힘이 되지 못하니
布裙懸鶉露兩脛　　누더기 삼베 치마는 짧아서 종아리가 들어나
流光荏苒不相待　　세월은 변하여 서로 기다리지 못하고
身後宗姻式貞靜　　조상 앞에 가실 때에도 곧고 고요하셨네
嗚呼二歌兮哭聲放　　아아, 두번째 노래를 부르니 곡성이 나와
行路爲之喟然悵　　길손이 나를 위하여 한숨 쉬며 슬퍼하네.

有兄有兄性義方　　형님이여 성품이 의롭고 방정한 형님이여
當亂樹立猶屈强　　난리를 당하여도 뜻을 세움에 굽힘이 없었네
弟隨龍馭狩龍灣　　동생은 용만(龍灣)으로 순수41)를 가니
引領相望號聲長　　학수고대하며 부르는 소리가 길기도 해라42)
山氓傳呼有寇至　　산 백성이 전하는 말이, 도적이 다다라

---

40) 趾에는 禮儀, 法度, 道德의 뜻이 있다. 班固의 「幽通賦」에 姜本支乎三趾라하고 그 註에 善曰 趾 禮也라고 했다.
41) 일정한 변방을 임금이 순시하는 일
42) 引領而望이라는 말과 같으며 鶴首苦待의 뜻이다.

兄獨不屈死路傍　　　형님만 굽히지 않고 길거리에서 죽었네
嗚呼三歌兮情激發　　아아, 세번째 노래 부르니 감정이 격해 올라
三年僅得收遺骨　　　3년만에야 겨우 유골을 수습할 수 있었네.

有女有女生別離　　　딸이여 딸이여 억지로 생리별한 딸이여
時當乳下弱而癡　　　헤어질 때는 젖도 안떨어져 약하고 어리석었네
父執母手撫女語　　　아비와 어미가 손을 잡고 너를 어루만지며
未死重逢會有時　　　죽지 않으면 다시 만나 모일 날이 있을 것이다
人傳將死尙呼爺　　　남들 말이, 죽음에 임하여서 아버지를 불렀다니
老淚默灑中兵旗　　　늙은이가 병영 안에서 눈물을 남몰래 씻노라
嗚呼四歌兮不忍奏　　아아, 네번째 노래 부르니 참아 부를 수 없어
至今孤魂哭朝晝　　　외로운 넋이 아침이나 낮에도 곡을 하리라.

有姪有姪遭亂急　　　질녀여 질녀여 난리를 만나 위급해진 질녀여
立別門前涕沾濕　　　바로 헤어지는 문에서 눈물이 흐르네
亂後生逢如夢寐　　　난리 후에 살아서 만나렸더니, 그리워도
甥得加冠女成立　　　남편은 승진을 했고, 딸도 어엿이 자랐었는데
甥今逢盜死途中　　　네 남편은 도둑을 만나 길에서 죽고
女又夭折悲慟集　　　딸은 피지도 못하고 죽었으니 슬픔 어이하리
嗚呼五歌兮川路長　　아아, 다섯번째 노래를 부르니 황천길이 멀어
魂其念我來殊鄕　　　넋이여 내 생각을 해서라도 선계로 가거라.

我家丘壟臨東湫　　　내집이 있는 언덕은 동쪽으로 폭포에 임했는데
別來墓木皆成樛　　　특별히 묘목을 가져 오니 모두 구부러졌네
六年不歸棄如遺　　　6년간을 돌아 보지 않고 버려 두었으니
先靈夜夜空來遊　　　선조의 영혼들이 밤마다 오락가락했겠네
去歲野火燒白楊　　　지난 해 들불에는 백양나무가 불탔는데
隣人撲滅僅得休　　　이웃 사람이 두드려 꺼서 겨우 불을 잡았다네
嗚呼六歌兮道逶迤　　아아, 여섯번째 노래를 부르니 험난하여라
東雲入望猶含姿　　　동쪽 구름이 망월을 삼킨 자태와 같구나.

年年寒食松楸老	해마다 한식에는 소나무와 가래나무[43]가 쇠니
香火寥寥古墓道	성묘하는 사람이 없는 옛 무덤 길이로다.
家家追遠競是日	집집마다 조상의 산소를 찾아보는 이 날
悽愴焄蒿爭及早	분향[44]하러 다투어 일찍 가는구나
遊子天涯哭向西	떠돌이는 하늘가에 서쪽을 향해 哭하노니
舊山無人樹連抱	옛 산에는 사람 자취 없어 나무만 있구나
嗚呼哀歌兮終七曲	아아, 슬픈 노래를 불러 일곱곡을 마치니
感念公私傷運速	공사중에 생각하니 운명이 상하기는 속하기도 하네

<백사집 卷二·14-15>

이렇게 두 시를 대비해 보면 모두 제7구에서는 칠언을 지키지 않고 8자로
지었다. 그런데 두시에서는 제3, 4, 7수에서 변화를 주고 있다. 백사의 경우는
모두 8자를 정확하게 지키고 있다. 이것을 보면 일단 두시보다 백사의 시가
더 정형성을 지키고 있는 것을 알 수 있다. 중국 사람이 자기들의 어조로 부르
는 노래와 남의 나라 소리로 노래를 부르는 것은 차이가 있는 사실을 볼 수
있다. 이런 점에서 두보는 자유로운 형식을 구사하기에 더욱 좋은 조건을 가
지고 있을 것이다. 백사의 경우는 이런 자유로움보다는 정형성을 지킴으로써
노래 형식을 만들려고 했을 것으로 짐작할 수 있다. 이런 점이 중국 사람이
지은 가와 우리나라 사람이 지은 노래의 차이 점이라고 볼 수 있을 것이다.

그 넘는 한 개의 글자도 7수의 시 중에서 제1수, 제2수, 제5수가 각각 애
(哀), 방(放), 장(長)으로 같은 글자를 쓰고 있다. 제3수는 발(發)자로 같기는 해
도 두보의 시에서는 칠언(七言)을 지키고 있고, 백사의 시에서만 8자를 쓰고
있다. 제4수는 두보의 시는 제7,8구 모두 8자인데 백사의 시에서는 제7구에서
만 주(奏)자로 운을 맞추었다. 第6首는 두보의 시에서는 상성(上聲) 지운(紙
韻)인 지(遲)자를 썼고, 백사는 거성(去聲) 치운(寘韻)인 이(迤)자를 썼다. 통운
(通韻:고시에서 사용하는 압운의 일종으로 비슷한 운끼리 통하는 것을 말한

---

43) 楸下라고 하면 祖上의 무덤이 있는 곳에 있는 나무를 말한다.
44) 焄蒿悽愴이라고 하면 향냄새가 나서 사람의 기분을 신비하게 만드는 일을 말한다.

다)은 된다. 제7수에서 두보의 시는 제1구를 9字로 썼는데, 백사는 정형을 지켰다. 제7구의 운은 같은 곡(曲)자를 썼다.

압운(押韻)은 제1수에서 제7수까지 잘 지키고 있다. 한두 개의 변형은 있어도 그리 드러나지 않을 정도로 압운을 잘 지키고 있다. 노래는 고시(古詩)와 차이를 두기가 어렵다. 노래로 부르면 노라고, 시로 읽는다면 시다. 압운뿐만이 아니라, 각구마다 두보의 시의 운을 그대로 많이 쓰고 있다. 이 두편의 시를 놓고 형식을 말하면 각구, 그리고 특히 제7구에서 압운을 지키고 있다고 말할 수 있다. 이 시를 무릎을 치면서 시창(詩唱)을 해 보면 그 흐르는 곡의 애조를 느낄 수 있다. 형식에서 오는 같은 정서를 맛볼 수 있다. 백사가 두보의 시를 읽고, 아니면 같은 정조가 엄습해 오자 평소에 읽어서 알고 있던 두보의 시의 운을 밟아 자연스럽게 노래했을 것으로 짐작할 수 있다. 제7구를 특히 한자 늘인 것도 실은 이 시가 7수이기 때문은 아닐까 생각해 본다. 다음에 인용하는 병서의 앞부분은 바로 이런 창작의식을 잘 설명하고 있다.

> 내가 어렸을 적에
> 일찍이 한식날 선산을 생각했다,
> 라는 시를 었으나
> 당시에 어리석고 어렸으며
> 과거 시험을 보는 교육 과정에 힘쓰느라고
> 시의 뜻을 다시 깊이 궁구하지 못했었다.
> 금년 봄에
> 나그네가 되어 개성에 부쳐 살면서
> 가족이 살았는지 죽었는지에 대해 추도하니
> 이 좋은 계절에 느낌이 있었다.
> 이에 두보가
> 하나하나 읊고 노래한 것을 알고 보니
> 마음이 폭 빠지는 정경이 아닌 것이 없었다.
> 두보의 칠가(七歌)에 짝하여 읊으면서
> 그 운에 따라 노래를 지으니

3) 내용

일단 전체적인 내용을 일별해 보면 제1수는 아버지를 9세 때 여의고 어머니와 외롭게 살아온 자신의 슬픔을 노래했다. 제2수는 고생고생하면서 어머니와 살던 모습을 그리고, 지금은 이미 돌아가셨음을 가슴 아파한다. 제3수에서는 형님에 대한 노래를 불렀다. 일본 도적떼들에게 돌아가신 억울한 사연을 노래했다. 3년만에야 겨우 유골을 수습할 수 있었다는 사실이 당시의 어려운 나라 사정을 잘 말해 준다. 제4수에서는 딸을 노래했다. 부모와 생이별을 하고 객지에서 죽은 딸을 슬퍼한다. 제5수에서는 질녀의 기구한 운명을 노래했다. 난리 통에 당한 가족적인 변란을 그렸다. 제6, 7수에서는 조상의 산소를 돌보지 못한 참담함을 노래했다.

이 시의 내용은 이 시를 해설한 병서에 잘 적혀 있다.

> 때문에 가만히 속이 상하는데
> 타고난 운명이 기구하고 외로우며
> 살만한 시대가 아니어서
> 태어 나면서 겨우 9세에
> 아버지를 여의었고
> 내가 어린이를 면하면서
> 어머니도 이어 돌아가시니
> 조상이 이미 기우러지고
> 우리들은 모두 나뉘어 흩어지니
> 의지할 데 없는 혼자 몸으로
> 아무도 돌봐 주는 사람이 없었다.
> 붙이어 살 데가 없어서
> 사람들이 남기어 주기만을 바라면서
> 어려서도 가정의 교훈을 잃어 버렸으며
> 커서도 스승이나 벗의 도움이 없었다.
> 이리 뛰고 저리 뛰면서

마치 짐승이 스스로 자라 듯이 자랐으나
요행이 일찍이 과거에 합격하여
얼굴이 두껍게도 그 때의 무리들을 속여서
벼슬은 날로 옮기었고 봉급도 날로 더하여
더욱 얼굴이 두꺼워 져서 마음은 더욱 울적했다.

　이상의 내용을 압축한 것이 바로 제1수다. 이런 내용을 두보의 시의 가락에 맞추어 노래로 만들었다.
　제2수를 설명한 부분을 인용해 보면,

어렸을 때를 더듬어 보니
홀로 청상의 어머니에 의지하여
흰 머리털은 근심에 상하였고
모든 것이 다 곤궁하였다.

늘 가을이나 겨울 밤을 당하여
물시계의 물이 뚝뚝 떨어 질 때에
잠을 자지 못하고 벼개를 높이시며
내 이마를 어루만지면서 훈계하시기를
집안의 대를 이음이 번성하지 못해서
하루 아침에 모두 망하였다.
장차 가세를 세워서
우리 종중을 떨칠 수가 없구나.
오직 네가 있어서
너라도 만약 나의 훈계를 기억할 수만 있다면
저절로 실추되지는 않으리니
비록 죽더라도 오히려 아이가 있음이로다.
또 구천에 간다고 해도
내 너의 아버지에게 드릴 말씀은 있겠구나.
그리고 또 손꼽아 계산을 해보고 말씀하시기를
하늘이 빌려준 내 나이로는

네가 출세하는 것을 볼 수 있을 것이니
그렇게 한 즉 너는 효도를 하는 것이다.
이에 다시 가만히
눈물을 흘리셨는데 이렇게 하기를 8년이었네.)

어찌 바람에 나무가 흔들리는 걸 기약하리오.
아름다운 꽃망울이 차츰 변하여도
어린애여서 집안을 가즈런히 하지 못하나
어버이의 연세는 기다려 주지를 않는구나
하늘이 내린 혹독함에
드디어 큰 벌을 당했으니
하늘이여 신령이시여
그 참아 이러하십니까?
그런데 때를 넘겨서 해가 바뀌어
지금에 이르니
또 완연히 혼자 살아 남았구나
그리하여 죽지 못한 것이
아, 무슨 사람이라 하리
늘 한번 꿈만 꾸어도
거동과 형체와 윗사람에게 기척함을
열 중에 하나도 기억하지 못한다
그리하여 오히려 그 참을 얻지 못하니
오호라, 천지가 다 하였구나
이 한스러움은 무궁하리라.
봉록이 비록 후하고
풍요하고 부드럽고 매끄럽고 달콤한 것들이
비록 앞에 날마다 벌려 있으며
차림새와 존경을 받는 영광스러움이
비록 마을에서 날마다 빛난다 해도
문에 들어 마루에 오르면
누가 기뻐할 이 있으며

누구에게 효도하리
하늘에게 물어 보자꾸나.
아아, 슬프도다.
이를 좇아서 지나 온 세월이
벌써 십년이 되었구나

부모가 다 살아 계시지 못한 한스러움을 이렇게 설파하고 있다. 이는 우리
민족 정서에 흐르는 한의 한 모습이다.
제3수는 형님에 대한 노래다.

쇠약한 가문에는 죄가 많아서
늙마에도 하늘이 돕지 않는구나
여러 누이들과 모든 형님들이
도적이 왔던 데에는 다 죽었으니
만년에는 동생도 모두
찾을 수 없어 외롭고 괴롭구나
서로 의지하여 목숨이 되어
함께 일하고 한솥에 밥을 먹으면서
거의 족속을 이어
폐하지 않을 듯했더니
불행하게 난리를 만났구나.
연추문을 밤에 열고
동생은 말고삐잡고
서쪽 변방으로 따라 갔고
형님은 신주를 지고
동쪽으로 쫓기게 되었구나
임진년 10월에 갑자기 일어난 일이로다.
형님은 도적을 만나 물에 빠져 돌아가시니
이 해 12월이었다.

형님뿐만이 아니라, 일본 도적떼들이 벌린 난리를 당하여 가족이 뿔뿔히 흩어진 사실을 기록했다. 시보다 더 자세히 그 내막을 기록했다.

제4수는 딸의 죽음을 슬퍼한 노래다.

> 어린 딸은 역질을 만나서 강도에서 죽었는데
> 딸이 죽었다는 소식에는
> 간신히 기운을 차려 눈을 뜨면서
> 아비를 부르며 만나 보기를 원한다고
> 세번이나 그렇게 하고서 갔다는 구나
> 아, 사람의 아비가 되어
> 어찌 참아 이 소식을 들으랴!

딸에 대한 설명은 짧다. 자식에 대한 기록을 장황하게 할 수 없는 시대적인 풍조일 수 있다. 그러나 짧기는 해도 딸의 죽음에 대한 애절한 마음은 딸이 죽으면서 아버지를 3번이나 불렀다는 사실만으로도 그 정황이 충분히 전달되고도 남는다.

제5수는 질녀의 가족이 당한 서러운 한을 노래했다.

> 지난해 7월에는
> 어른을 모시고 남쪽으로 내려 갔는데
> 겨울이 지나 봄이 되었어도
> 일이 끝나기는 기약이 없었다
> 시골의 소리도 날로 험악해 져서
> 와서야 문득 놀라게 되었다
> 우리 씨족의 아저씨와 조카들이
> 도적을 만났던 사람들은 모두 죽었단다.
> 평생 아립답던 질녀는
> 아이를 낳다가 죽었으며
> 그 남편은 또 먹을 것을 구하기에 바삐 다니다
> 도적을 만나 길거리에서 죽었단다.

질녀의 가족이 죽음을 당하게 된 참혹한 사실을 알게 된 동기와 그 실상을
자세하게 기록했다.

제6, 7수는 조상의 산소를 돌보지 못하는 죄스러움을 노래했다.

> 일가를 자주 찾아다니면서
> 세상에 사는 자가 얼마나 되오
> 그런데 선영의 옆을 돌아다 보니
> 옛이거나 새 무덤이 줄줄이 이어 있어
> 함께 죽지 않은 것이 곧 가까운 친척들일세
> 죽어서도 알아 보고
> 아마 서로 만나겠지
> 저 세상의 길이
> 이제는 나의 낙토로다
> 그리하여 하루 아침에 길이 글을 쓰노라니
> 장차 거의 그 흙 속을
> 자세히 들여다 보아야겠구나
> 일찍이 듣기를, 죽고 사는 일은 천명이라니
> 요행이도 아직은 죽지를 않았구나
> 곧 죽은 이는 끝이 나서
> 다달을 데가 없으니
> 오직 정성을 다 하여 추원할 뿐이다
> 다행하게 산소는 4번 찾아 볼 수 있으나
> 자리를 펴려니 쓸쓸하고 외롭구나
> 제사를 봉행하며 함께 할 이를 돌아 보니
> 형제로서 서로 도울 다른 이가 없구나
> 항상 내가 죽은 뒤에 두려운 것은
> 이 일이 드디어 폐하여 져서
> 분향하는 이도 적막해 지고
> 무너져 하나의 빈 언덕이 될까일세
> 지금까지는 오히려 죽지 않았는 데도

버려두고 성묘를 폐한 것이
또 다시 6년이로다.
항간에서 말하기를
무자식 상팔자라 하느니
이 말이야말로 믿을만 하구나
비록 난리가 온 때부터
마을 사람들이 흩어지고 죽어서
돌 볼 사람이 없다고는 하지만
소나무와 가래나무가 손상 시키며
꼴을 베는 걸 금하지 아니 하고
게다가 지난 해에는
들 불을 조심하지 않아서
선영의 띠를 불타게 했으니
평상 시에 산소 주위의 나무들도
또한 모두 쓰러지고 꺾어 져서
누가 자손이 있는 묘라고 말하겠는가
마침내 이 지경에 이르게 되었구나
지금 아름다운 봄이 햇볕을 내리 쬐니
불조심할 절기가 되었구나
비와 이슬이 이미 촉촉하나
마음은 두렵고 근심스럽다
하물며 남쪽 사람들의 풍속에는
예로서 제사를 중히 여긴다
동네 모두가
밥을 싸고 물고기를 품어 오는데
다박머리 아이들이 앞에 서고
누렁이도 뒤를 따른다
아무 것도 모르는 백성들과 천한 종들도
각자 부모의 무덤에 제물을 올려서
추원보본의 뜻을 새기는구나
그리하여 오래된 귀신과 새 넋이

향내를 맡고 신비롭게 되어서
명부에서 감응하여 멀리 내려와
자손의 성의를 누리는 자가
이 홀로 누구리오.
앉거나 눕거나 마음대로 하며
일변 이야기도 나누고 음식도 먹으며
평지 위를 거니는 듯하니
자연스레 사람들 가운데에 늘어서 있구나
바람이 불면 목을 길게 빼고서
서쪽을 바라 보고 길게 부르며
발을 들고 땅에 조아리며
슬픔을 노래에 실어 보려니
노래가 소리를 이루지 못하고서
해가 저물어 멈추는구나.

　선영을 돌보지 못하여 망극하게도 불까지 났었다는 사실과 동네 사람들도 이제는 모두 선영에 성묘를 하니 자신도 한식을 맞아서 성묘를 해야겠다는 결심을 기록하고 있다.
　결국 이 노래의 핵심은 추원보본이고, 이는 효다. 일본 도적떼들이 벌린 난리 때문에 효를 지키지 못한 서러운 한스러움을 노래로 시원하게 풀어 헤치고 있다. 여기서 문학은 창작을 통해서도 정서를 맑게 씻어 준다는 사실과 한을 풀어 준다는 점을 알 수 있다.

4) 특징과 가치

　난리라는 사회적인 격동의 틈바구니에서 가족이라는 평화로운 삶의 형태가 얼마나 슬프게 변질하는가 하는 문제를 다루고 있다. 시인 자신의 정서를 선배 시인의 정서에 맞추어 가면서 자신만의 독특한 정서적 체험을 풀어 놓왔다. 여기서 우리는 창작의 한 형식을 볼 수 있다. 이른바 표절이라는 것과 창작의 차이가 무엇이며, 문학 작품이라는 것이 무엇인지 현대에 빠져서 사는 우리들에게 생각을 해 볼 수 있는 기회를 제공하는 노래라고 생각한다. 창작은 기발하고 독창적인 것만을 말해서는 안된다. 창작은 인간의 삶에 기여해야 한다. 인간의 삶에 기여 하려면 선배들과의 관련성 없이는 아무리 독창적이라고 해도 그 가치를 인정하기가 어렵다. 그 이유는 여기에서 거론한 시에서 보듯이 이런 인간다움이 결여된 현대의 메마른 정서를 생산하게 될 수밖에는 없다는 사실이 이를 증명한다고 생각한다. 인간의 삶은 선배들의 삶을 통해서 더욱 풍부해 진다. 이런 깨우침을 주는 이 노래는 훌륭한 문학 작품이다.

또 한가지 측면은 이 작품이 가지고 있는 역사성이다. 그 당시의 사실성만을 말하는 것이 아니라, 전쟁이라는 것이 인간을 얼마나 황폐하게 만들며, 인간을 고통속으로 몰고 가는가 하는 보편적인 발견이다. 이런 발견은 바로 이런 작품을 통해서 더욱 가치를 발휘한다. 이 작품은 이런 가치를 발휘하는 역사성을 지니고 지금 다시 태어나고 있다는 사실이다. 역사는 지나간 것이 아니라 지금 우리 속에서 살고 있다. 이런 점을 실제로 깨닫게 하는 작품이기 때누에 이 작품에는 역사성이 있다고 말하는 것이다.

가족의 소중함이나 정서적인 안정감은 이 작품을 통해서 절감하는 바다. 부모와 자식이 함께하는 가족이라는 공동체의 평화로움이 얼마나 소중한 것인가? 이 작품을 읽으면서 새삼 깨닫게 하는 부분이다.

두보의 시를 읽고서 느낌이 생겨 이 시를 지었다는 창작 의식에 대한 고백은 가치 있는 작가의 목소리다. 그 형식에서 착실하게 운을 밟은 것만 보아도 작가의 성품을 짐작할 수 있다. 선배 작가와 대비를 할 수 있게 병서를 친절하게 써 주었다는 것도 고마운 일이 아닐 수 없다.

8.『무술조천록(戊戌朝天錄)』

『무술조천록』은 임진왜란(1592-1599)이 끝날 무렵 뜻하지 않은 중국 조정의 오해를 풀려고 사행의 길에 오른 백사 이항복이 기록한 일기체 형식의 기행 시집이다. 날마다 지나간 장소를 적고, 하루동안 간 길의 이정을 기록해서 다음 사행길에도 참고가 될 수 있게 되어 있다.

이와 같은 사행의 기록들은 산문으로도 남아 있고, 시로도 남아 있는데, 『무술조천록』은 시를 위주로 하고 가끔씩 산문 기록을 첨가했다.

이는 기행문학의 일단일 수 있을 것이고, 외교문학의 한 모습일 수 있을 것이다. 우리들은 선조의 생생한 기록을 통해서 우리의 삶을 더욱 풍요롭게 하기 위하여 기행문학이나 외교문학을 연구 검토해야할 필요를 느낀다.

백사는 시에 있어서 자겸을 했다.『백사집별집』권五下 12쪽을 보면

"동행한 이정구,황여일은 모두 문장으로 한 때에 이름이 난 사람들
이다. 나는 비록 이 두사람에게는 미치지 못하나 젊었을 적에는 자못
웅얼거리는 것은 일삼아 한 적이 있다. 해를 지나 사행길에서 지어 읊
은 것이 심히 많으나 일찍이 놀랄만한 귀절을 얻지는 못했었다."

이 말은 백사가 스스로 자기의 시를 바라본 실토라고 생각한다. 이만큼 자

신을 볼 수 있었다는 것이 의미가 있는 일이다.

먼저 사행의 목적과 여정을 알아보고, 시의 내용을 검토하고자 한다. 사행의 목적에서 그 성과와 성과를 얻어내기 위한 노력을 되새겨 봄으로써 우리는 지금 중국과의 관계에 참고로 해야 할 것이다. 여정은 열하일기의 노정과 비교해서 계절에 따른 사행길의 노정이 달랐던 것을 확인할 수 있을 것이다. 고구려시대 우리의 영토와 요동벌을 지나면서 당시의 우국과 고향을 그리워 하는 고뇌를 어떻게 소화하고 있는지 알아 보려고 한다. 우리는 이렇게 함으로써, 우리 민족의 혼을 알아보고 기록에 남겨서 후세에 기약하는 바 있으리라고 생각한다.

『무술조천록』에 실려 있는 54편의 기행시를 수창의 실상, 고난의 정서, 우국, 사향의 순서로 살펴 보고자 한다. 이런 작업을 통해서 작품에 감추어진 정서와 느낌을 되새겨 보고자 한다. 한가한 여가의 제작이 아닌 절박한 현실의 표현을 우리는 더욱 실감나게 받아들일 수 있을 것이다.

1) 사행(使行)의 목적과 여정

(1) 목적

중국 조정의 찬획 정응태는 우리나라를 모함하는 상소를 중국 조정에 올렸다. 『월사집(月沙集)』에는 정응태가 우리 조정을 모함한 터무니 없는 내용이 「찬화정응태주본(贊畵丁應泰奏本)」과 「정주사응태참론본국변무주(丁主事應泰參論本國辨誣奏)」에 사실대로 남아 있다. 정응태의 상소문에 의하면

> "1592년에 조선에서는 대대로 일본 사람이 사는 집을 지어 놓고, 여러 섬의 왜노(倭奴)를 불러다가 전쟁을 일으켜서 중국을 침범하여 요하(遼河)의 동쪽을 빼앗아서 고구려의 옛땅을 찾으려고 한다."

고 했다. '대대로 일본 사람이 사는 집을 지어 놓았다.'는 말은 우리나라에
설치한 왜관을 말하는 것이다. 이 당시에 우리나라에서는 일본이 무역을 요구
해 오기 때문에 그들이 우리나라에 와서 묵을 수 있는 집을 일정한 장소에 지
어 그들의 무역을 통제하는데 사용해 왔다. 지금도 경상북도에 왜관이라는 지
명이 있는데 이는 일본 사람들이 우리나라에 왔을 때 기거하던 곳이다. 왜관
이 일본 사람들이 우리나라에 장기적으로 묵으면서 중국을 점령하려는 모의
를 하는 곳은 아닌 것이 분명하다.

'여러섬의 왜노를 불러다가 전쟁을 일으켰다.'는 말도 임진왜란을 두고 하
는 말인데 이 전쟁이야 우리가 원하지도 않은 것이고 아무 방비도 없는 우리
나라를 호전적인 일본이 침략한 것인데 이것을 일본과 우리가 짜고 중국을 치
려고 일본을 불러들였다고 하니 말도 안되는 소리인 것이다.

'요하의 동쪽을 빼앗아서 고구려의 옛땅을 찾으려고 한다.'는 말은 늘 중
국에서는 우리 강토를 차지하고 있는 것에 대한 양심의 불안을 말한 것으로
짐작할 수 있다.

이상의 말을 더 구체적으로 조목을 만들어서 정리하면

1. 誘倭人犯하여 愚弄天朝하고 (일본 사람을 끌어다가 침범을 해서 중국
   조정을 우롱한다.)
2. 招倭復地하려 交通倭賊하고 (일본을 불러 땅을 다시 찾으려고 왜적과
   서로 통한다.)
3. 或以爲結黨楊鎬하여 朋欺天子하고 (혹은 楊鎬와 무리를 지어 임금님
   을 속이려 한다.)
4. 或以爲剛愎求援하여 移禍天朝하려 한다 (혹은 억지로 구원을 청해서
   재앙을 중국에 옮겨 씌우려 한다.)

이와 같은 정응태의 무고를 해명하기 위하여 백사가 정사(正使), 월사(月沙)
이정구(李廷龜)가 부사(副使), 해월(海月) 황여일(黃汝一)이 서장관(書狀官)이
되어 간 사행이 무술변무의 사행이다. 무술변무의 사행의 목적은 정응태의 모

함을 풀어서 중국이 우리나라를 의심하지 않고 이제 다 끝나가는 전쟁을 잘 마무리하는 것이었다고 생각한다.

(2)목적 달성을 위한 노력

이제 이 사행을 성공적으로 수행하기 위하여 노력한 당시의 실상을 <무술조천록>의 기록을 통하여 알아보자. 1598년 10월 21일에 서울을 출발해서 12월 6일에 압록강을 건넜다. 다음해인 1599년 1월 23일 비로소 북경에 도착했다.

중국의 사신이 우리나라에 올 때에는 우리 조정에서는 압록강까지 영접사를 파견한다. 우리의 사신이 북경에까지 도착을 했을 때는 중국 조정의 마중은 전혀 없었다. 23일에 일행이 동악묘(東嶽廟)에 도착하니 동악묘에는 도사(道士)가 수십명이 있었는데 나와서 맞이 하는 것이 자못 부지런했다고 기록하고 있다. 일행은 동악묘에서 옷을 갈아입고 조양문(朝陽門)밖에 이르러 보니, 꽤 번화했던 것같다. 수레와 남녀들이 길을 메웠다고 했다. 이렇게 복잡한 중에서 한 사람이 "이상서께서 오셨느냐?"고 하면서 참새가 뛰듯이 달려오니, 이 사람이 전에 양책사(楊冊使)를 따라서 부산에 왔던 사람이었다. 곧 경영선봉(京營選鋒)으로 성을 한(韓)이라 하는 사람이었다. 한서방은 말고삐를 잡고 오랫동안 참아 헤어지지를 못했는데, 외롭고 쓸쓸한 외국에서 아는 사람을 만나니 신분의 높낮음을 잊고 서로 기쁨에 겨워 손을 부여잡고 반가와 했다. 얼마 가다가 뒤에서 말을 달려 오는 사람이 있어 뒤를 돌아보니, 아까 그 한서방이 말을 빌려 타고서 뒤를 쫓아온 것이 아닌가? 백사는 이 장면에서 고마움을 이렇게 적고 있다.

> "이에 나란히 길을 가니, 마음이 매우 즐거웠다. 중국사람의 근념함
> 과 두터움이 이와같구나."

23일에는 남관(南館:옥하관)에서 머물고 다음날 서반(序班) 진이로(陳以老)

와 고후(高詡)등이 와서 말하기를 '금년이 마침 삼년이 되어 관리의 성적을 살피는 일은 하지 않는다.'고 하면서 해당 각 관청에 가 본다고 해도 임금의 뜻을 받을 수 없을 것이라고 했다. 선생은 준비해온 변무의 상소문을 받아 주는 곳이 없어서 여러날을 애태웠다.

26일에야 비로소 조선의 사신이 왔다는 것이 알려지게 되어 사정을 알리게 되었다. 27일에 중국 조정에 들어가게 되는데 이 장면은 우리가 지금 자세히 알아 두어야 할 부분인 것 같다.

조회에 나가 뵙고자하여 북을 다섯번 칠 때에 동쪽 장안문 밖에 나가서 문이 열릴 때를 기다려서 물어 보아야 했다. 시간을 맞추어 오봉문밖으로 나가니 정사, 부사, 서장관과 역관이하가 모두 네 줄로 서서 공수(拱手:도포 소매에 양손을 넣어 손을 맞잡고 허리를 구부리는 예))를 하고 행진하여 서 있었다. 이 때 황제가 다니는 길에 이르니, 구령이 들려오는데 다섯번 절하고 고두(叩頭:이마를 땅에 부딪치면서 절을 하는 예, 아주 치욕적인 인사법이다)를 3배하라고 했다. 이를 시행하고서 광록시정(光祿寺庭)에 나가니 황제가 내리는 술과 음식이 있었다. 다시 임금이 다니는 길에 나가서 절을 1배하고 고두(叩頭)를 3배 하여 감사했다. 이 때 병부상서 전약말(田樂末)이 출근을 하고, 형부상서 소태형(蕭大亨)이 병부의 일을 겸한다고 하고, 각로 조지고(趙志皐)가 문서를 본다고 하기에 6번이나 글을 올렸으나 모두 자리에서 떠나고, 다만 각로 심일관(沈一貫)이 있기에 미리 작성한 글을 올리고 서로 예를 갖추어 인사하고 물러나왔다. 오봉문 동랑(東廊) 아래서 기다렸으나 날은 저무는데 아무 소식이 없었다. 일어났다가 앉았다가 하면서 자리를 정하지 못하고 있었는데 마침 심각로가 온다는 전갈이 왔다. 백사와 일행은 길옆에서 무릎을 꿇고 기다리고 있었다. 각로가 무슨 일이냐고 서서 물었다. 사신 일행은 사정을 설명했다. 각로는 일어나서 따라오라고 했다. 마주서서 친히 바치는 글을 받아 읽어 내려갈 때 백사는 문제가 된 <해동제국기(海東諸國紀)>에 대해서 자세히 조목조목 설명을 하니 각로는 밝게 알아 들었다. 이렇게 반복해서 여러 차례를 하니 새벽 기운이 제법 쌀쌀했다. 추위에 눈물이 다 핑 돌았는데 이렇게 서

있을 때에 예부좌시랑등이 차례로 들어 오다가 이 모습을 보고 무슨 일이냐고 물었다.

29일에야 우리나라를 떠날 때 작성한 글을 병부회동부(兵部會同府)에 전할 수 있었다. 이렇게 해서 중국 조정 상부에서 이 문제를 설왕설래하기에 이른 것이다. 이런 과정을 거쳐서 병부 소상서에게까지 사정을 설명하기에 이른다. 이 때의 심정을 읊은 시를 읽어 본다.

次月沙早朝韻

春天曙色射朝衣　　봄날 새벽빛이 조회하는 사람에게 비치니
馳道遙看燭影微　　달려온 길이 멀게 등불이 희미하구나
映雪瓦溝初旭轉　　눈에 어린 하수도는 아침 햇빛에 움직이고
受風旗脚曉霜晞　　바람 받은 깃발에서는 새벽 서리가 마른다
香飄七瑞圍仙仗　　향기로운 칠서는 의장대에 둘러 싸이고
雲繞千官擁法闈　　구름같은 관리들은 궁중을 에웠구나
操凡幸逢賢國老　　다행히 나라의 어진 원로를 만났으나
肯敎冤奏竟空歸.　　원한의 상소 올리려다 헛되이 돌아오네.

<백사집별집 卷五上 · 27>

오늘도 일을 성사 시키지 못하고 무거운 발걸음을 되돌리는 백사의 무거운 심정이 이 시에는 배어 있다. 수련에서 지금까지 싸워온 일이 꿈만 같다고 술회했다. 전련과 후련에서는 율시의 체격에 맞추어 대우로 짰다. 모두 궁중의 화려함과 웅장함, 그리고 삼엄함을 읊고 있다. 결련에서 자신의 심정을 토로하면서 '원주(冤奏)'라고 해서 직무의 막중함을 말하고 있다. 우리나라의 원한이 맺힌 상소문이라는 말이다.

이렇게 하여 3월 11일에야 완전 해결을 위한 잔치를 할 수 있었고, 그 다음날 사은하고 다음날 상까지 받고 또 다음날 사은을 하고 17일에 떠나려고 했으나 예부상서가 없어서 하루 더 묵었다가 18일에 중국 조정을 떠나게 되었다.

20일 삼하(三河)에서 묵을 때에 정응태가 요동에서 송환되어 하점(夏店)을 거쳐서 배를 타고 귀가했다는 소식을 들었다. 이렇게 해서 47일동안 달려와서 52일간 체류하면서 무고함을 변호하는 임무가 모두 끝나게 된 것이다.

(3) 여정

<무술조천록> 맨 앞에 보면 만력25년(1598) 10월 21일 우리 조정을 떠나서 의주에 도착한 것이 11월 10일, 14일날 문서를 다시 고쳐 작성해서 보낼 것이니 기다리라는 전갈을 받고, 기다렸다가 26일에 새로 고쳐지은 문서를 받아 30일에 강을 건너려고 먼저 짐을 보냈다고 적었다. 그러나 12월 3일 이정구가 병이나서 떠나지 못했다. <무술조천록>에는 매일 날짜를 쓰고 그날 지난 곳과 숙박한 곳의 지명을 차례로 적었다. 그날 길을 간 거리도 적어 놓았다. 백사 일행은 이정구의 병이 나아지기를 기다려서 한 겨울인 12월 6일에 압록강을 건너서 중국 땅을 디디게 된다. 그 여정을 여름에 사행을 간 박지원의 <열하일기>의 여정과 비교해 보면 다음과 같다.

	월강 越江	구련성 九連城	금석산 金石山	통원보 通遠堡	연산관 連山館	요양 遼陽	광령 廣寧
		→	→	→	→	→	→
백사	12월 6일	6일	7일	9일	10일	12일	25일
연암	6월 24일	25일	26일	29일	7월 6일	8일	15일

	대릉하 大凌河	송산소 松山所	고교보 高橋鋪	영원성 寧遠城	강녀묘 姜女廟	산해관 山海館
	→	→	→	→	→	→
	30일	1월 2일	3일	4일	8일	9일
	18일	18일	18일	19일	23일	23일

	고죽성 孤竹城	판교 板橋	계주 薊州	북경조양문 北京朝陽門
	→	→	→	→
	14일	16일	18일	23일
	26일	27일	29일	8월 1일

이상의 여정을 보면 12월 6일에 압록강을 건너 백사의 사행길은 모두 47일이 걸렸고 박지원은 모두 36일이 걸렸다. 지도를 보면 백사의 사행길이 더 지

름길이었는데도 11일이나 더 걸린 것은 겨울의 모진 날씨 때문인 것같다.

압록강을 건너서 요양까지는 백사가 6일 박지원이 13일 걸렸다. 같은 길인데 박지원이 7일이나 더 걸렸다. 이는 백사의 사행길이 얼마나 급한 걸음이었나를 알 수 있는 증거가 될 것이다.

이 요양에서 겨울길과 여름길이 갈라지는 것같다. 남쪽으로 접어들면 길은 가깝지마는 강이 많아서 물을 건너기가 매우 어렵다. 그래서 이 길은 겨울에나 갈 수 있는 길이었다. 북쪽으로 심양을 거쳐서 광령으로 가면 거리는 멀지만 물을 건너는데 수고가 덜 되기 때문에 여름에는 심양을 거쳐서 가는 길을 택한 것이다.

요양에서 광령까지 지름길로 갔는데도 백사의 사행길이 6일이나 더 걸렸다. 겨울에는 강이 얼어서 어름 위로 건넜는데도 이렇게 날짜가 많이 걸린 것이다.

광령에서 북경까지는 백사의 여정과 박지원의 여정이 똑 같다. 겨울에 길을 간 백사가 무려 12일이나 더 걸려서 북경에 도착할 수가 있었다.

이렇게 북경에 도착해서 변무의 일을 보게 되는데 애로가 많았다. 1월 23일에 도착하여 52일간 머물면서 나라의 이익을 위하여 동분서주 고생도 많았고 수모도 많았다. 3월 18일 북경을 떠나 귀국의 길은 그렇게 서두르지는 않았다. 추운 겨울에 47일을 걸려서 갔던 길을 돌아올 때는 60여일이 걸렸다. <무술조천록>에는 4월 24일까지의 기록만 있는데 이 때 압록강을 건넌 것같지는 않다. 3,4일 더 와야 압록강을 건널 위치에서 일기는 끝났다.

압록강을 건너서 갈 때 47일이 걸렸고, 북경에서 체류한 날짜가 52일간이다. 여기다가 돌아 올 때에 걸린 날짜 60여일을 합하면 왕복 160여일이 소요된 긴 사행길이었다. 이는 5개월하고도 10여일이 넘는 기간이다.

<무술조천록>에는 대개 여정만 적었지 <열하일기>처럼 날마다 보고 느낀 것에 대한 자세한 기록이 적다. 그러나 12월 12일 요양에 들어갔을 때에는 사신으로 북경에 다녀오던 영의정 일행과 만나게 된 사연이 적혀 있다.

13일에는 요양의 행정 책임자인 도사(都司)를 만나서 그들이 우리의 토산품을 요구하면서 은을 주더라는 교역의 모습을 적었다. 이어서 요양에 오는

길에 중국 걸인이 우리나라 전쟁에 참전한 일이 있노라면서 구걸을 해와서 그를 요양까지 먹여서 데려다 주었노라는 기록도 있다.

22일에는 이정구가 수레에서 떨어져서 몸이 불편하여 천비묘를 구경하는데 황여일만 함께 갔다는 기록이 있다. 23일에는 갈증을 달래기 위하여 음식이야기와 동정호 근처에서 난다는 맛좋은 귤 이야기로 꽃을 피웠다.

25일 광령에서는 이여송의 동생 이여매가 만주의 오랑캐를 토벌하려고 만여 명의 병사를 거느리고 출정하는 것을 보고 따라가다가 그만두었다고 기록했다. 이여송의 아버지 이성량(李成樑)의 공적을 기린 석패루(石牌樓) 아래서 말을 쉬면서 그 다락을 보니 흙과 나무는 사용하지 않고 대리석만을 사용해서 지었다고 했다.

12월 30일에는 대릉하를 지나면서 한 해를 보낸 사연이 있다. 말을 구하기가 어려워서 일행이 절반은 뒤에 쳐져서 오게 되었기 때문에 몇 사람 되지는 않았지만 그래도 능하소(凌河所)에 둘러 앉아서 술잔을 건네며 이 해를 막암했다. 이 때 수박희(手搏戲:지금 태권의 옛 모습이다. 특히 손기술을 말한다)로 흥을 돋우려고 억지로 해 보기도 했지만 영 기분이 나지 않았다고 했다.

1월 3일 연산(連山) 유씨(劉氏) 집에서 묵고 길을 떠나 탑소(塔所)에서 쉴 때에 이정구가 농담을 한 기록이 있다. 강을 건너면 여기서부터는 연조(燕趙) 지방이다. 예로부터 연조 지방에는 미인이 많다고 했다. 이정구는 혹시 이 길에 미인을 구경할 수 있을까 하던 중에 마침 주인집 20여세의 딸이 정초라서 성장을 하고 뜰을 지나고 있었다. 녹색 명주 저고리에 붉은 비단 치마를 입고 수를 놓은 구름같은 신을 신고 머리에는 가득히 꽃을 꽂았다. 막 붉은 빛이 도는 말을 타고 들어 오는 것이 아닌가? 이정구는 곁눈으로 흘끔거리면서 급히 황여일을 불렀는데 마침 황여일은 배탈이 나서 볼 일을 보는 중이었다. 황여일이 자기를 부르는 소리를 듣고 급히 볼 일을 끝내고 막 돌아와서 자리에 앉을 무렵에 미인은 방안으로 들어가 버렸다.

이와 같은 기록은 지루하고 힘든 사행길에서 고생을 달래는 시원한 한 줄기 맑은 바람과도 같은 이야기라고 생각한다.

6일에는 오랑캐가 사행길에서 수십리 떨어진 곳에서 약탈을 했다는 소식을 들었다고 적었다.

9일에는 산해관에 도착했다. 당시에 주사(主事)는 오종영(吳鐘英)이었다. 서로 인사를 하는데 사신이 당에 올라 재배하니 주사가 당에서 내려와서 답으로 절을 했다. 역관(譯官:통역을 맡은 중인 계급의 벼슬) 이하는 뜰 아래 벌려서 있으면서 인원을 확인했다. 이 날은 입춘 하루 전인데 이곳 풍속에는 입춘 하루전에 '영춘희(迎春戱:봄맞이 놀이)'를 한다. 갑옷을 입고 말을 탄 병사 수백명이 앞장을 서고 뒤에 배우와 가면을 쓴 사람과 흙으로 만든 허수아비를 든 사람들이 거리를 메웠다. 시장의 상인들도 채색으로 장식을 한 것에 태워 떠메고 다니는 자가 수십인이고 장식을 요란하게 한 여자들도 많았다고 한다.

13일에는 백사가 위통이 심했다. 16일에는 황여일이 집생각에 심사가 편하지 못했다. 23일 드디어 북경에 도착했다. 이렇게 북경에 도착하기 전까지의 기록을 살펴 보았다.

2) 시의 내용

(1) 수창(酬唱:시로 서로 의견을 주고 받는 풍류)의 실상

백사가 지은 57편의 시중에서 백사가 먼저 시를 지어 이정구나 황여일을 도발한 것은 12편 뿐이다. 그러나 이정구는 총 105편의 시중에서 먼저 스스로 읊어서 도발한 것이 55편이나 된다. 황여일은 총 90편의 시 중에서 주로 이정구에게 도발을 하기는 했지만 스스로 먼저 지은 시가 49편이다.

백사가 이정구의 시에 차운한 것은 29편이고, 황여일에게 차운한 것은 16편이다. 이정구가 백사의 시에 차운한 것은 4편이고 황여일에게 차운한 것은 8편이다. 황여일이 백사에게 차운한 것은 11편이고 이정구에게 차운한 것은 30편이다. 이정구는 사행길의 동행인들에게 차운을 한 것보다는 그 정자나 누각의 운자에 차운한 것이 많다.

시 인	총 창작시	먼저 지어 도발한 시	차운한 시
백 사	57	12	45
황여일	90	49	41
이정구	105	55	12

백사는 정사이고 이정구는 부사였다. 여기서 작품의 수만으로 당시의 상황을 평가하고 말기는 걸리는 부분이 있다. 출발하고 일주일쯤 되었을 때에 요양에서 있었던 일이다. 12월 13일에서 18일 사이였다.

이정구가 자꾸 시를 지어 보이면서 화답하기를 강요하니, 백사는 은근히 귀찮은 생각이 들었다. 불쾌한 표정을 지으면서 다음과 같이 읊었다.

萬里行多病　　먼 길을 여행할 때 병이 많으나
醫治百不宜　　의사의 치료로는 마땅한 것이 없을거야
安心有上藥　　마음을 편안히 하는 것이 제일 좋은 약이니
靜坐廢吟詩　　가만히 앉아서 시도 읊지 마시오.

<백사집별집 卷五上 · 6>

이 시는 공연히 마음 산란하게 하지 말고 좀 가만히 있으라는 충고를 한 것이다. 얼마나 부담스러웠으면 이렇게 거의 노골적으로 시좀 그만 지으라고 했겠는가? 이 시에 대한 답을 이정구는 3편이나 차운을 해서 전했다.

見教安心法　　安心하는 법의 가르침을 받고 보니
眞知與病宜　　참으로 병이었음을 알겠습니다
羈愁不自遺　　시름에 얽힌 걸 스스로 풀어 보내지 못하고
非是愛吟詩　　시 읊기에만 빠져 그르쳤군요.
詩從靜處得　　시는 고요속에서 얻어지는 것
靜却與詩宜　　고요하면 문득 시와 함께하기가 좋구나

自有詩中靜　시가운데 고요함이 절로 있는데
寧休靜裡詩　어찌 시속에서 고요하지 말라 하오.

斗屋廚煙足　오두막에서 끼니만 때우면 만족하고
蒲園午睡宜　방석에 앉아서 졸 수만 있다면야
誰將靑李帖　누가 장차 당신의 수첩에
還寫謫仙詩　또 이백의 시를 적어 넣을까.

<월사집 卷二 · 9>

첫수에서는 잘못을 인정했다. 그러나 그것은 겉으로의 말뿐 실로 제2수를 보면 본심이 아님을 알 수 있다. 제2수에서 고요함과 시는 뗄래야 뗄 수 없는 관계라고 강변하고 있다. 각 귀절마다 '정(靜)'과 '시(詩)'를 빠짐없이 쓰면서 시와 고요함의 불가분의 관계를 역설한다.

제3수에서는 편안하게만 산다면 언제 이백의 경지에 올라가겠느냐는 질문이니, 백사의 꾸짖음에 대한 정면적인 도전이라고 할 수 있다.

백사와 이정구는 이렇게 시로써 서로 화답을 하고서도 직성이 풀리지 않았던 것같다. 백사는 나름대로 미안했던 것이다. 사행의 목적도 다 이루어갈 3월 10일께 귀국길에 앞서 백사는 이정구에게 이백의 시를 골라 베껴서 선물을 했다. 이정구는 이 선물을 받고 감개하여 다음과 같이 시를 지어 보답했다.

吾愛李謫仙　나는 이백을 사랑했으니
作詩驚千古　작시에는 천고의 놀라움이라
斯人去作仙　이 사람 가서 신선이 되니
珠玉滿寰宇　주옥같은 시가 세상에 그득하네
有似九宵鶴　구만리 장천을 나르는 학의
遺響靑雲裏　울음소리 청운 속에 남아 있는 것같아
末路得雲翁　마지막에는 구름을 만나
風襟乃相似　풍모와 마음이 서로 비슷해
新詩疊疊逼　시는 점점 경지에 가까와 진다 해도

草聖世又稀	초성의 경지는 세상에 또 드문 것
巴牋白如雪	파 지방의 종이는 눈같이 흰데
入翰生光輝	붓을 드리매 광채가 나누나
晴窓春畵靜	밝은 창에는 봄 낮이 고요한데
朗詠天葩句	꽃같은 귀절을 낭낭히 읊노라
興來一揮灑	흥이 나서 한번 마음을 씻어 내리니
颯颯鳴秋雨	시원히 가을비가 울리는 듯
編爲一束書	묶어 한 책을 만들어
入手驚龍蛇	손에 넣으니 용사비등의 놀라움
題封寄同舍	시를 짓고 봉해서 나에게 보내오니
不換山陰鵝	왕희지의 글씨와도 바꿀 수 없네
筆精詩轉好	글씨가 알차니 시 더욱 좋고
寶愈雙南金	형주의 황금보다 더 보배로다
歸携對几案	가지고 돌아가 책상에 두고
草堂靑竹陰	초당 푸른 대나무 그늘에서
淸芬若可挹	맑은 향기 맡을만 하니
白首藏之心.	늙도록 간직 하고말고.

<월사집 卷三 · 11>

백사는 이정구의 시에서 마지막 귀절이 걸렸던지 이백의 시를 베껴서 선물을 했고, 이정구는 백사가 이백의 시를 베껴서 선물을 한 것에 대해서 감사의 뜻으로 시를 써서 보냈다.

이 시는 4행씩 단락을 이루고 마지막 단락만 6행으로 되어 있다. 제1단락은 이백이 돌아간 후에도 세상은 이백의 아름다운 시로 가득하다는 말이다. 제2단락에서는 그 시의 여운이 남아서 지금 백사에게까지 미치고 있다는 뜻이다. 제3단락은 백사가 이백의 시를 베껴 쓴 그 글씨를 찬양하고 있다. 제4단락은 베껴 보낸 시를 이정구가 읽고 흥취를 돋우는 대목이다. 제5단락은 이어서 그 글씨에 대한 찬사를 아끼지 않고 있다. 제6단락에서는 영원히 귀하게 간직하겠다는 뜻을 밝힘으로써 끝을 맺고 있다. 이렇게 고마움을 시로 표현한 것은 일찍이 이정구가 백사의 시에 답한 것에 대한 미진한 마음을 서로 풀어 보인 것이라고 생각한다.

(2) 고난의 정서

겨울에 북쪽으로의 사행길은 고난의 연속이었다. 시를 통해서 그 실상을 직접 그 당시의 정서에 젖어 본다. 우리는 이런 고난의 시를 통해서 민족의 전통적인 정서에 잠길 수 있을 것이다. 이런 선험적인 실상이 우리들에게 집단 무의식을 형성하는데도 영향을 주었을 것이라고 생각할 수 있다.

우리가 백사의 시를 통해서 깨달을 수 있는 것은 어려움을 이겨내는 그의 정서적인 노력이다. 하나는 극복의 의지로 풍자와 재치를 사용하는 것이며, 하나는 어려움을 그대로 수용하는 포용성의 자세다. 둘 다 강한 의지의 적극적인 정서를 발견할 수 있다.

12월 31일 이날은 바람과 눈이 대단했다. 사행의 행색이 매우 고통스러웠다. 사하를 거쳐 우가장 황가(黃家)에서 묵었다. 이날 이정구는 병이 나서 수레를 타고 있었다. 활달한 기상이 있는 백사는 이것을 보고만 있지는 않았다. 놀리면서 농담을 했다.

> 齒牙相戰更搖頭　이빨이 딱딱 마주치고 머리까지 흔들흔들
> 强道乘車穩似舟　수레를 탔더니 배 탄 것같다네
> 滿路豈知人在內　길가는 사람이야 어찌 알리오 그 안에 사람이 있음을
> 兒童爭訝糞田牛.　아이들은 똥밭에서 딩군 소라고 우긴다네.

<월사집 卷二 · 10-11>

이 시는 <백사집>에는 실려 있지 않다. 그만큼 풍자성이 강하고 말이 거칠다. <월사집>에는 이 시와 함께 이 시에 차운을 한 이정구의 시가 실려 있다. 이정구는 자신의 차운시 앞에 이렇게 썼다.

"이 날은 나 또한 병이 들어서 수레에 앉아 있었다. 상공은 기욕을

말지 아니했다. 수레를 마침 푸른 소에 멍에를 해서 끌리고 있었기에
그 운자를 써서 먼저 스스로 마음을 풀고 시를 지었다."

<월사집 卷二 · 10>

이 말과 백사의 시를 보면 이정구가 아파 고생하는 모습을 보고 백사가 지은
시가 바로 이것임을 알 수 있다. 제목에 '설중애거부(雪中哀車夫)'라고 한 것
은 수레를 타고 있는 이정구를 놀리느라고 그렇게 말한 것같다. 제1구에서 이빨
도 달달 떨리고 머리까지 흔들거리는 모습은 병이 들어서 고통을 당하는 이정
구의 상황을 묘사한 것이다. 제2구에서는 이렇게 고통스러우면서도 배를 탄 것
처럼 느껴진다는 이정구의 말을 옮겨 놓았다. 어쩌면 열이 올라서 둥실둥실 떠
가는 것같기도 했을 것이다. 제3,4구에서 이불 누더기 등으로 싸고 또 싸고서
폭 파묻혀 있는 이정구의 모습을 아이들이 보고서 똥밭에 딩굴던 일하는 더러
운 소가 끄는 수레에 무슨 사람이 있겠느냐고 조롱하는 상황을 그렸다.

이 시를 보면서 백사의 여유와 대담하고 통이 큰 마음을 알 수 있다. 나라의
위태로움이나 사행길의 고통이 이리도 심한데 오히려 이런 어려움을 이런 식
으로 극복하려는 슬기로움이 보인다.

이 시에 대해서 이정구는 이렇게 차운을 했다.

車上行窩深沒頭　　수레 위에 짐보따리로 싸고 싸서 폭 파묻혀
擁裘堅坐穩如舟　　털옷을 껴안고 굳세게 앉았으니 배같구나
紫氣若逢關令問　　북경 가까이에 가 변방 수령이 묻는다면
爲言人有駕靑牛.　　푸른 소에 멍에한 수레엔 사람이 있다고 말하리.

<월사집 卷二 · 10>

이 시는 앞에 백사의 시에 응답을 했다. 백사가 너무 이정구가 엄살을 떠는
것처럼 묘사한 것에 대해서 병을 견디는 모습을 좀 의연하게 묘사하고 있다.
아이들이 수레를 보고 거름을 싣는 소가 끄는 수레에 무슨 사람이 탔겠느냐고

하는 모멸스러운 말에 대해서도 제3,4구에서 변명을 하고 있다.

그 활달하고 대범한 점에서는 이정구가 백사를 당할 수가 없다. 이렇게 궁한 변명과 체면을 유지한 말로 화답을 한 것을 보면 어려운 상황을 극복하고자 해서 일부러 풍자적인 면모를 보인 것을 이해하지 못했던 것같다.

그러나 백사집에는 '설중애거부'라는 제목으로 다음과 같은 시가 실려 있다.

層氷滿坂雪蒙頭　층계진 어름 언덕 꼭대기 쌓인 눈
日暮牽牛如挽舟　해 저물녘 소가 끄는 수레가 배 같다네
夜投山店未炊飯　한밤에 투숙한 산 주막에서 밥도 짓기 전
纔到鷄鳴催駕牛.　겨우 짐을 풀자 닭이 울어 수레에 멍에 하라네.

<백사집별집 卷五上 · 9>

이 시는 백사의 앞에 시보다 매우 세련되어 있다. 퇴고한 흔적이 강하다. 제2구의 '거(車)'자만 그대로 있고 모든 글자를 바꾸어 놓았다. 글자를 바꾸니 시의 내용이나 주제, 이미지가 모두 달라졌다. 그러나 고난의 사행길을 나타내는 시의 정서는 그대로 생생하다.

<월사집>에 실려 있는 시는 이정구 개인을 상대로 한 시인데, 이 시는 일반적인 당시의 고난을 그리고 있다. 사행길이 그 고난속에서도 바쁘게 진행되어 가는 일의 급박함을 말하고 있다. 이 시에는 고난을 극복하려는 재치와 풍자는 없고, 심각한 사행길의 고난과 일의 급박함만이 있다.

途中風沙甚亂

燕市游塵漲九河　북경 시내에 떠다니는 티끌은 九河에서 넘친 것
人來人去汚衣多　오고 가며 옷을 더럽히는 이들이 많구나
莫言皎潔元無染　하얗다고 본래 물들지 않은 것이라고는 말하지 말라
縱有明珠也點瑕　비록 맑은 구슬이라고 해도 또 흠이 있다네.
塵沙不貸芰荷衣　티끌 먼지로는 헐벗은 옷이라도 대신할 수 없으니

分付同行好護持　함께하라 하시니 지키기에 좋았어라
人人各愛香蘭珮　사람마다 좋은 노리개만 사랑하는데
休管他家素染緇　남들이야 흰 걸 검게 물들인들 관계하지 말자.

<백사집별집 卷五下·3>

　자연 현상이 시인에게 어떻게 굴절 되는가가 시인의 정서를 감지할 수 있는 징표가 된다. 바람과 모래가 심한 길을 걸을 때 사람마다 생각과 느낌이 다를 것이다. 백사는 바람과 모래가 심한 길을 걸으면서 세태의 험난함과 정의롭지 못함을 상기하고 있다. 그러나 불의를 배타적으로 파악하는 것이 아니라, 긍정적인 측면에서 수용의 자세를 취하고 있다. 이런 태도도 적극적인 삶의 방식이라고 본다. 제2수의 첫귀절에서 '진사(塵沙)'와 '문하의(艾荷衣)'를 대비 시켜서 서로 대신할 수없는 세계임을 말했다. '문하의'는 깨끗하고 고결한 삶을 상징하는 것이다. 사람들은 '향란패(香蘭珮)'만 좋아하는데 이런 세상이야말로 '진사'인 것이다. 이런 세태에서 자신을 지키는 길은 남의 일에 관계하지 않는 자세인 것이다. '휴관(休管)'이라는 의미는 너그러움을 말한 것이다. 모두 용납하고 갈부지 않는 의연한 자세를 말한다. 이 또한 수용의 자세라고 생각한다.

(3) 우국

　<차월사연관서회운(次月沙燕館書懷韻)>에서 "우국에 항상 미간을 찡그리고 살았다"고 술회한 백사의 우국은 남다른 바가 있다. 이 무술년의 사행길은 그 목적이 나라의 오해를 풀어야 하는 임무가 무거운 것이기에 더 했다.

次月沙途中口占

欹側攀危岸　솟아오른 낭떠러지를 비스듬히 기어올라
遲廻渡淺灣　천천히 돌아와 건넜다, 얕은 나루를

一身輕似葉	내 한몸은 가볍기가 나뭇잎 같고
萬事重於山	내 임무는 중하기가 태산과 같다
飮淚懷深恥	눈물을 삼키며 깊이 부끄러워 하는건
逢人作好顔	만나는 사람에겐 좋은 얼굴·짓는 일
詩成渾漫興	시가 이루어지니 온갖 흥이 일어나
隨意細增刪.	뜻에 따라 곰살궂게 빼고 더한다네.

<백사집별집 卷五上 · 23>

위태롭기 그지없는 험한 길을 간신히 지나 이제 살았구나하는 느낌으로 읊었다. 자기 임무의 막중함 때문에 항상 조심하면서 뜻대로 하지 못하고 자중하는 모습이 엿보이는 시다. 왜 이렇게 자중해야 하는가? 모두 나라를 위해 조심하는 행동이다. 속깊은 우국의 마음을 알 수 있다.

북경에 머무르면서 나라의 오해를 풀려고 백방으로 노력을 할 때 일은 잘 되지 않고 날짜는 자꾸 지나간다. 백사는 그 때의 불안한 심정을 이렇게 읊었다.

次月沙玉河夜吟韻

墻頭風鵲未安枝	담장 머리에 까치는 바람의 가지가 편안치 못해
月下驚飛影屢移	달빛에 놀라 날며 그림자를 자주 옮기네
一席感時憂國語	이 자리 느껴운 憂國의 말은
廚人新瀝出天池.	요리사가 정수한 물이 天池에서 온 것인가.

<백사집별집 卷五上 · 28>

이 시에서 '천지(天池)'라는 시어는 묘한 중의(重意)를 가지고 있다. 하늘의 연못이라면 중국 조정의 물일수도 있고, 우리나라의 백두산의 천지일수도 있다. 북경의 중심 중국의 조정을 드나들면서 물맛이 그리운 백사를 상상하면 좋을 것이다. '일석(一席)'이라는 것이 항상 떠돌이의 자리를 의미한다. 정착하지 못한 처지를 말한다. 우국의 시름을 고국의 물로라도 달래고 싶은 심정을 읽을 수 있다.

이 시의 첫귀절에서 불안한 심정을 노래했다. 바람속의 한 마리 까치로 감정이 이입되어 있고, 한 자리에 가만히 있지 못하는 까치의 모습에서 불안을 잘 표현하고 있다.

次月沙夢入銀臺韻

重修簪履點朝班	머리에서 발끝까지 치장을 거듭하고 조회에 나가서
草制古高不强顔	글솜씨 좋으니 억지로 쥐어짤 건 없는데
孤夢亦憐心戀主	외로운 나그네 꿈에 또한 임금님 생각 간절하니
曉隨胡蝶度千山.	날 밝으면 나비되어 故國으로 달려 가리.

<백사집별집 卷五上 · 11>

여행중에 밤에 꿈을 꾸니 우리나라 조정에서 조회를 하고 글을 짓는 장면이었다. 꿈속에서도 잊지 못하는 임금님, 곧 나라다. 두보는 일찍이 "밥 한 술을 먹는 것도 임금님을 위해서다." 라고 했지만 백사와 이정구의 우국 또한 이에 못지 않다.

하도 그리운 임금님이기에 날이 밝으면 한 마리 나비가 되어 수 많은 산을 날아 조국으로 가겠다는 꿈이 있다. 이 시도 서로 합하려는 일치의 심정을 노래하고 있다. 이 일치의 마음이 바로 화해와 용서, 평화의 정신이라고 생각한다.

우리 고전에서 쉽게 발견되는 만남과 일치, 화해와 평화의 주제나 내용은 우리 민족의 꿈을 잘 나타내 주는 것으로 이해할 수 있다고 생각한다.

이제 한 해를 보내면서 무엇을 가장 깊이 생각하고 있는지 알아보자.

次海月除夕書懷韻

鶴野春初動	학야(鶴野)에는 봄이 처음 찾아드는데도
龍灣客未還	나그네는 아직도 용만에 돌아가지 못하누나
不眠思聖主	임금님 생각으로 잠을 자지 못하니

無夢到家山	뒷동산에 이르는 꿈은 없어라
序屬三更變	이 해는 한밤중에 바뀌고
詩排一字安	율시나 배율은 한 글자에 좋아진다
燈花强解事	꽃불을 놓고 억지로 일을 풀어보기도 하니
似欲慰淸歡.	새해를 맞는 기쁨으로 위로 받고자 하는 것같네.

<백사집별집 卷五上 · 12 - 13>

고향에 대한 그리움과 임금님에 대한 생각이 함께 들어 있는 시다. 우국과 사향이 모두 배어 있다. 이역 만리에서 맞이하는 한 해를 보내는 일은 더욱 외롭다. 게다가 임금님 생각으로 잠도 이룰 수 없는 형편이니, 고향에 대한 꿈도 꿀 수가 없다. 백사의 갈등, 제석을 거리노중에서 맞는 괴로움을 잘 표현했다.

등화(燈花)는 섣달 그믐날 식구 수대로 접시불을 켜 놓고 불이 타는 정도에 따라 각각의 운수를 점쳐 보는 것이다. 모두 부질 없는 행동들이기는 하지만 그래도 내일이라는 미지의 희망이 있기에 살아가는 것이 아닌가? 괴롭고 외로운 사람에게 미래에 대한 기대는 더욱 큰 법이다.

이 시에서도 수용의 자세와 정신을 발견할 수 있다. 외로움과 괴로움에 대한 상황을 극복하려는 의지가 전련(前聯)에 잘 표현되었다. 갈등으로 갈등을 극복하려는 이열치열(以熱治熱)의 논리가 있다.

(4) 사향(思鄕)

거의 반년이라는 세월을 이역에서 무거운 문제를 안고 여행을 한다면 따뜻하고 정겨운 고향이 그립지 않을 수 없을 것이다.

1월 16일 "연도수십일(沿途數十日)"이라고 기록한 것을 보면 연말 정초부터 그랬던 것같다. 황여일은 항상 집이 그리워서 괴로워하고 있었다. 이 이야기를 듣고 시를 하나 지었는데, 그 시의 내용에 대해서 스스로 이렇게 해설을 달고 있다.

"以一杯高枕之興으로 擬當遷鄕之樂하고 又以昭君南北之怨으로 至
解丈夫思歸之意하니 情見于詞에 無已太過인지라 仍飜案賦之하노라."

어차피 우리는 나라의 막중한 일로 사행에 오른 몸이니까, 공연히 고향이나
집을 그리워 해서 정신력을 소모 시킬 것이 아니라, 우리에게 주어진 환경을
최대로 이용해서 그리움을 잊어 보자는 것이다. 따라서 이 시를 읽으면 이와
같은 정이 넘칠 것이라고 했다.

客中何事當遷鄕	나그네 신세 무슨 일을 당한다해도 고향 가고 싶겠지
百方無由慰心曲	아무리 애써도 마음을 달랠 길 없네
人生適意無異術	세상살이 마음 맞게 하려면 다른 재주 없으니
只願莫作離家客	다만 집을 떠나지 말지어다
强道隨處卽爲家	있는 곳이 곧 집이라고 억지로 말하지 말라
誤矣當時李太白	그 때에 이태백이 잘못됐도다
聞君一杯便高枕	그대는 한 잔 술에 높은 벼개가 편하다 하고
映壁圖書興已足	벽에 가득한 책들이 홍을 돋우어 만족하네
若敎蘇婦喚卿卿	부인으로 하여금 여보하고 부르게 하는 것만 같으니
何異城東館洞屋	성 동쪽에 있는 고래등 같은 기와집과 무엇이 다르리
吁嗟不能縮地來	아아 축지법을 써서 오게 할 수는 없으니
歸夢分明繞漢北.	고향꿈은 분명 한강 북쪽에서 맴도는구나.

<백사집別集 卷五上 · 20 - 21>

모두 6연인 이 시는 내용이 3연씩 나누어 져 있다. 앞 3연은 무어니 무어니
해도 집이 제일이라는 말이다. "타향도 살다보면 고향이 된다." 는 이백의 말
이 잘못 된 것이라고 했다. 뒤 3연은 나그네길에서 고향을 환상으로 대하고
있다. 앞에 3연이 현실이라면 뒤의 3연은 환상의 세계다. 꿈의 세계다.

이 시에서도 고향과 함께하고 싶은 백사의 심정을 볼 수 있다. 현실에서 이
루어 지지 않는 것을 환상에서 이루고 있다. 오죽 고향에 대한 그리움이 강했
으면 이와 같은 시로써 이렇게 심사를 달랬겠는가?

중국에서의 사행의 목적은 쉽사리 달성 되지 않았다. 답답한 심정이 될수록 그리운 것은 지기지우(知己之友)다.

次海月韻

長路北燕下	긴 여행 길은 북경인데
本家東海湄	우리집은 동해 바닷가
那堪望雲日	고향 그리운 날들을 견디어 내며
更値奉觴時	다시 받들어 술을 올린다
草草今如此	초라하기가 지금 이같으니
茫茫欲語誰	아득하도다, 말하고자 해도 상대가 없구나
知君意萬緖	그대의 생각이 만 갈래인 것을 아노니
流淚濕華地.	눈물을 흘려서 중국땅을 적시노라.

<백사집別集 卷五下 · 1>

이미 고향을 떠나 온지도 5개월여가 되었다. 온갖 수모를 견디내며 오직 나라의 안녕만을 위해서 동분서주하는 가운데 처량한 생각도 많이 들고 기가 막힌 사연도 많다. 이런 심정을 황여일이 알아 주어 시로써 서로 회포를 푸는 모습을 볼 수 있는 시다.

수련(首聯)에서 북경과 집을 대로 놓아서 거리감을 표현하고, 전련(前聯)에서 그리운 고향을 참으면서 기회가 있을 때마다 변무의 소를 올린다. 제4귀의 '술'이라고 한 것은 단순한 술이 아니라, 온갖 봉물을 의미한다고 보아야 할 것이다. 문서만 가는 것이 아니라, 거기에 따라 붙는 나라를 위한 온갖 뇌물일 것이다. 후련(後聯)에서 이런 기막힌 사정을 토로했다. 말하고자 해도 상대가 없는 이 땅임을 생각하면 더욱 고향이 그리워 진다. 미련(尾聯)에서 그래도 당신이 시를 보내어 나의 심정을 알아 주니 이렇게 눈물로써 시를 짓는다는 사연이 그려졌다. 마지막 귀절의 눈물은 외로움, 이와 같은 처지의 나라가 된 것에 대한 괴로움, 슬픔, 그리고 이런 심정을 알아주는 황여일에 대한 고마움이

교차하는 눈물이라고 생각한다.

　백사가 정응태의 무고를 해명하기 위하여 중국 조정에 160여일에 걸쳐서 여행을 한 기록이 『무술조천록』에 시와 더불어 남아 전한다. 이는 임란시 어수선한 우리나라의 국내외 정세를 구체적으로 전해 주는 생생한 기록이었다. 특히 절박한 현실을 노래한 시들은 지금 우리들에게 말하는 바 많다고 생각한다.
　사행의 목적을 자세히 살피고 그 목적을 달성하기 위하여 얼마나 수모와 고통을 당했는지 알아 보았다. 이 구체적인 사실은 실로 오늘 중국과의 교역을 확대하는 마당에 참고가 되었으면 한다. 여정을 살핌으로써 조선시대 사행길의 현장을 재구성할 수 있었다. 앞으로 통일이 되면 북한을 거쳐서 만주로 북경에 이르는 길을 개척함에 자료가 되리라고 생각한다.
　시의 내용을 수창의 실상과 고난의 정서, 우국, 사향으로 나누어 생각해 보았다. 수창의 실상에서는 백사와 이정구, 황여일과의 실력 대결을 보는 것같았다. 아무래도 이분들은 당대의 제일이었음을 여기서도 알 수 있었다. 주고받은 시의 수로나 질로 모두 판가름이 나는 것을 알 수 있었다. 그중에서도 이정구가 앞서는 것처럼 보이는 것은 그가 시의 전문임을 드러내는 것으로볼 수 있다. 백사는 시가 전문이 아니라, 처리해야 할 문제가 산적해 있는 책임자로서 그의 본분이 시가 아니었음을 말해 주는 것이라고 생각해야 할 것이다. 고난의 정서는 두 가지로 생각해 보았는데 하나는 어려움을 그대로 수용하는 포용성의 자세이고, 다른 하나는 극복 의지로 풍자와 재치를 사용한 것이었다. 이 두 가지 정서는 모두 적극적인 자세로 고난을 극복하는 정서임을 확인할 수 있었다. 우국의 마음은 임금님에 대한 그리움으로 표현되었고, 사향의 정서는 일치하려는 꿈으로 말미암아 환상의 세계도 있음을 보았다.
　백사의 시문학이 활달하고 풍자적이고, 어려움조차 수용하고 환상의 세계일망정 일치하려는 의지의 문학임을 생각하면 대단히 스케일이 큰 문학의 세계를 가지고 있었다고 평가할 수 있을 것이다. 이와 같은 특징을 『무술조천록』을 통해서 다시 확인하고 발견해 보았다.

9. 「유연전(柳淵傳)」

소설에 대한 우리의 관심은 그 소설가의 구성 능력에 달렸다고 할 수 있다. 그만큼 구성은 소설에서 중요한 몫을 차지하고 있다.

우리는 소설의 기원을 역사적인 사건이나 실재 인물의 행적을 통해 찾을 수 있다. 이는 문집에서 발견되는 전(傳)을 통해서 알 수 있다. 특히 실제(實在)의 사건을 대상으로 한 이야기는 작가의 의식세계뿐만 아니라 당시의 사회상도 살펴볼 수 있는 기회를 제공해 주며, 또한 그 구성이 시간적 순서에 의한 사건의 배열이 아닌 작가의 의도에 의해 소설적인 구성을 가지고 조정 배치될 때 한층 더 재미있을 것이다.

「유연전(柳淵傳)」은 얼마전까지만 해도 작가명과 작품명만이 천태산인(天台山人)의 『조선소설사(朝鮮小說史)』에 전해지다가 근간 이수봉(李樹鳳)과 이헌홍(李憲洪)의 연구를 통해 새롭게 재조명된 작품이다. 우선 이수봉은 송사소설(訟事小說)이란 장르의 성격과 사실이 소설화되는 과정의 실례를 「유연전」을 통해서 재확인하여 밝히고 있으며[45], 이헌홍은 『왕조실록(王朝實錄)』에 전해지는 '유연옥사사건(柳淵獄事事件)'과 백사(白沙)의 「유연전」을 비교하여 그 소설적 성격을 규명하고 있다.[46]

---

45) 이수봉 <유연전연구>. 호서문화연구 제3집. 1983. pp 135-168

「유연전」이 한문소설로서 적당한 번역이 없고 연구논문이 적음에도 불구하고 필자가 연구의 소재로 택한 것은 조선조 명종(明宗)에서 선조(宣祖)에 이르는 16년간에 걸친 유연의 송사사건을 근거로 쓰여졌다는 이유에서이다. 이는 『명종대왕실록(明宗大王實錄)』 권(卷)30, 19년 갑자(甲子) 4월 및 『선조대왕실록(宣祖大王實錄)』 권14, 13년 경진(庚辰) 윤4월조 두 곳과 정사(正史) 이외의 『문소만록(聞詔漫錄)』47), 『송계만록(松溪漫錄)』48), 『부계기문(涪溪記聞)』49), 『성호사설(星湖塞說)』50) 등에 나타난 유연옥사에 관한 기록을 보면 「유연전」이 실제의 옥사를 바탕으로 했음이 분명하다. 또한 실록에서는 사실의 전달 보고에만 그치고 있는 반면, 「유연전」에서는 유연의 옥사가 백사(白沙)에 의해 소설화됨으로써 이야기 전개에 인과성(因果性)과 개연성(蓋然性)이 얼마만큼 심화 확대되었는지 그 변모 과정을 발견할 수 있을 것이다.

이 글에서는 먼저 「유연전」의 창작 배경과 배포 과정을 살펴보고 다음으로 실록의 유연옥사에 관한 기록과 백사의 유연전을 비교 분석해 봄으로써 제재적 근원인 실제적 사건이 소설화 과정에서 어떻게 변모되었는지, 또 실사에서 보여진 리얼리티(reality)가 얼마만큼 획득되었는가를 파악해 보고자 한다. 이와 같은 논의의 결과로 「유연전」이 사실이 소설화된 실증적인 작품으로 높이 평가될 것이다.

1) 「유연전」의 창작 배경

(1) 조선후기의 사회상과 송사소설(訟事小說)의 출현

조선조 사회는 임란(壬亂)과 병란(丙亂)을 계기로 커다란 변혁을 겪게 된다.

---

46) 이헌홍 <한국 고소설의 照明-실사의 소설화>
47) 윤국향. 대동야승10. 조선고전간행회 1909-1911. pp 575-621
48) 권응인. 대동야승11. 조선고전간행위원회. 1909-1911. pp 79-120
49) 이시양. 대동야승13. 조선고전간행회. 1909-1911. pp 489-536
50) 이원익. 성호사설5. 민족문화추진회. 서울:경인문화사. 1978. pp 96-99

양란의 결과로 지배계급의 권위가 실추되고 전시를 전후해서 유입된 해외문물 등으로 민중은 자신의 역할과 권리에 대해 자각하기 시작하여 통치자와 피지배자의 관계에 대한 도리나 책무에 대해서도 새로운 시각으로 바라보게 된다. 이로 인해 당시의 통치이념이자 사회 질서 유지의 근본 규범이었던 유교적 통치체제가 흔들이게 되고 이러한 동요가 사회의 여러 분야로 확대되면서 신분제도와 윤리 의식에도 변화를 가져오기 시작한다.[51]

실제로 상민이 돈으로 양반의 신분을 사거나 족보를 위조하여 신분상승을 꾀하는 경우도 있었으며, 전쟁에서의 공적을 세운 노비가 상민으로 신분이 상승되는 경우도 있었는데[52] 이러한 신분제의 동요는 비교적 고정적인 그 당시의 신분체제에 비추어 볼 때 크나큰 변혁이었을 것이다. 뿐만 아니라 한문소설속에 도망한 노비의 삶이 긍정적으로 서술되기도 하였다.

위의 사실로 미루어 볼때 당시의 사회상이 얼마나 어지러웠는지 가히 짐작하고도 남을 것이다. 결국 이런 혼란 중에 자행되는 특권 양반과 탐관오리의 가렴주구는 민중들로 하여금 지배계층에 대한 저항의식을 더욱 부채질하는 결과를 낳게 하였다. 이러한 대립과 갈등이 민란 등과 같은 극단적인 다툼의 형태로 나타나고, 개인 간의 다툼이 마침내는 법을 필요로 하는 단계로 진전되 었을 때 송사라는 사회 문제가 빈번하게 생겨났던 것이다.

이렇듯 조선조 사회의 구조적 모순은 송사를 통해 중요한 사회문제로 부각되어 표면적으로 드러나게 되는데, 특히 『율례도감(律例圖鑑)』[53]은 조선후기 각 지방관아의 수령과 형방 아전들이 송사 떼에 참고하도록 만들어진 판례집으로 이에 수록된 자료는 당시의 혼란상을 살피는 데 좋은 정보를 제공하고 있다.

여기에는 상해, 절도, 사기, 무고, 살인, 관가의 물건 탈취, 관명사칭, 묘지송

---

51) 정병종 「조선후기사회변동연구」, 일조각, 1983 /
　　김영택 「조선후기노비신분연구」, 일조각, 1987 참고
52) 이우성, 임형택 <이조한문단편집>. 일조각. 1983. pp 172-182
53) 이헌홍 <조선조 송사소설연구>. 부산대 대학원 박사학위논문. 1987

사, 간범죄, 강상죄, 과거제도에 관한 범죄[54]와 경제, 관리, 민중시위 등에 관한 범죄 등 228개의 판례가 실려 있어 송사가 당시 사회의 중요한 문제의 하나였음을 짐작하기란 그리 어려운 일이 아니다.

여기서 송사는 당시 사회의 현실적인 관심사이며 이미 일어났던 일 또는 미래에 일어날 일이라기보다는 당시대에 일어나고 있는 일임을 알 수 있다. 당시의 이러한 실제 송사사건이 송사소설에 많은 영향을 미치고 있는 점을 주목해 보면 우리는 송사 사건을 소재로 한 소설을 통해 당시의 문란한 사회상을 엿 볼 수 있을 것이다.

예를 들어 「정수경전」은 사람의 목숨을 경시하는 세도 가문의 횡포와 과거제도의 문란상을 잘 드러내고 있으며 「유연전」, 「홍열부전」은 재물을 탐하여 인척을 사이에 두고 벌어지는 범죄의 모습을 매우 사실적으로 그리고 있다. 또 「김씨남정기」, 「신계후전」에서는 하층민의 신분상승 의지로 인해 여러가지 범죄가 생겨남을 보여주며 「정효자전」은 강상죄를 범하고 도망한 노비의 모 습과 이에 편승하여 자기 이익을 구하려는 세력의 모습을 「서대주전」거ㅣ 같은 작품에서는 부당한 재물탈취 및 관리와 아전의 부패한 모습들을 잘 드러내고 있다.[55]

송사는 다툼의 극한적인 모습이다. 소설 전개의 기본 원리가 대립과 갈등에 있다고 할 때 송사는 대립과 갈등의 모습을 적나라하게 그려낼 수 있는 좋은 소재가 될 수 있으므로 소설 속에 자연스럽게 용해되어 표현될 수 있는 것이다. 이처럼 송사소설은 현실적 주요 관심사인 송사사건에서 소재를 취하는 경우가 많기 때문에 비현실적인 요소의 개입은 그만큼 줄어들 수 있었으며, 어느 특정한 인물만이 경험할 수 있는 사건이 아니라 일반인이 흔히 겪는 사건의 소설화인 까닭에 리얼리티 획득이 비교적 용이하고, 소설과 독자가 경험한

---

54) 과거제의 문란상을 잘 드러내고 있는 작품으로 중국소설을 번안한 <제마무전>이 있는데 이 작품의 첫머리에 '금번 과거는 금, 은을 많이 가져 捷徑을 얻 어야…'라는 구절이 나온다.
55) 이헌홍. <조선조 송사소설연구>. 부산대 대학원 박사학위논문. 1987

현실간의 거리감을 좁혀 주는 이점 또한 지닐 수 있는 것이다.

(2) 「유연전」의 창작·배포 동기

이 작품은 조선왕조실록에 기록되어 전하는 유씨(柳氏) 가문의 송사와 신원의 과정을 바탕으로 소설화한 것으로 대구에 살고 있던 유연(柳淵)이 형을 죽였다는 누명을 쓰고 옥에 갇혀 죽자 그의 부인 이씨가 옥안(獄案)을 번복시켜 남편의 원통함을 풀어 주었다는 줄거리로 되어있다.

우선 유연의 출생에서 사망, 신원이 되기까지의 시기를 살펴보면,「유연전」의 간기(刊記)와 이시양(李時讓)의 「계기문」에

"萬曆 三十五年인 丁未年 十二月 下澣에 大匡輔國崇祿大夫 鰲城府院君 李恒福이 謹撰하였다. / 丁未年 겨울에 湖西 觀察使로 나갈때, 完平 李元翼 宰相께서 이 글을 나에게 주면서 刊行하여 여러 사람에게 나누어 주라고 부탁했다."

<「유연전」刊記>

"... 達城令 堤가 蔡應奎를 앞세워 柳游의 아우 淵을 살인자로 만들었는데 그 지극한 원통함이 하늘에 미치어 다행히 怨恨을 풀어 제가 그 죄에 雪服하게 되었다. 이후 鰲城 李恒福이 淵이 죽은 嘉靖甲子年의 일을 글로 써 전했는데 제는 萬曆 己卯에 죽음을 당하고 丁未年에 이르러 처음으로 일의 始末이 널리 전파되었다..."

<부계기문>

라고 기록되어 있는 것으로 보아 柳淵이 丁酉年生(1537. 중종32년)으로 가정(嘉靖) 갑자(甲子) 년(1564. 명종19년)에 맞아 죽게 되었음을 알 수 있으며, 또 「유연전」이 백사에 의해 선조 40년(1607)에 창작되어 그 1년 후인 동41년(1608)에 최기(崔沂)에 의해 간포된 것임을 볼 때, 「유연전」이 옥사가 있은 지 정확히 45년만에 간행된 것임을 알 수 있다.

그렇다면 「유연전」은 과연 어떤 동기에서 지어진 것인가.
「유연전」의 後記에

  "... 壬亂이 끝난 후 당시 行職이 재상이었던 李元翼公의 집이 金虎
  門 밖에 있었는데 李氏(柳淵妻)의 집과 이웃해 있었다. 이원익이 그
  일(유연의 옥사사건)의 始末을 이씨로부터 듣고 그 원통한 것을 딱하
  게 여기던 중 왕(선조)께서 병상에 계셔 매일 入闕하여 왕과 함께 기거
  하면서 왕에게 유연의 이야기를 했다. 왕께서 유연의 이야기를 들으시
  고는 '글 잘하는 사람에게 부탁하여 기록해서 없어지지 않도록 하라.'
  고 분부하여 나(李元翼)는 퇴궐하자마자 이씨에게 柳氏家의 家乘을
  가져오게 하여 백사로 하여금 글을 짓게 했다. 또 왕께서 이르시길 '이
  일이 만약 이루어진다면 지극히 원통한 것을 씻을 수 있을 뿐 아니라
  官廳의 紀綱을 세울 수 있으니 자네(이원익)가 모든 것을 도모하기 바
  라네.' 하시니 나 또한 연의 억울한 죽음을 슬퍼하였다."

라는 기록을 보면, 「유연전」의 집필 동기가 분명해 진다.
  이렇듯 지어진 「유연전」은 이원익(李元翼1547-1634)에 의해 간직되다가
최기에 의하여 간포되는데 그는 간기(刊記)에서

  "... 柳淵의 죽음은 원통한 일이다. 柳遊가 나타나고 堤가 죽음으로
  써 연의 원한이 다소 풀렸으나 당시 조정에서 백성의 陳情을 구별하지
  않고 처리해서 연의 원한을 일찍이 풀어주지 않았던 것은 연의 귀중한
  목숨을 가볍게 여겼기 때문이다. 그런 까닭으로 나(崔沂)는 항상 이를
  통탄히 여겼다. 그러던 중 丁未年(1607) 겨울 내가 湖西 觀察使로 나
  아갈 때 完平 이원익 재상께서 이 글을 나에게 주시면서 '간행하여 여
  러 사람에게 나누어 주라.'고 부탁했다."

라고 하여 간포 동기를 밝히고 있다.
  「유연전」은 조선후기 사회문제로 크게 부각된 통치이념의 퇴색, 신분질서

의 동요, 윤리, 도덕의 타락 등 여러 측면에서의 혼란한 사회상을 소설 속에 사실적으로 반영하고 있다는 점에서 현실인식의 진지성을 엿볼 수 있다. 그러나 이러한 현실인식은 일반 민중의 입장을 대변하여 그 해결책을 강구하고자 하는 아래로부터의 개혁에는 이르지 못하고, 지배층의 기득권을 보호, 유지하기 위한 기존 질서 회복에 머무르고 있다는 사실을 발견할 때 「유연전」이 지닌 한계를 또한 지나칠 수는 없을 것이다.

2) 실사(實事)의 소설화에 따른 변모 양상

먼저 유연 옥사에 관한 기록을 보면『명종대왕실록』권30, 19년 갑자 4월 및『선조대왕실록』권14, 13년 경진 윤4월조 등 두 곳에 수록되고 있는데 두 기록에는 커다란 차이가 있다.

이를 보면『명종실록』에는 유연이 형을 죽인 흉악한 패륜아로 언급되어 사형을 당하는 반면『선조실록』에서는 유연이 형을 죽였다는 억울한 누명을 쓰고 참수되었으나 훗날 부인 이씨의 도움으로 신원되었다고 기술되어 있다. 이는 유연이 옥에서 죽은 후 신원의 과정이 명종에서 선조에 걸쳐 16년이나 걸렸음을 알 수 있게 한다. 다시 말해 명종조의 기록은 신원이 이루어지기 전인 유연의 옥사로 끝을 맺고 있으며, 선조조의 기록은 진유(眞遊)의 출현으로 사건의 전모가 드러나 유연의 신원을 이룩하면서 끝을 맺고 있는 것이다.

정사(正史)외의 자료로는 앞에서 언급한 대로『문소만록』,『송계만록』,『부계기문』,『성호새설』 등에 유연 옥사에 관한 기록이 나온다.『문소만록』은 저자인 윤선각(尹先覺)이 진유의 생존을 선조에게 고하여 원통한 옥사를 풀게 한다는 내용이고,『송계만록』의 기록은 선조실록의 내용과 유사하며,『부계기문』은 이시양이 백사가 달성령 제의 아들 언관(彦寬)에게 써 주었다는 '유연전의 후서(後序)'를 비판하고 있는 내용56)이다. 또『성호새설』은 이야기의 제목을 「유연전」으로 설정하고 있음을 보아 백사의 「유연전」을 읽고 사실 보고 중심의 공식적인 기록으로 축약, 고쳐 놓은 듯하다.

이상으로 보면 왕조실록과 각종 야담류, 또 소설의 내용은 등장인물의 성명이 모두 같을 뿐만 아니라 같은 사건을 다루고 있음을 알 수 있다. 따라서 「유연전」은 실제의 옥사를 바탕으로 작가가 의도적으로 재구성했음이 분명해 지는 것이다.

(1) 유연의 가계 소개

<자료1,2>[57)]와 <자료3>[58)]은 서두의 기술방식에서부터 그 차이가 드러나고 있다. <자료1,2>가 서두를 매우 간략히 처리하여 사건 자체의 기록에만 충실하고 있는데 반하여 <자료3>은 인물의 소개와 가문의 배경을 중심으로 다양하게 제시하고 있음을 알 수 있다. 이는 작가인 백사가 유씨의 가승(家乘)을 참고로 했기때문이라는 것과 아울러 사건 자체의 이면적 정황을 자세히 밝힘으로서 범행의 동기와 배경 등의 인과성을 마련하고자 하는 의도적인 배려일 것으로 생각해 볼 수 있다. 또한 서두에서 소개되고 있는 많은 등장인물들이 공시적 관계에 있음을 감안할 때 <자료3>이 시간적 순차 관계에 의한 보고와 전달 중심이 아닌 사건과 인물의 행위를 중심으로 전개되리라 예견할 수 있게 한다.

이에 「유연전」에 등장하는 주요 인물들을 중심으로 도식화해 보면,

---

56) '…오성은 눈이 없는 분이 아닌데 또한 그의 속인 바 된 것은 무슨 까닭인가? 속인 바 된 것인가? 팔린 바 된 것인가? 『孟子』에 이름하여 유려(幽勵는 포악한 임금의 諡號로 암우한 임금의 諡號는 幽, 악독한 임금의 諡號는 勵, 여기서 이 말을 인용하여 악명은 고칠 수 없다는 것을 말한다.)라고 하였으니, 비록 孝子, 子孫이라도 고치지 못한다고 하였는데 오성의 두어 줄의 後序가 어찌 言官으로 하여금 達城令의 罪惡을 고치게 할 수 있겠는가? 들으니 聞任斯 文茂叔著書(1576~1623)에 對策文을 지어 傳後敍로 威臣을 쳐서 (攻迫) 좌절시켰다고 하는데, 攻迫이 이 일에도 言及하였는지 알 수 없다.'

57) <자료1>은 [명종대왕실록] 권30, 19년, 갑자 4월조의 기록이고, <자료2>는 [선조왕조실록] 권14, 13년 경진 윤4월조의 기록이다.

58) <자료3>은 이항복의 <유연전>을 말한다.

父(柳禮源) + 母(?)

治	游	淵	첫째 누이	둘째 누이	셋째 누이
+	+	+	+	+	+
?	白氏	李氏	堤	崔守寅	河沆

공시적 입장이 분명해짐을 알 수 있다.

실제로 <자료3>의 서두에서 소개된 유연의 형인 유유와 형수인 백씨, 이미 죽은 첫째 누이와 매부인 제, 연의 처인 이씨 등은 사건의 진행과 함께 유연의 옥사에 직접적 혹은 간접적으로 이해 관계가 대립되고 있는 인물들이다.

(2) 유유의 가출과 아버지의 죽음

서두의 기술에 이어 소설적 개연성을 확보하고 있는 것은 유유의 가출에 대한 가족들에 견해의 차이다. 갑작스런 유의 가출 원인은 다음과 같은 기록에서 찾아 볼 수 있는데,

<자료1> '유유가 10년전에 미쳐서 도망갔다'
    - 柳游十餘年 病心狂走
<자료2> '유유가 丁巳年에 미친 병이 있어 도망갔다'
    - 柳游往年 丁巳年間 發狂逃走

이는 <자료3>에서 '유가 일찍이 산에 들어가 독서하다가 문득 홀연히 돌아오지 않으니 유예원과 백씨가 실성해서 종적을 감춘 것이라는 소문을 내고 마을 사람들도 모두 그렇게 믿게 되었다. (柳가 嘗入山讀書라가 因忽不返하니 禮源이 與白氏로 言컨대 狂易而奔이라하고 言出門庭하여 旣父與妻가 爲徵하니 鄕人이 信之하고 不疑하더라)'라 하고 있음을 보아 결국 <자료1,2>에서 언급하고 있는 연에 대한 실종의 원인이 아버지 유예원과 유의 처인 백씨의 입을 통해 나온 것이라 추측해 볼 수 있다. 아들이 아니, 남편이 원

인을 알 수 없이 실종된 상황에서 그들이 한 말이란 결국 그렇게 할 수 밖에 없었던 유의 처지를 더욱 곤란하게 만들 뿐이었다. 그러나 이에 반해 유의 가출에 대한 연의 입장은 좀 다르다. 그는 아버지와 형수의 말에 의심을 품고, 형과 직접 만나 이야기할 수 없음을 안타깝게 여기며 슬퍼한다.

그렇다면 실록이나 다른 야담류의 기록59)에는 유가 미쳐서 도망간 것을 누구도 의심치 않는데 유독 「유연전」에서만 연의 의구심을 드러내는 이유는 무엇일까, 이는 바로 앞으로의 사건 전개에 대한 관심의 제고와 호기심의 증대, 또 다른 측면에서는 유유의 가출로 인해 발생할 유연과 가족 구성원간에 빚어질 마찰을 예고하는 소설적 효과를 지니고 있다고 할 수 있겠다.

또한 <자료3>에서 서술되고 있는 유예원의 죽음은 유의 가출 후 시간의 경과를 보여주어 이를 계기로 본격적으로 사건이 전개될 것임을 암시하고 있다고 하겠다.

(3) 가유(假遊)인 응규(應奎)의 출현과 그 확인 과정

가출했던 유의 갑작스런 등장은 이야기의 본격적인 전개에 시작을 알린다. 그동안 미쳐 도망한 것으로 알려졌던 유가 형용이 변하여 돌아오자 사람들은 겉으로는 분별할 수 없는 그를 확인하려고 애를 쓴다. 이 확인과정을 통해 <자료1>에서 유는 매부인 제에 의해 조금의 의심도 없이, 진짜 유(眞游)임을 인정받게 되지만, <자료2,3>에서는 유의 얼굴 모습과 어색한 행동에 대한 의심을 품은 연을 묘사함으로써의 앞으로 돌아온 유와 연의 관계가 순탄치 않으리라 짐작하게 한다.

이러한 내용은 <자료3>에서 더욱 다양하게 나타나는데 <자료1,2,3>에서 보여주고 있는 유의 확인 과정을 도식화하면 다음과 같다.

---

59) 『성호사설』-'...其父縣監禮源及遊妻白氏 皆云狂易出奔 鄕人信之 怨非狂也 有家 變故也.'

<자료1> 제에 의한 확인 ------------ 眞　游

　　　　淵에 의한 확인 ------------ 眞　游

<자료2> 제에 의한 확인 ------------ 眞　游

　　　　淵에 의한 확인 ------------ 　?

<자료3> 제에 의한 확인 ------------ 眞　游

　　　　노비 ①에 의한 확인 -------- 假　游

　　　　노비 ②에 의한 확인 -------- 假　游

　　　　淵에 의한 확인 ------------ 　?

　　　　親族, 庶族, 洞里人에 의한 확인- 假　遊

　위의 도식을 보면, <자료3>에 기술된 유의 확인과정이 <자료1,2>에 비해 훨씬 구체화되고 있으며, 이로 인해 사건에 현장감과 긴장감이 더해짐을 알 수 있다.

　계속되는 확인에도 참인지 거짓인지는 가려지지 않고 연은 유(응규)[60]를 대구로 데려와 관에 판결을 호소하는데, 우선<자료1>에선 '연이 상경하여 보고 함께 돌아오던 중 문득 재물을 탐내어 맏아들의 자리를 빼앗으려고 그(游)를 형이 아니라고 대구부에 고한다'[61]라고 하여 이 과정에서 연의 흉악한 마음을 그대로 드러내고 있으며, 또 후서에 보여지듯 사신(史臣)이 왕께 올리는 상소문에 '연이 대구로 오는 도중에 재물에 대한 욕심이 생기어 유의 얼굴가죽을 깎아서 얼굴을 알아 보지 못하게 한 후 형이 아니라 하며 유를 사기죄로 관에 고하였습니다.[62]'고 하여 연의 패륜아적인 행각을 더욱 부각시키고 있음을 알 수 있다. 결국 <자료1>에서 유(응규)는 옥에 갇히고 이에 자신이 진짜 유임을 밝히기 위해

---

60) 명종실록(자료1)에서는 應龍이라 한다.

61) 淵上來相見逢與同歸中 生奪嫡專財之邪討 結縛傷打謂非其兄訴于大丘府.....

62) 淵上京與兄同還中 路削去面皮使不知 其爲遊結縛告子大丘府...

"내가 처를 얻을 때 처가 입은 속치마를 억지로 벗기고자 한 즉 처
가 '월경 중 입니다'라고 말했으니 이 일은 다른 사람은 아는 바가 없
는고로 만약 처에게 묻는다면 가히 참과 거짓을 알 수 있을 것입니다."

라고 하여 백씨와의 대질을 요구하지만 연은 모든 사정이 폭로될까 두려워 유
의 요구를 슈에게 말하지 않고 비밀리에 처리한다.

이상의 <자료1>의 내용을 간추려 보면 연이 형을 죽이려고 음모한 것을
가리기는 어렵지만 장차 재물을 가로 채려했음을 분명해진다.

그러나 <자료2,3>에선 연의 그런 흉악한 행각이 전혀 드러나 있지 않고
오직 진실로 형을 찾고자 하는 순수한 마음만이 행동의 동기로 표현되고 있어
사건의 전모가 드러난 후 실록의 기록과 전(傳)의 진술이 사건 해결 이전의
진술과 얼마나 크게 바뀌어지는가를 알 수 있게 한다.

(4) 유유(柳游) 응규(應奎)의 실종

옥에 갇혀 있던 유는 병을 핑계로 하여 잠시 풀려나와 있었는데 얼마후 도
주하여 그 종적을 찾을 길이 없었다. 이를 <자료1>에서는 연이 연이 관노 박
석의 집에서 병보석을 하는 틈을 타서 유를 죽이고 흔적을 없앴다고 기술하여
<자료1>이 연의 신원 이전의 기록임을 여실히 드러내고 있다. 그러나 <자료
2,3>에서는 유의 실종의 원인을 구체적으로 제시하고 있지도 않은데다가 유
의 병이 가짜 유임을 숨기기 위한 방편으로 제시되어 있어 다음에 전개될 사
건의 반전을 은근히 암시하고 있는 듯하다. 또한 <자료3>에서 춘수(春守)의
자백에 의해 드러나는 사건의 전모를 살펴보면,

"... 응규가 박석가(朴石家)에 구류된지 사흘이 되었을때 밤중에 문
두드리는 사람이 있어서 일어나 보니 편지를 가지고 온 사람이 있었습
니다. 응규는 편지를 보고 그 사람에게 나도 역시 이런 계획을 세웠으
니 너는 빨리 돌아가라고 했습니다. 첩이 누구냐고 묻자 달성령의 종

이라고 하고, 편지 내용을 물으니 '일이 이미 들통났으니 너는 어떻게
하겠느냐, 가급적 급히 도망가라고 쓰여있었다고 했습니다. 첩이 울면
서 '당신이 도망가면 나는 어떻게 하겠느냐'고 하니까 응규는 꾸짖으
며 '이 어리석은 계집아! 두려워 말고 도망치다가 뜻밖에 일이 있으면
너는 다만 모른다고만 하면 되지 않겠냐.' 고 했습니다....''

라고 하여 제와 웅이 처의 재물을 탐하여 오륜과 삼강을 짓밟는 비정과 유
(응규)의 실종이 범죄를 은폐하기위해 벌인 사기극임이 춘수의 진술로 드러나
고 있다.

(5) 유연의 누명과 옥사

이 부분은 '전'에 있어 절정(climax)이라고 할 수 있다. 실종된 유(응규)에 대
해 사람들은 연이 형을 죽여 없앴다며 흥분하고 관에서는 사건의 진상을 밝히
기 위해 연을 국문한다. 이에 연은 사건의 범인으로 몰리고 급기야 죽음을 당
하는데,
필자는 이 부분을 <자료3>을 중심으로 검토해 보겠다.
우선 연이 기소되는 상황을 보면 형수인 백씨의 행동이 주요 원인이 됨은
물론이요, 한가지 의심스러운 점을 발견하게 되는데 바로 대구부에 살인죄로
기소된 연을 굳이 이웃 현풍고을로 옮겨 달라 청한 사실이다. 이는 그동안의
유의 옥사를 완전히 뒤짚기 위한 백씨의 계략으로 연과 백씨의 이해관계가 대
립되어 있음을 극명하게 보여주는 좋은 예라 할 수 있을 것이다.
이 후 백씨의 간계가 성공하여 현풍의 추관(推官)은 다음과 같은 판결문을
상주(上奏)한다.

"유가 자주 이사를 다니고 처세가 빈곤하여 형용은 비록 변하였으
나 말과 행동은 유가 틀림없었는데 그의 아우 연이 오로지 장자의 자
리를 빼앗아 재물을 차지 하고자 협박하여 관에 고하였습니다. 이에

관에서는 둘을 모두 가두었는데 국문시 아우의 참소만을 믿고 그의 형만 잡아 가두어 놓았으니 옥의 체통을 잃었습니다. 또한 연이 그의 형을 죽이는 오륜을 어지럽히는 죄를 범하였는데도 그 죄를 다스리지 않았으니 이제 그 道의 사람들이 모두 흥분하여 손가락질하니 청컨대 연을 잡아서 법에 따라 처벌하고 아울러 부사 박응천은 파직시키십시오."

그해 3월 추관(推官) 심통원(沈通源)이 연을 취조할 때, 연은 지난 경과와 응규가 형이 아닌 증거 3가지, 또 제와 융(隆)의 진술이 재산을 얻고자 말을 맞춘 것임을 이야기 하며 자신의 결백을 주장한다.

우선 <자료3>에서 연이 제시하고 있는 돌아온 유(응규)가 형이 아닌 증거를 보면, ① 형은 키가 단소한데 그는 장대하고, ② 형은 얼굴이 작고 누렇고 곰보이며 또 수염이 없으나 그는 얼굴이 풍만하며 거무스름하고 수염이 수복했고, ③ 형은 목소리가 여인네와 같았으나 그는 목소리가 우렁차다.[63]' 고 하여 실제로 유를 한번만 이라도 본 사람은 쉽게 분별할 수 있으리라 추측하게 한다.

또 제와 융이 붙어다니는 것을 반드시 옥사를 만들기 위해서 라고 이야기하며 그 근거로서

"제는 신에게 아버지가 따로 좋은 밭을 주는 것과 부모의 총애를 받는 것을 시기하였고, 隆은 신의 백숙모(佰叔母) 유씨가 일찍이 그 집안의 재화를 주는데 있어서 융의 처에게 말하기를 '만약 너의 아들이 없으면 예원의 아들에게 전하겠다.' 하니 항상 그 財貨를 빼앗길까 두려워 신을 시기하였으니 이제 제와 융 두사람이 서로 한 통속이 되어 家門을 혼란에 빠뜨리는 말과 행동만 합니다."

---

63) ... 臣入京尋見所謂臣兄者 不類有三驗 臣兄弱人也 臣本短少 今內長大 臣兄面小 而黃有麻子無鬚 今乃豊顔赤黑而密鬚 臣兄音如婦人 今內洪暢 三驗備矣.

라고 함을 보아 조선시대에 있어 상속제도는 자식이 없으면 재산(田畓)이나 노복의 상속권을 박탈당하는 것이었기에 백숙모께서 주게 되어 있는 보화가 연에게 돌아가는 것을 막기위한 제 등의 재욕으로 일이 이렇게 되었음을 주장하고 있다. 그러나 이러한 연의 말은 통하지 않고 오히려 제와 융, 김백천(金百千)과 춘수(春守)의 말만 믿은 추관 심통원에게 모진 고문을 당하는데 이를 못이긴 연은 형을 죽였다고 거짓 자백을 하고 만다.

마지막으로 연은 추관에게

> "신은 이미 형을 죽인 것으로 죄명이 성립되었으니 마땅히 죽을 것이나 끝내 사사로이 국가의 상서로움을 더럽혔다할까 두렵고, 또 달성령은 나라를 속이고 형벌을 나에게 씌웠으니 청하옵건대 일년만 신을 가두고 응규나 신의 형 유의 종적을 찾아본 후에 명백히 그 죄를 밝히면 신은 원한이 없겠습니다. 만일 신이 죽은 뒤에 진짜 유가 나타나면 죽은 사람이 다시 살아나지 못하며, 그때는 나라에서도 후회할 것입니다. 또한 추관은 나와 사사로이 원수진 일도 없는데 어찌 이같이 하십니까? "

라고 하며 자신이 모함에 걸려들었음을 적극적이고 간절하게 호소하지만 결국 추관인 심통원은 화를 내며 나졸에게 명하여 연의 머리채를 휘어잡고 입을 때 리게 하며 말하길 "독하기가 이와 같으니 형을 죽인 것이 틀림없다." 하며 연의 애원을 묵살한다. 이때 좌석에 있던 기대항(奇大恒)이란 사람이 말하길 "스스로 법이 있다고 하고선 어찌하여 입을 때리십니까?" 라고 하며 연의 편에 섰으며, 또 문사랑 홍인경(洪仁慶)은 "형을 죽인 커다란 옥사를 다루는데 있어 일이 조밀하지 못하고 갑자기 죄를 결정하니 옥사의 체면이 어떻겠는가?" 라고 했다. 그러나 심통원이 "대죄를 지은 죄인에게 무었을 돌바주고 아껴주겠는가?"하니 국문을 지켜 보던 이들은 사태가 이미 기울어진 것(연이 죽음을 당할 것)을 알고 서로 눈짓하여 퇴궐한다. 우리는 이 기록에서 제가 종실의 힘[64]으로 추관을 매수하고 있음을 알 수 있다.

그렇다면 여기서 새롭게 등장하여 연을 사형에 처하며, 자신의 판결을 못마 땅하게 바라보던 기대항(奇大恒), 홍인경(洪仁慶)을 파직시키는 추관 심통원 은 과연 어떤 인물인가?

연려실기술의 선조조 고사본말에 보면 그에 대해 이렇게 서술하고 있다.

> "명종이 즉위한 뒤에 척신(왕비의 삼촌)으로 출세하게 되어 빠르게 좋은 요직을 거쳐 정승에까지 이르렀다. 위인이 용렬하고 나약하며 염 치가 없어 처사하는 것이 모호하고 탐욕이 많아 만족할 줄을 모르므로 뇌물들이 몰려 대문앞이 시장과 같았다. 그의 큰아들 뢰와 막내아들 화가 다투어가며 이익을 취하기를 일삼아서 남의 재산과 노비를 빼앗 는 것이 도적과 다를 바가 없었고, 그의 하인들도 (주인을 본받아서) 역시 백성들에게 해를 끼쳤다……. 통원이 비록 두려워할만한 인물은 아니지만, 혹시라도 간사한 자가 있어 가만히 통원을 내세우고 농간을 부릴까 하여 사람들이 매우 근심하였는데 이때에 이르러서 공론이 일 어나 삼사가 같이 떠들며 삼공이 백관을 인솔하고 대궐뜰에 서서 귀향 보내기를 청하니 한달이 지나서 삭탈하고 향리로 쫓아 보내었다."[65]

<석담일기>

위의 자료로 미루어 보아 우리는 당시에 비난받던 척신인 심통원의 판결이 뇌물에 의해 조작된 것임을 쉽게 알 수 있으나 죄목이 결정된 연은 참수당하 고 만다.

지금까지의 내용은 <자료1,2>에서는 볼 수 없는 것으로 추관의 문초와 원 고와 피고의 진술 및 증언이라는 문답 형식으로 진행되어 사건의 현장성과 함 께 대립, 갈등의 극적 구조를 지니고 있음을 보여주고 있다 하겠다.

---

64) 「柳淵傳」에 등장하는 제에 대해 살펴보면, 세종대왕의 玄孫이니, 곧 세종의 8大君, 10君 가운데 七君인 翼峴君의 曾孫이므로 一次獄事때 推官과 委官등은 감히 제를 벌할 수 없 었을 것이다.

65) 「연려실기술3」, 조선고서, 1912, pp 274-275, 643

이런 관점에서 볼 때, <자료3>은 등장인물의 구체화된 행동 특성과 더불어 대화를 많이 사용함으로써 감정의 공감대를 형성함은 물론이요, 특히 간접화법을 지양하고 직접화법을 사용하여 극적 긴장감의 효과를 얻고 있음을 알 수 있다.

<자료3> 3. ①, ② - 거짓으로 꾸민유(응규)와 유연 및 노비와의 상면장면
　　　　　3. ③ - 부사 박응천의 심문 장면
<자료3> 5. ① b - 제 등이 김백천을 증인으로 협박, 매수하는 장면
　　　　　① c - 심통원이 연을 국문하는 장면
<자료3> 6. ③ - 참다운 유 출연 후의 국문장면

등이 모두 그러한데 우리는 이를 통해 마치 현장에 가 있는 듯한 느낌을 가질 수 있는 것이다. 또한 5. ②에서 연이 처인 이씨에게 유서를 보내 억울한 죽음을 설원해 줄 것을 부탁하는 눈물겨운 호소의 장면은 이 작품이 지닌 대립 갈등의 심각한 상황을 구체적으로 형상화시키고 있어 송사소설의 면모를 뚜렷이 보여주고 있으며, 더하여 이를 실제로 발생된 시간 순서와 달리 유연의 처형당하고 난 후에 배치, 서술함으로써 연의 투옥, 추관의 심문, 증인의 증언, 형의 확정과 처형으로 전개되는 사건의 분위기를 박진감있게 조성해 내고 있다고 하겠다.

연이 부인 이씨에게 보낸 '유언서'

"아! 부인 이씨여 나를 따라 멀리 따라(出嫁) 왔다가 곤궁한 생활로 고생만 하며 살더니 내가 천지간의 지극히 원통한 일로 여러 달 갇힌 바 되었으니 두 번 살기 어렵소. 당신에게 유언을 남기나 생각건대 아득할 뿐이오. 제와 룸과 백씨와 응규가 간악한 꾀로 모함하여 온 나라 사람들의 마음과 눈을 가리고 막아서 이 지경에 이르른 것이오. 내가 오직 죽음을 두려워 하는 것이 아니라 나의 선부모의 영혼을 생각하니 오장을 도려내는 것 같구료.

저 제등의 무리들의 죄상을 돌아보고 생각하매 당신도 또한 알 수 있을 것이오. 이제 내가 말하는 바는 추호도 거짓이 없는 것이니 반드시 다 있나니 이 이것을 가지고 서울에 가서 나의 지극한 원통함을 밝혀주시오. 깊이 생각해 보건대 화의 근본은 진실로 재물에서 연유한 것이니 당신은 선고께서 별도로 주신 밭과 백숙모 유씨께서 주신 문권을 관청에 보이고 나서 찢어 버리시오. 그래도 나의 무죄가 밝혀지지 않으면, 곧 하늘의 옥황상제와 땅에 있는 귀신과 부모님의 영혼이 있으니 위와 아래를 소상하게 아뢰면서 당신이 밤마다 축원하고 빌면 다행히 저승의 도움으로 응규를 잡아서 내 구천의 원통함을 위로해 주오. 정신이 혼미하고 기운이 쇠진하여 다하지 못하겠소. 아버지! 죄없는 유연은 哭하며 죽습니다."

(6) 진짜 유의 출현

<자료1>은 '5)유연의 누명과 옥사'에서 끝을 맺어 연의 신원을 이루지 못하고 있으나 <자료2,3>은 6)을 통해 커다란 반전의 기회를 얻게 된다. 연의 죽음후에도 유의 시신은 발견되지 않고, 유가 살아있다는 말이 분분하여 나라의 말이 그치지 않으니 경연에는 연의 옥사를 재심할 것을 청하는 상소문이 날아 들지만 받아들여지지 않는다. 한편 억울하게 죽은 연의 부인 이씨는 연의 신원을 위해 백방으로 호소하나 여의치 않았다. 그러나 하늘도 무심치 않았는지 16년이란 시간이 흐른 뒤 경석에서 수찬 윤선각(尹先覺)이 올린 상소문을 통해 일은 일사천리로 풀리기 시작한다. 상소문의 내용은 그가 순안현감으로 있을 때 박장춘(朴長春)과 스님을 통하여 들은 사실로, 유유가 박장춘과 함께 지냈으며 그때 유는 천유용(天裕勇)이란 가명으로 행세했다는 것인데 이를 통하여 사건의 진위가 다시 한 번 가려지는 기회를 맞게 되는 것이다.

유유(천유용)는 죽지 않고 살아서 돌아온다. 이때 연의 처 이씨는 연의 옥사 이후 매일 새벽에 분향하고 신원을 빌고 있었는데 그날 밤 꿈 속에 연이 나타나 "吾兄來矣나 汝亦知否아?" 하였다고 한다. 이는 몽조로써 연의 신원이 이

루 어질 것을 암시하고 또 연의 원혼이 결코 무심치 않았다는 것을 보여주고 있다 할 수 있을 것이다.

결국 천유용(眞游)이 법부에 나가 진술함으로써 일의 시말이 드러나는데 우선 유용은 부모와 친족, 비복의 이력을 정확히 말하고 그와 대질하여 본 이들이 모두 진짜 유라 하며, 또 가출의 이유에 대해선 "제가 아내를 얻은지 3년이 되어도 자식이 없자 아버지께서는 '기박하구나.' 하시며 너는 전생에 죄를 입은 것이라고 박절히 꾸짖고 곁에 두지 않으시니 서쪽 지방으로 옮겨 들어간 뒤에 연락을 끊어서 동생이 죽은 것을 알지 못했습니다."고 하였다.

이 부분에 대해 백사는 「유연전」<(자료3)>의 후서에서 이르기를,

> "...세상에서는 유에 대하여 말하기를 '불량하게 도망했다'고 하는데
> 아들이 되어 아버지로부터 도망하는 것은 인륜이 없어지는 것이다. 옛
> 날에 어진 자식은 아버지의 命에 죽기도 하는 것이니 주자(朱子)선생
> 이 가로되 '의리로는 마땅히 도망하여 피해있을만 하더라도 이에 예는
> 갖추어야 한다.'하였다. 지금의 유가 부득이 어버이를 어기고 멀리간
> 것은 진나라의 공자가 집을 나와 진(秦)에 있었던 것과 같으나, 공자
> (公子)는 그의 위치를 천하가 다 알았으니 어찌 허물이 되겠냐마는 유
> 는 자취를 감추고 숨어서 동생을 죽게 했다."[66]

고 하며 연의 원통한 옥사가 유의 불량함에서 이루어진 것이라 주장하고 있다. 사실 과거 연의 옥사가 유가 가출한 것을 빌미로 한 친족간의 재산다툼에 의한 것이라 할 때 유의 가출이 너무도 충동적이고 이기적인 행동이었다고 할 수 있겠지만 자식없는 유의 처지를 고려해 볼때 가히 동정할만 하다고 하겠다.

---

[66] '世或稱遊不良逃也 子而逃父人理滅矣 逃將焉往世安有無父之國哉? 古有賢子死 於父命 朱夫子論之曰…"義當逃避 乃爲得禮." 設令遊有大不得己而違親遠逝 晉 公子在秦天下無不知 何乃過爲? 泯亦隱端致弟枉死也?'

(7) 연의 신원

천유용(진짜 유)의 진술로 그가 진짜 유임이 드러나자 사헌부에서는 채응규(蔡應奎)를 잡아들이라 명한다. 얼마후 응규와 그의 첩 춘수(春守)는 장연에서 잡히나 호송중 응규는 스스로 목을 매고 춘수만 압송되어 와서 국문을 당한다.

이에 옥사의 시말이 춘수의 입을 통해 토로되는데 <자료3>을 토대로 살펴보면,

① 내(춘수)가 응규에게 시집와 아들 둘을 낳고 사는 동안 유유란 이름은 들어본 적이 없었다.
② 임술년에 달성령 제가 노비 삼이(三伊)를 시켜 보내서 응규를 보고 제라 하며 유유로 행세시키었는데 이를 백씨도 인정하였다.
③ 응규가 서울(제의 집)에 다녀온 후 스스로를 유라 하였다.
④ 이해 겨울 응규와 함께 서울에 오니 달성령 부자가 찾아와서 안부를 묻고 선물도 계속 보내왔다.
⑤ 응규가 제와 백씨의 도움으로 유의 집안내력을 소상히 암기하였다.
⑥ 심륭과 김백천 등이 의심을 하자 제과 응규가 짜고 거짓행세하여 그 의심을 풀었다.
⑦ 응규가 대구로 감에 '유가 아니다.'라고 떠도는 소문이 들리니 제와 융은 거짓말이 탄로나지 않게 손을 썼다.
⑧ 그 후 응규가 관에 갇히자 병보석을 핑계하여 朴石의 집에 있다가 갇힌지 3일 되는 날 제와 음모하여 말을 맞추고 달아났다.
⑨ 유연의 옥사가 시작되자 나(춘수)도 말을 맞추어서 의심을 피하고자 제가 시키는 대로 아들 정(貞)과, 백(白)을 백씨에게 양자로 주었다 라고 고백하고 있다.

춘수의 진술을 기초로 하여 당시의 상황에 대해 몇가지 구체적으로 살펴보면, 우선 ②와 ⑤에서 드러난 백씨의 행동에서 의심스러운 점을 발견할 수

있다. 이는 백씨가 형용이 전혀 다른 남자를 자신의 남편이라 인정하고 그를 도와준 것인데 이것은 아마도 맏며느리가 지니는 재산상속의 이득을 위해서였을 것이라 생각한다.

다음은 ④에서 주장하듯 응규가 제와 백씨에게 도움을 얻었다고는 하나 어떻게 전혀 타인이면서 유씨 가문의 집 안 소소한 일까지 알 수 있었을까 하는 점인데. 이는 권응인(權應仁)의 『송계만록(하)』에 적혀있는 글을 보면 어느 정도 이해 할 수 있을 것이다.

> "...유유로 가면한 채응규(蔡應奎)는 경산현(慶山縣)의 관노로 있을 때, 유유의 노비에게 장가들었으므로 그 집안 일을 샅샅이 알고 있었다. 그 후 우연히 다른 지방에서 채응규와 유유가 서로 만나 침식을 함께 할 때, 유의 마음먹은 것을 '채(蔡)'가 일일이 기억하여 비록 털끝만한 일도 모르는 것이 없었다..."[67]

또한 ⑦의 '... 제와 융이 거짓말이 탄로나지 않게 손을 썼다.'라는 표현의 진상이 「유연전」의 본문에서 서술한 바와 같이 ...응규가 대구에 돌아간 지 얼마되지 않아서 구속되었다는 소식을 전해들은 달성은 정승인 심통원의 편지를 갖고 와서 첩에게 '대구의 부사 박응천에게 갔다 주어라.' 하고 종과 말을 융에게 주어 족형 장악원의 관리가 된 사람에게 부탁을 해서 심부름하는 사람을 얻어 저의 뒤를 따르게 하여 대구에 이르니...' 라 할 때 당시 사회의 부패상을 짐작할 만하다 하겠다.

마지막으로 ⑨에서 보여지듯 백씨가 춘수의 두 아들 정과 백을 입양했다는 사실은 상속권의 회복과 완전범죄를 위한 합리화의 방법으로 응규와 백씨, 제와 융이 재물에 눈이 어두워 다른 사람도 아닌 처남이요, 시동생을 죽이는 천인공노할 죄를 저질렀음을 보여주는 실증적인 예라 하겠다.

---

67) 有蔡姓名應奎者慶山縣官屬也 嘗嫁遊女奴倪知其家事 而蔡亦出亡遇遊於他方坐 臥與具 柳之有心蔡忽志之雖纖毫微事...

이로써 제 등의 죄상은 폭로되고 그들에게 형벌이 가해지는데 <자료2>에 따르면 '유유는 아버지에게서 도망하여 살면서 상을 치르지 않은 죄로 일백대 곤장에, 3년동안 유배하여 안치시키고 제는 맞아 죽었다.' 하고 <자료3>에서는 '유유는 아버지의 상을 치르지 않은 죄로 용강에 유배시키고, 제는 곤장을 맞고 옥중에서 죽었으며 춘수는 교사되었다.' 고 한다.

이러한 결과를 놓고 볼때, 「유연전」은 결국 재물에 눈이 어두운 처남과 자형간의 비정이 빚은 유씨가의 일대 참화사건이라 할 것이다.

(8) 집필후기

연의 옥사에 관한 줄거리는 <자료2,3>에서 보듯이 대강 이렇게 끝을 맺게 되나 <자료3>에서는 「유연전」의 창작 경위와 백사가 연의 옥사를 돌아보며 느낀 소감 또 사건 해결의 후일담 등이 적혀 있다.

「유연전」의 창작 경위에 관해서는 이미 서술한 바 있으니 생략하고 백사의 집필후기에 대해 살펴보면 다음과 같다.

① 유의 처 백씨가 관에 나가 증언하지 않은 것을 애석히 여긴다.
② 제가 끝까지 바른 삶의 자세를 실천하지 않은 것을 한스럽게 생각한다.
③ 단, 이 일을 통하여 사람을 다스리는 일에 경종을 얻어낼 수 있음은 다행하다고 하겠다.
④ 당시 수사의 헛점을 엿볼 수 있다
⑤ 윤선각과 이원익에 의해 연의 억울한 옥사가 해결되어 후세의 권계에 도움을 주었다.
⑥ 유의 불량함이 이런 결과를 초래했다.

이 중 특히 ⑤에 드러난 것처럼 사건의 해결에 실마리를 던져 준 윤선각은 자신의 저서 "『문소만록』에서 '上命法司하여 捕得柳游하니 果生存也라

因雪淵寃하여 獄事之難이 得其實有如是하니 余之子孫이 其有司獄者에게 鑑此而戒之하니 幸甚이로다.”라 하여 자신이 옥사의 처리에 직접 관계했음을 밝히며 훗날 자손중에 옥사를 맡아보는 이가 있거든 이 일로 경계를 삼으라고 하였으며, 권응인은 “송계만록(하)」에서 ‘淵之憤怨이 雖得少洩나 自古及今에 孰如淵之獨이 抱萬世之寃者哉아 古之人의 三覆五奏는 愼於刑如此하니 掌法者가 以淵爲戒하여 以古爲法으로 錘楚之下하니 豈無寃枉者乎아.’라 하여 송사에 있어서 신중함은 재삼 재사 고려 해(三覆五奏)야 하니 연의 옥사를 경계삼아 법을 관장하고 모진 고문은 피하라는 뜻의 말을 전하고 있다. 이렇듯 그들은 당시의 사건을 통해 지양해야 할 일을 제시하고 있는데 이는 「유연전」이 『문소만록』과 『송계만록』에 현전하는 충분한 이유가 될 수 있을 것이다.

다음 백사는 후일담을 통해 연의 처 이씨에 관해 말하길 ‘...연의 옥사가 있기전 이씨는 아주 키가 작고 매우 독살스러우며 화도 잘내고 잘난체 하였는데 옥사가 있은 후에는 항상 머리를 죄인처럼 숙이고 상한 얼굴로 연을 위해 빌고, 호소하기를 한결같이 하더라.’ 라고 하니 권세에 의한 편파적인 옥사의 처리 과정이 한 인간을, 아니 한 가문을 얼마나 철저히 파괴, 변모시켰는지 짐작할 수 있게 한다.

「유연전」은 유연 옥사 사건이라는 역사상의 실제 사실을 바탕으로 하고 있으면서도 그것이 사실 그 자체의 충실한 보고적 기록에만 머무르지 않고 아울러 문학성을 지닌 소설 작품으로서의 성격을 지니고 있음으로 주목할 필요가 있다.

필자는 이 작품이 소설화 과정에서 어느 정도 리얼리티를 획득하였으며 또 소설적 성격을 지니고 있는 지를 왕조실록에 전하는 유연 옥사 사건과 백사의 <유연전>을 중심으로 내용을 분석하여 비교 검토해 보았다. 지금까지의 논지를 요약하면 다음과 같다.

첫째, 「유연전」은 선조때 사현상(柳成龍, 李德馨, 李元翼, 李恒福) 가운데 이원익이 왕의 뜻을 받들어 백사에게 글을 짓게 하고, 崔沂(충청감사)로 하여 판각하게 하여 배포시킨 작품으로 연의 원혼을 풀어주는 동시에 관아의 기강을 세우는 교훈서로서의 의미를 지니고 있다.

둘째, 유연 옥사라는 송사 사건에 관련된 당시 사회의 현실적 제반 문제점인 권력자의 횡포, 재물 탈취를 위해 수단 방법을 가리지 않는 간악한 인간상 등을 비판적인 태도로 기술하였다. 이는 입전자인 백사의 서사의식이 현실인식의 양적 증대와 질적 심화를 바탕으로 구체화되었음을 말해 주는 것과 동시에 「유연전」의 소설성을 부각시키는 의도적인 재구성의 결과라 할 수 있다.

셋째, 이야기 구성 방식으로 볼 때, 작게는 장면중심의 극적 제시 방식과 함께 공초를 중간 중간에 삽입하는 논리적 인과관계 중심의 요약적 제시 방식을 효과적으로 활용하고 있으며 크게는 일차적인 삼성추국문안(三省推鞫問案)으로 종결된 옥사가 갱복축구문안(更覆推鞫問案)으로 번복되어 종결되는 복합적인 구성으로 곧 정의가 사필귀정화되는 모습을 보여주고 있다.

「유연전」은 이수봉과 이헌홍의 연구에서 드러난 것처럼 송사소설로 규정된 것도 긍정적인 의미가 있을 뿐만 아니라 실사(實事)를 소설화하는 과정이 기록에 잘 드러나는 중요한 작품이다. 특히, 창작의 동기와 실사와 소설과의 차이점이 실록과 유연전의 비교 고찰을 통해 극명하게 드러나는 작품으로 우리 소설사에서 빼놓을 수 없는 수작이라 하겠다.

10. 「기기축옥사(記己丑獄事)」

1) 서 론(序 論)

백사(白沙)는 임란(壬亂)의 소용돌이에서 나라를 지켜낸 공적이 큰 분이다. 그러나 필자의 소견으로는 그의 작품에서 풍기는 문학성이 아직 세상에 잘 알려지지 못하고 있다는 생각이 든다. 백사는 문학 이론에서나 시 작품 속에서 남들이 미쳐 느끼고 생각하지 못하는 부분을 찾아 전하고 있다. 이런 점에서 「기기축옥사」에 대한 검토가 이루어져야 할 것이다.

白沙의 「기기축옥사(記己丑獄事)」는 『백사집(白沙集)』 卷十六 「잡저(雜著)」편에 실려 있다. 사실을 기록했으면서 잡저에 실은 까닭이 무엇일가? 이글은 사실적인 기록물인가? 아니면 허구성이 섞여 있는가? 소설에 가까운가? 실용문인가? 여러 가지 의문들이 생긴다.

유학의 효용적인 문학관을 바탕으로 하면 백사가 이글을 기록할 때에 의도하는 바가 있었다고 볼 수 있다. 실로 이 글은 목적이 뚜렷하며, 당시 여론과도 다른 결론을 가지고 있는 기록이다. 백사가 스스로 이글은 아들에게도 보여 주지 않았다는 점을 보면 무슨 비밀이 있는 것 같기도 하다.

강력한 주장을 설득력 있게 하려면 글의 통일성이 확실해야 할 것이다. 이런 관점에서 이 글은 문학적인 가치가 있을 것으로 짐작해 본다.

이 글의 기록 배경은 당시 정여립의 반란 사건과 밀접한 관련을 가지고 있다. 정철과 친분을 가지고 있는 백사로서는 최영경 사건에 대한 오해를 피해갈 수 없었다. 「柳淵傳」에서 보여주는 재판의 공정성이라는 주제를 이 글에서도 읽을 수 있다.

2) 본 론(本 論)

(1) 기록 동기

이 글은 『백사집』권16 「잡저(雜著)」편에 「해담(海談)」, 「기임진변초사(記壬辰變初事)」, 「논란후제장공적(論亂後諸將功蹟)」, 「유연전(柳淵傳)」, 「잡기(雜記)」와 함께 실려 있다. 『백사집(白沙集)』의 편집을 보면 권15에 序, 記, 跋을 따로 싣고, 권16에는 「雜著」를 실었다. 이렇게 권을 달리 해서 「잡저」에 실은 점으로는 서기류(序記類)와는 다른 글이라는 뜻 같이도 보인다. 그러나 글의 제목은 「記己丑獄事」라고 해서 記序類임을 나타냈다. 실로 『白沙集』권15에 편집해 넣은 記에는 「문헌서원기(文獻書院記)」, 「양벽정기(漾碧亭記)」, 「천안수선정기(天安水仙亭記)」 이렇게 3편이 실려 있다. 이 글들은 모두 누정기(樓亭記)라는 통일성을 가지고 있다. 이는 기문학의 본령이 樓亭記를 말하는 것과 같은 맥락의 편집 태도다.

『동문선(東文選)』을 보아도 記에는 절이나 누각 서재 별장 등 특정 건축물에 대해서, 그리고 서화(書畵), 기물(器物)에 대한 것, 산수(山水) 유람(遊覽)에 대한 것만을 싣고 있다. 『白沙集』 잡저에 실려 있는 글들은 기록이라고 해도 장르상 기문학(記文學)으로 분류할 수는 없었던 것 같다. 지금 생각하면, 기문학으로 분류할 수 없었던 이유는 누정이나 기물, 서화, 산수 유람에 관한 기록이 아니고, 특정한 사건을 기록한 것이기 때문이었을 것이다.

그러나 이 글이 사실적인 기록이라는 증거는 있다. 우선 이 글의 제목 앞에

'記'자를 넣은 점, 그리고 이 글이, 정철의 아들이 아버지를 신원(伸寃)하는 상소문에 신원(伸寃)의 근거를 제시하는 사실적인 기록으로 인용되는 점을 들수 있다.68)

상의 논의를 통해서 이 글은 기축 옥사에 대한 사실적인 기록이라고 생각한다.

白沙가 이렇게 사실적인 기록을 남기게 된 동기는 이 글속에서도 언급했듯이 이 사건을 처음부터 끝까지 모두 관여했던 분69)이기 때문이라고 생각할 수있다.

이런 이유만으로는 설득력이 충분하지 못하다. 왜냐하면 사건의 진행을 처음부터 끝까지 보았다고 해서 모두 그 사건을 기록해 두고자 하지는 않을 것이기 때문이다.

백사는 당시 이 사건의 흐름을 보면서 진실을 기록해 두고 싶은 충동을 느꼈을 것이다. 백사가 진실을 기록해 두고 싶은 충동을 느꼈다면, 당시에 이 사건은 처리 과정에서 문제가 있었을 것이다. 이 사건 처리가 사실에 근거하지못했다고 생각할 수도 있다.

같은 「잡저」에 편집되어 있는 「유연전」에서, 바르지 못한 사건 처리가 후대에까지 어떻게 영향을 끼치는지를 잘 알고 있는 백사70)로서는 이 사건의 처

---

68) 조선왕조실록 C D - R O M 제2집 Copyright© 1995 Seoul Systems Co., Ltd. 「인조 006 02/05/29(임오 / 고 좌의정 인성 부원군 정철의 관작을 복구하여 주다」 "삼가 듣건대 이항복이 옥사의 전말을 갖춰 적어서 비밀히 감추어 둔 채 생시에는 자제가 보는 것도 허락하지 않았다가 그가 죽고나자 그 글이 나왔다고 하는데, 필적이 분명하니 오히려 살필 수있을 것입니다. 이제 신들의 말이야 믿을 만하지 못하다 할지라도 어찌 신의 집에 대하여 사사로이 돌볼 것이 없는 이항복에 대해서야 생각하지 않을 수 있겠습니까."

69) 이항복,『백사집』권16,「기기축옥사」, "생각하기를 옥사와 국문하는 일에 처음부터 끝까지 동참한 사람은 오직 나 뿐이다."

70) 유연전에서 기록한 유유와 유연 형제에 대한 사건은 1564년에 관가에 의해서 유연이 형을죽인 악인으로 인정되어 사형을 시켰는데, 1580년에 당시 사건 처리가 잘못 되었다는 것이 밝혀져서 유연이 伸寃되었다. 이 사건을 1607년에 기록한 것이 백사의 「유연전」이다.「기기축옥사」는 백사를 탄핵하는 박이험의 상소가 문제된 해(1602) 다음이라고 생각한다. 박이험의 상소와 때를 같이한 사건이 최영경의 신원이다.「유연전」보다 기축옥사에 대한기록이 먼저 써졌을 것이다. 그러나 사건의 진상을 밝혀 기록한다는 뜻에서는 같은 맥락을

리를 보면서 그냥 넘겨버릴 수는 없다고 생각했을 것이다. 백사는 박이험이 상소를 하여 자신을 탄핵할 때 「기기축옥사」를 기록했다. 백사는 관계(官界)에서 매우 어려운 입장이었다. 이런 어려움 속에서 자신이 탄핵받는 그 문제의 핵심을 바르게 기록하고자 하는 의도가 있었을 것이다.

백사는 이 기록을 통해서 정철의 입장도 바르게 하고, 자기의 처지도 변명하려고 했을 것이다. 이런 의도가 있다고 해서, 기록할 때 왜곡했다고는 생각하지 않는다.

(2) 형식(形式)

이 글의 형식은 序記類의 형식을 가지고 있다. 사실적인 기록을 하기 위하여 시간의 흐름을 따라서 기록했다. 시간의 흐름에 따르면서, 이 글은 3단 구성으로 되어 있다. 서두에는 이 글을 쓰는 실머리를 풀었고, 본래의 논지를 시간의 흐름에 따라 써 내려 가다가, 마지막에 마무리를 지었다. 이 글의 처음은 이렇게 시작한다.

"己丑逆獄起하매 賊黨이 咸言, "吉三峯이 爲上將이오. 鄭八龍 鄭汝立이 爲次라."하여, 朝廷이 遂尋吉三峯所在하니, 各道에서는 以三峯捕送者로 前後無限이라."[71]

기축 옥사 사건은 길삼봉 때문에 벌어지게 됨으로 처음 길삼봉의 이름을 거론한 것이다. 그리고 다음으로는 사건을 더 구체적으로 풀기 위하여 길삼봉의 어떤 부분이 문제가 되었는지를 설명하고 있다.

특히 이 단락에서 주목을 끄는 표현은 "이삼봉포송자(以三峯捕送者)로 전후무한(前後無限)이라."는 구절이다. 이렇게 길삼봉을 잡는데 열을 올리는 현실을 기럭함으로써, 길삼봉이 이 글, 또는 당시 사회에서 차지하는 비중을 암

가지고 있다.
71) "기축년(선조22년, 1589)에 역적의 옥사가 일어났다. 도적들이 모두 말하기를 "길삼봉이 제일 우두머리이고, 정팔룡과 정여립이 그 다음이다."라고 했다. 조정이 드디어 길삼봉의 소재를 찾았다. 각도에서는 길삼봉을 잡아 올리는 자들로 줄을 이었다."

시하고 있다. 시작에서 길삼봉이 사는 곳을 모른다고 함으로써 앞으로 더욱 논란이 될 수 있는 길을 터 놓고 있다.

일단 사건의 발단은 역적 모의를 하다가 발각이 되어 문초를 받는 역적의 무리에서부터 시작한다. 역적의 졸개들은 저들의 우두머리를 길삼봉이라고 말하지마는 그 인상 착의는 다음과 같이 일치하지 않았다. 이 글의 중요한 내용을 이루는 것이 길삼봉이가 최영경으로 변모하는 대목이다. 도적마다 서로 주장이 다른 점을 표로 보이면 다음과 같다.

증언자	순서	신분	성	나이	주소	키	얼굴	수염	풍신	기적
도적무리	1	상장	길							
이기,이광수	2			60	전주		검다		살졌다	
어떤 사람1	3			30		크다			말랐다	
어떤 사람2	4			50			희고 길다	길다		
김세겸	5	졸개		30	진주					하루 300리 감
한 도적1	6	선비			나주					
박문장	7	하인	최		진주					
소문1	8			60	진주	크다	검고	길다	말랐다	
소문2	9		최영경		진주					
최영경모습				60	진주	크다	검다	길다	말랐다	

이 표를 정리하면서 논리적으로 잘 정돈된 글이라는 생각이 들었다. 길삼봉이 최영경으로 변하는 과정을 설득력 있게 그렸다. 이렇게 길삼봉이 최영경으로 변하는 과정을 쓴 뒤에는 최영경을 잡아서 문초하는 과정에서 생기는 문제에 대해서 기록했다.

문초하는 과정에서 생긴 가장 큰 문제는 최영경을 길삼봉이라고 해서 죽인 사람이 정철도 아니고 백사 자신도 아니라는 것이다. 당시 이 사건에 대한 『왕조실록』의 기록을 보면

"기축년에 정여립이 역모로 죽음을 당할 때 그 당을 깊이 다스리니 '길삼봉(吉三峰)이란 자가 그 괴수이다.'라는 말이 나왔다. 정철의 당이 이를 인하여 얽어 모함하려는 계책을 하여 드디어 길삼봉을 최삼봉(崔三峰)으로 바꾸고 삼봉을 최영경의 별호로 삼았다. 그러자 재앙을 좋아하는 무뢰한 무리들이 서로 얽고 선동하여 자창자화(自唱自和)하니 그 소문이 중외(中外)에 전파되어 듣지 아니한 사람이 없었으나 당시 현인과 사류(士類)가 기를 죽이고 숨도 쉬지 못하며 감히 따져 논변하지 못하였다."72)

당시 사람들은 최영경을 정철이 모함을 했다고 했다. 여기에는 백사도 한몫을 했다고 했다.

"정철이 귀양갈 적에 송별하는 사람이 없었으나 오직 이항복이 호조 참의로 있으면서 가서 전별하였다. 정철이 귀양지에게 시를 짓기를,

내 생애 놓인 곳 설새령이다만
마음은 저멀리 필운산을 달리네
우리 서로 못 본다 한하지 마오
꿈속에선 자유롭게 오가지 않겠나

하였는데, 필운(弼雲)은 이항복의 별호이다. 이로 보면 기축옥사는 정철과 이항복이 서로 짜고 일으킨 것임이 분명하다."73)

이 『왕조실록』의 기록은 당시 관리들 사이에 퍼져 있던 여론을 어느정도 보여 준다고 볼 수 있다. 선조 35년(1602)년은 최영경이 신원(伸冤)되면서 정철과 백사는 탄핵을 받는 시기이다. 당시 이런 상황하에서 아무리 변명한 들

---

72) 조선왕조실록 C D-R O M 제2집, Copyright© 1995 Seoul Systems Co., Ltd. 「선조 146 35/02/07(경오) / 사관이 최영경의 옥사에 대한 공론을 논하다.」
73) 조선왕조실록 C D-R O M 제2집, Copyright© 1995 Seoul Systems Co., Ltd. 「선조 146 35/02/07(경오) / 사관이 최영경의 옥사에 대한 공론을 논하다.」

무슨 소용이 있었겠는가? 백사는 차라리 기록으로 사실을 남기고자 했을 것이다. 이 글은 백사가 아들에게도 보여 주지 않았던 글이라고 했다.[74]

이 글을 보면 최영경을 길삼봉으로 잡아 들여서 문초를 하게 된 그 단초에 대해서 그 장본인이 정철이 아니라, 양천경 등이라고 했다.

"至梁千頃姜海等은 謀陷하여 繫獄死라. 其時에 余가 居聞得見其
供辭하니 當初에 互相捏造煽動하니 分明 是는 千頃等所爲라. 余는
然後에 始信前日 鬢長至腹等 輳合之說은 定是千頃等所爲하고 而至
於松翁이라."[75]

이렇게 양천경에게 책임을 돌리다가 성혼에게로도 돌렸다.

"及嶺疏하여 以構殺永慶을 爲牛溪之罪라 하다. 時에 臺官奇獻之
尹義立等이 以爲渾이 雖不殺永慶이나 永慶은 由渾而死하니 幾將에
以構殺之律이 及於牛溪라. 時에 唯益之大言에 當初에 以松翁으로
爲構殺永慶者나 已是艱難做得說話하니 今乃以牛翁으로 構殺이라.
天下古今에 寧有是事리오 하다."[76]

이렇게 최영경을 죽음으로 몰고간 것이 정철이 아니라는 주장을 썼다. 이와 더불어 백사 자신도 아니라는 말은 여러번 나온다.[77) 더구나 정철과 백사가 서로 책임을 미루는 것을 기록한 대목도 보인다.

  "松江이 大驚 日 '我與永慶은 平日에 雖以論議로 相角이나 豈至 於欲相害也리오. 此는 出於本道하여 訛傳於我하니 何干이리오.' 하 다. 余가 日 '非라.' 日 '相公이 陷之也라. 至其無根하고 而坐視不求 면 豈推官之體名이리오.' 하다."[78)

이렇게 이 문제는 취조 과정에서도 민감했다. 최영경을 길삼봉이라고 해서

만들기가 이미 어렵게 되니 지금 우계로써 최영경을 얽어 죽이는구나. 천하 고금에 어찌 이런 일이 있으리오." 했다.

77) 又數日에 松公이 大悅하여 日 "我已得 救崔之妙策耳이라." 余가 問 "何耶오?"하니 松翁 이 日 "箚草已構하고 且與柳와 而見約之라."하다. 余가 問 "約之如何오?"하니, 松翁이 日 "若刑推命이 下하면 我急報하고 而見一面詣闕하고 而見自私第로 馳到闕에 聯名救 之하면 則事可諧矣리라."하다. 余가 日 "柳相도 果有是約耶아?"하니, 松翁이 日 "已成金 石의라."하다. (또 며칠이 지난 후에 송강공이 크게 기뻐하며 말하기를 "제가 이미 최공을 구할 묘책을 구했습니다." 했다. 내가 묻기를 "어떻게 하시겠소?" 했다. 송강공이 말하기를 "차자 초안을 이미 만들어 놓았고 또 유서애와 약속을 했습니다." 했다. 내가 묻기를 "약속 을 어떻게 하시었소?" 했다. 송강공이 말하기를 "만약에 형을 정하라는 명령이 내리면 내 가 급히 알리고 한편 대궐에 나아가며, 내 집으로부터 대궐에 가는 길에 사람들에게 연명 을 해서 구제할 것 같으면 일이 가히 해결될 것입니다."고 했다. 내가 말하기를 "유대감께 서도 과연 이렇게 약속을 했습니까?" 했다. 송강공이 말하기를 "이미 굳게 약속을 했습니 다."라고 했다.)

余가 以崔事로 終始論難이나 無一毫陷害意라. (내가 최영경의 일을 가지고 처음부터 끝 까지 논란을 벌였으나, 터럭 하나도 헐뜯어 상하게 할 뜻이 없었다.)

78) 송강이 크게 놀래서 말하기를 "나와 최영경은 평소에 비록 논의로써 서로 다투기는 했지 마는, 어찌 서로 해하고자 함에까지 이를 수 있으리오. 이는 사건이 터진 그 道에서 나와서 나에게 와전된 것이니 무슨 상관이리오."했다. 내가 "그렇지 않다."고 했다. 송강이 말하기 를 "그대가 함정에 집어넣은 것이다. 그 근거가 없는데도 앉아서 구경만하고 구하지 않는 다면 어찌 추국하는 관리로서의 체통과 명분이리오."

죽음에 이르게 한 것이 결코 정철이나 백사가 아니라는 사실을 기록하려고 애를 썼다는 것을 알 수 있다.

이글은 끝으로 박이험이 백사를 탄핵하는 것에 대해 간단히 언급했다.

"至於淸州儒生朴以險等이 上疏力攻하나 余以爲澈之腹心하여 尙據台鉉이라도 可笑로다."[79]

이렇게 해서 시간의 흐름대로 기록을 마쳤다.

이 기록에서 또 하나의 특징은 대화체로 기록한 점이다. 기록문에서 대화체를 사용하는 것은 더 실증적이고 사실적인 효과가 있을 것이다. 소설에서도 대화를 사용하면 인물 묘사가 더 실감난다. 대화체를 사용하면 사실성 내지 진실성을 더 잘 나타낼 수 있을 것이다.

"柳相이 乃曰 '舍人은 不可如是라 太慷慨하여 世道甚險切하니 宜愼言이라.'하다.

余가 曰 '余與崔는 本無半分交誼니 誰敢疑迹이리오.'하다.

柳相이 曰 '世事는 不可測이라. 事至波及人이면 誰得脫이리오. 千金之軀가 千萬愛惜이라.' 하다.

後에 時人이 皆以松翁으로 殺永慶이라 하다."[80]

이 글을 보면 유성룡대감과 백사가 서로 대화하고 있는 모습을 알 수 있다.

---

[79] "청주의 선비 박이험 등이 상소를 해서 힘써 공격을 하기에 이르렀으나 나는 생각하기를, 정철의 심복이기에 삼정승의 자리에 근거하게 되었다고 해도 가소로울 뿐이다."

[80] "이에 유대감이 말하기를 "그대가 이와 같이 하는 것은 옳지 않습니다. 크게 강개하여 세상의 道가 심히 험하다 하니 마땅히 말을 신중하게 해야 합니다."라고 했다.

내가 말하기를 "저와 최영경은 본래 반분의 사귐도 없었으니 누가 감히 자취를 의심하겠습니까?" 했다.

유대감이 말하기를 "세상일은 짐작할 수 없습니다. 일이 파급되어 남에게 이르게 되면 누가 벗어날 수 있겠습니까? 천금과 같이 귀한 몸이 천만 애석하게 됩니다."라고 했다. 뒤에 그때 사람이 모두 송강공이 최영경을 죽였다고 했다."

이런 대화를 통해서 백사는 강개하는 젊은 나이이고, 14년이나 더 위인 원숙한 말씀을 대할 수 있다. 이렇게 대화의 기록을 통해서 더 실감나게 기록할 수 있으며, 사실감도 더 할 수 있다.

(3) 주제(主題)

이 글의 주제는 크게 생각하면 한 가지다. 최영경을 길삼봉으로 만들어서 죽인 사람은 정철도 아니고, 백사 자신도 아니라는 주장이 이 글의 주제다. 글의 내용을 순서대로 정리하면 다음과 같다.

서두 : 역적의 우두머리 길삼봉을 잡아 올리다.

본문 : ①길삼봉의 생김에 대한 증언들

　　　②최영경을 잡은 경위

　　　③최영경을 살리려는 노력을 함

　　　④성혼에게 떠 넘김

　　　⑤추국하는 태도에 대한 논의

　　　⑥정철도 최영경을 구하려 함

　　　⑦유성룡과 의논함

　　　⑧양천경에게 책임을 돌

　　　⑨정철 후배들의 일 처리에 불만

　　　⑩성혼에게 책임을 돌림

결말 : 정철과 백사는 친함을 확인 - 최영경을 죽음으로 몰지 않음

이상 내용을 단락별로 정리하여 보았다. 이 소단락의 내용이 모두 최영경을 살리려는 노력을 했다는 이야기 뿐이다. 심지어는 정철에게 최영경을 죽이면 안된다고 한 대목도 있고[81], 정철도 백사에게 그렇다면 국문을 맡은 사람이

---

81) 時에 余가 方爲問事郞廳한데 松江이 爲委官이라. 一日은 松江이 退歇에 後廡에서 招余
　　問崔獄이어늘 余素愼其獄이라가 對曰 "自起獄以來로 已過歲序나 何嘗有一人이 指永慶

잘해 보아야 할 것이 아니냐는 말도 들었다.[82] 이렇게 둘이 서로 책임을 추궁하는 논의를 벌린 사실을 보면 최영경을 길삼봉으로 몰아서 죽음으로 몬 사람들이 정철이나 백사가 아니라는 주장을 강하게 증명하고 있는 것같다. 이런 논의 내용으로 보아도 이 글은 최영경의 伸冤이 제기된 뒤에 기록한 것 같다.

이 글의 내용에서 보이는 것들은 모두 최영경을 죽음으로 몬 것이 정철도 아니고 백사도 아니라는 근거를 댄 것 뿐이다. 이 글은 논리적이고 설득력 있게 다른 사람들의 증언을 증거로 제시하면서 기록했다. 이 글이 사실적으로 더욱 인정받기 위하여 대화 형식을 사용하고 있음을 알 수 있다.

(4) 문학적 의의

문학에 있어 문장 형식은 그 글의 내용이나 주제와 일치하는 것이 보통이다. 문학 작품의 통일성이라는 관점에서도 문장 형식은 작가의 의식적인 창작이라고 생각한다.

이 글에서 대화체를 많이 사용하고 증인의 증언을 많이 인용한 것은 모두

하여 爲三峯하며 今無端히 以道로 聽拿囚하니 處士不幸而死면 則必有公論하리니 相公은 何得辭其責하리오." 하다. (이 때에 내가 바야흐로 問事郎廳이었고, 송강 정철이 委官이 되었다. 하루는 송강이 사람들이 퇴근한 후에 궁중 뒤 회랑에서 나를 불러 최영경의 옥사에 대해서 묻길래, 내가 평소에 그 옥사를 분하게 여기고 있다가 대답하기를 "그 옥사가 일어난 뒤로부터 이미 해를 엄겼다. 어찌 된 일인지 일찍이 어떤 한 사람이 최영경을 가리켜서 길삼봉이라 하고, 지금 이유없이 잡아 가두었다는 말이 道에서 들려오고 있으니, 최영경이 불행하게도 죽으면 바로 여론이 있을 것입니다. 상공은 어떻게 그 책임을 벗어날 수 있겠습니까?" 했다.)

82) 松江이 大驚 曰 "我與永慶은 平日에 雖以論議로 相角이나 豈至於欲相害也리오. 此는 出於本道하여 訛傳於我하니 何干이리오." 하다. 余가 曰 "非라." 曰 "相公이 陷之也라. 至其無根하고 而坐視不求면 豈推官之體名이리오." (송강이 크게 놀래서 말하기를 "나와 최영경은 평소에 비록 논의로써 서로 다투기는 했지마는, 어찌 서로 해하고자 함에까지 이를 수 있으리오. 이는 사건이 터진 그 道에서 나와서 나에게 와전된 것이니 무슨 상관이리오."했다. 내가 "그렇지 않다."고 했다. 송강이 말하기를 "그대가 함정에 집어넣은 것이다. 그 근거가 없는데도 앉아서 구경만하고 구하지 않는다면 어찌 추국하는 관리로서의 체통과 명분이리오.")

사실에 충실한 기록적인 글이라는 점을 잘 나타내고 있다.

기록을 중시하는 글은 이른바 4W 1H의 형식을 갖추고 있다. 누가, 언제, 어디서, 무엇을 어떻게 했는가라는 조건을 갖춘 기록이라야 설득력이 있고, 증거가 되기 때문이다. 이 5 가지의 요건은 설득력을 생명으로 하는 글에서는 필수적인 것이다. 이런 점에서 이 글은 실용문의 성격이 강하다고 생각한다. 이 글을 지은 목적이 자신들의 결백을 주장하는 확실한 목표를 가지고 있는 이상, 이 글은 실용문이다.

실용문이 문학성이 적다고 말할 수는 없다. 실용문으로서의 특성을 가지고 있다고는 말할 수 있지만 문학성을 저울질 할 수는 없는 일이다. 대화체를 사용하면서 사실을 기록하려고 노력한 점은 실용문으로서의 특성을 잘 드러내고 있다.

본래 한문학의 형식은 지금 우리가 생각하는 예술성을 인식하고 창작한 것이라고 생각하기 어려운 글들이 많다. 가장 예술적이라고 생각하는 시를 보아도 뚜렷한 목적이 있는 경우가 많다. 특히 교훈성을 강조하고 백성 교화를 목적으로 하는 시들을 대할 때, 우리는 그 시에서 예술성도 발견하지마는 실용성을 찾기에 더 쉬운 경우도 있다. 이 글에서도 이런 성격을 찾을 수 있다.

(5) 정철(鄭澈)과 최영경(崔永慶)

기축옥사는 정철과 최영경의 운명에 결정적인 영향을 주었다. 정철은 이로 말미암아 귀양을 갔다가 정계에 돌아 오기는 했지만 결국 승승장구하지는 못하고 죽게 되었고, 최영경도 기축옥사로 옥에서 죽게 되었다. 기축옥사에 최영경이 연루될 때에부터 정철과는 충돌이 있었다.

"간원이 아뢰기를,
'전(前) 사축(司畜) 최영경(崔永慶)은 역적과 가장 친밀했었습니다. 삭탈 관작시키소서.'
하니, 답하기를,

'나는 최영경이 어떤 사람인지 모른다. 역적과 교결(交結)하였다는 뚜렷한 증거가 아직 드러나지 않았으니 그냥 두어도 불가하지 않다. 삭탈 관작할 것 없다.'

하였으나, 뒤에 다시 윤허하였다.(영경(永慶)을 잡아다가 공초(供招)를 받을 때 영경이 '간악한 무리가 이렇게 죄를 얽어 모함하였다.' 하니, 정철이 '간악한 무리라니 누구를 지칭하는 것인가?'고 하였다. 영경은 '바로 그대같은 무리들을 말한다.'고 하니, 정철은 즉시 자리를 피해 방안으로 들어가면서 '욕먹었네, 욕먹었어.'라고 하였고, 추관(推官)들은 모두 질려서 얼굴빛을 잃었었다.)"[83]

결국 길삼봉이 최영경이라는 논의로 말미암아 최영경이 옥에서 취조를 끝내기도 전에 죽자 선조24년 음력 8월 8일에 김성일(金誠一)에 의하여 복권이 거론되었다.[84] 이런 논의는 이어서 일어났다.[85]

8월 13일에는 당시 관련자들을 잡아 들여서 국문을 했다.

"무고(誣告)한 사람들을 아뢴 대로 잡아왔는데, 양천경(梁千頃)·양천회(梁千會)·강견(姜涀)·김극관(金克寬)·김극인(金克寅)과 전 찰방 조응기(趙應麒) 등이었다. 삼성 교좌(三省交坐)로 국문하였다.

천경·천회·강견 등은 2차의 형신을 받고서 '정철의 풍지를 받아 최영경을 길삼봉(吉三峯)이란 사실 무근한 말을 지어내어 서로 수

83) 증보판 CD-ROM 국역 조선왕조실록 제2집, Copyright ⓒ 1995, 1997 서울시스템(주) 한국학데이타베이스연구소, 「선조 024 23/05/02(임인) / 간원이 전 사축 최영경이 역적과 친했다며 삭탈 관작을 청하다」

84) 증보판 CD-ROM 국역 조선왕조실록 제2집, Copyright ⓒ 1995, 1997 서울시스템(주) 한국학데이타베이스연구소, 「선조 025 24/08/08(경자) / 부제학 김성일에 조강에서 최영경이 원통하게 죽은 일을 아뢰다」 부제학 김성일(金誠一)이 조강(朝講)을 틈타서 최영경(崔永慶)이 원통하게 죽은 일을 아뢰고 그 억울함을 풀어줄 것을 청하니, 상이 대신에게 복직에 대한 논의하라고 명했다. 성일의 아룀은 대략 다음과 같다. "영경이 언젠가 '정철은 본래의 성품이 소인이다.' 고 한 적이 있었는데 철이 이 때문에 마음에 감정을 품었다가 결국은 그를 옥중에서 병사(病死)하게 하였습니다."

85) 11일에는 대신들의 의논을 드렸고, 13일에는 양사에서 당시 언관을 파직시키라고 했다.

창(酬唱)했다.'고 승복하였는데 무고죄로 조율(照律)하여 정철을 수범으로 삼고 천경 등은 차율(次律)로 논하여 북도(北道)에 장배(杖配)하였다. 극관(克寬)·극인(克寅)은 천경 등의 말을 듣고 응기(應麒)에게 말했고 응기는 극관의 말을 듣고서 감사(監司)에게 신고했으니, 애당초 터무니없는 말을 지어낸 자와는 차이가 있으므로 형신하지 않고 북도에 유배만 하였는데 천경·천회·강견 등은 모두 장독(杖毒)으로 죽었다.86)"

양천경, 양천회, 강견 등이 정철의 지시로 길삼봉을 최영경이라고 무고했다고 자복을 하게 되니, 정철에게 이 일을 꾸민 죄를 물어서 귀양을 보내게 되었다.

한편 선조 26년 10월에는 최영경의 아내에게 곡식을 주도록 전교를 내렸다.87)

『왕조실록』에 있는 선조 26년 12월 21일 정철의 졸기(卒記)를 보면 너무 간소하게 최영경과의 사건만을 기록해 놓았다.

　　"인성 부원군(寅城府院君) 정철(鄭澈)이 졸(卒)하였다.(철은 논박을 받고 강화(江華)에 가 있다가 졸하였다.)
　　사신은 논한다. 정철은 성품이 편협하고 말이 망령되고 행동이 경망하고 농담과 해학을 좋아했기 때문에 원망을 자초(自招)하였다. 최영경(崔永慶)이 옥에 갇혀 있을 적에, 그가 영경과 사이가 좋지 않다는

---

86) 증보판 CD-ROM 국역 조선왕조실록 제2집, Copyright ⓒ 1995, 1997 서울시스템(주) 한국학데이타베이스연구소, 「선조 025 24/08/13(을사) / 최영경을 무고한 양천경·양천회·강견·김극관·김극인 등을 국문하다」
87) 증보판 CD-ROM 국역 조선왕조실록 제2집, Copyright ⓒ 1995, 1997 서울시스템(주) 한국학데이타베이스연구소, 「선조 043 26/10/09(기축) / 최경영의 아내에게 곡식을 주도록 정원에 전교하다」
정원에 전교하였다. "전일 중사(中使)가 서울을 왕래할 적에 사축(司畜) 최영경(崔永慶)의 아내가 길 옆에서 굶주림을 호소하고 있어 듣기에 매우 참혹했다고 하였다. 그의 아내까지 굶주려 죽게 해서는 안 된다. 그의 아내가 아직도 거기 있는지 알 수 없으나 유사(有司)로 하여금 탐문하게 하여 쌀과 소금을 계속 제급하여 굶주려 죽는 지경에 이르지 않게 하라."

것은 나라 사람이 다같이 아는 바이고 그가 이미 국권을 잡고 있었으므로 법을 집행하는 사람들도 모두 정철과 잘 알고 지내는 사이였다. 그런데 마침내 죽게 만들었으니 가수(假手)했다는 말을 어떻게 면할 수 있겠는가. 게다가 일에 대응하는 재간도 모자라 처사(處事)가 소루하였기 때문에 양호(兩湖)의 체찰사(體察使)로 있을 때에는 인심을 만족시키지 못하였고, 중국에 사신으로 가서는 전대(專對)에 잘못을 저지르는 등 죄려(罪戾)가 잇따랐으므로 죽을 때까지 비방이 그치지 않았다.[88]

보통 인물의 졸기에는 평생 그의 업적을 기록하는 것이 보통이다. 그런데 정철의 경우는 비방으로 일관하고 있으며, 한줄의 공적도 기록하지 않았다. 실록에 졸기가 이렇다면 당시 정철의 정치적 입장이 어떠했는지 알 수 있다.

선조 27년 5월 19일 정철의 아들 정종명(鄭宗溟)에 의해서 최영경의 추증이 거론되었다. 여기에서 우리는 아버지의 입장을 정상화 시키고 자신의 입지도 확보하려는 아들의 노력을 볼 수 있다. 결국 최영경은 5월 23일에 대사헌으로 추증되었다.[89] 이렇게 해서 최영경은 복권되었다.

최영경의 복권은 바로 정철에게는 반대급부로 영향을 주었다. 선조 27년 5월 27일 박동열(朴東悅)에 의해서 정철의 죄를 따지기 시작했다.[90] 6월 2일에는 사간원에서 정철의 관직을 추삭하자고 아뢰었으나 허락되지 않았다.[91] 결

---

88) 증보판 CD-ROM 국역 조선왕조실록 제2집, Copyright ⓒ 1995, 1997 서울시스템(주) 한국학데이타베이스연구소, 「선조 046 26/12/21(경오) / 인성 부원군 정철의 졸기」

89) 증보판 CD-ROM 국역 조선왕조실록 제2집, Copyright ⓒ 1995, 1997 서울시스템(주) 한국학데이타베이스연구소, 「선조 051 27/05/23(경자) / 전 사축 최영경을 대사헌에 추증하고, 이기를 대사간에 제수하다」
"전(前) 사축(司畜) 최영경(崔永慶)을 추증(追贈)하여 사헌부 대사헌에,(기축년에 억울하게 죽은 원통함을 풀어준 것이다.)"

90) 증보판 CD-ROM 국역 조선왕조실록 제2집, Copyright ⓒ 1995, 1997 서울시스템(주) 한국학데이타베이스연구소, 「선조 051 27/05/27(갑진) / 정언 박동열이 최영경의 일로 정철의 죄를 논박할 때는 대신으로 진정시키지 못했다는 것으로 논해야 한다고 아뢰다」

91) 증보판 CD-ROM 국역 조선왕조실록 제2집, Copyright ⓒ 1995, 1997 서울시스템(주) 한국학데이타베이스연구소, 「선조 051 27/06/02(기유) / 사간원이 정철의 관직을 추삭할 것을

국 양사의 건의에 의해 11월 13일에 정철은 관작이 추탈되었다.92)

이러한 관계를 「기기축옥사」에서는 어느 편에 기우러지지 않게 사실을 전해 주고 있다. 백사가 이런 관계를 모르고 있지는 않았을 것인데 「기기축옥사」에서는 이런 첨예한 대립이나 갈등에 대해서는 일언반구도 없이 그저 담담한 필치로 당시 문초 상황이나 정철과 주고 받은 이야기를 기록했다.

3) 결 론(結 論)

백사가 기록한 「기기축옥사」라는 글을 검토해 보았다. 먼저 「기기축옥사」를 기록한 동기는 당시에 의견이 분분한 최영경이 길삼봉이라고 누명을 쓰고 죽은 사건에 관해서, 사실을 밝히려는 의도가 있음을 알아 보았다.

최영경을 길삼봉이라고 누명을 씌워서 죽인 사람이 누구이며, 누명을 씌우는 과정이 어떻게 진행되었는지에 대해서 상세히 기록했다.

이렇게 상세히 기록한 이유는 백사 자신이 정철과 함께 최영경을 길삼봉으로 몰았다는 당시 일부 설에 대한 사실 확인을 하려는 의도가 있었다고 볼 수 있다. 이 글을 씀으로써 자신에게 돌아오는 비난으로부터 당장 벗어날 수는 없었다고 해도 후대에 진실이 밝혀 질 것을 믿었다. 이렇게 해서 정철의 어려운 입장도 다시 정립될 수 있었다.

무엇보다도 재판 사건은 진실의 규명이 중요하다는 교훈을 전하려고 했던 것으로 이해할 수 있었다.

이 글의 형식은 두 가지 각도로 살펴 보았다. 하나는 거시적인 관점에서 이 글은 서두, 본론, 결말의 삼단 구성을 했다는 점을 밝혔고, 미시적인 관점으로

아뢰다.」

92) 증보판 CD-ROM 국역 조선왕조실록 제2집, Copyright ⓒ 1995, 1997 서울시스템(주) 한국학데이타베이스연구소, 「선조 057 27/11/13(정해) / 양사가 합계하여 정철의 관작 추탈을 청하니 따르다.」

는 사실적인 효과를 극대화 하기 위하여 대화체를 사용한 점을 지적했다. 또한 가지는 도적 무리들의 진술을 통해서 길삼봉을 최영경으로 변화시키는 과정을 자세히 묘사한 점이다. 이렇게 함으로써 이 글을 기록한 목적을 달성할 수 있었다.

이 글은 추보적인 기록물이다. 사실을 잘 기록하기 위하여 시간의 흐름을 좇아서 차근차근하게 기록했다.

이 글의 주제는 "최영경을 길삼봉으로 만들어서 죽인 사람은 정철도 아니고, 백사도 아니다."라는 주장이다.

먼저 길삼봉이 최영경으로 둔갑하는 과정을 도적의 무리들의 진술을 통해서 기록했다. 다음에는 최영경을 잡아 들인 경위를 쓰고, 잡혀온 최영경을 취조하는 과정에서 그를 살리려고 노력한 것을 썼다. 최영경이 길삼봉이 된 것은 성혼의 책임이라고 하기도 하고, 양천경의 책임이라고 하기도 했다. 그러나 정철은 최영경을 살리려고 노력했다고 기록했다. 이런 내용의 기록으로 보면 최영경을 길삼봉으로 몰아서 죽게 한 사람은 정철이나 백사는 아니라는 주장을 한 것임을 알 수 있다.

이 글의 문학적 의의는 이 글의 주제와 형식이 일치한다는 점이다. 문장의 형식은 그글의 주제와 일치할 때 작품으로서의 가치가 극대화 한다.

이 글에서 대화체를 많이 사용한 것은 모두 사실에 충실하려는 의도에서 나온 것임을 검토했다.

이 글은 자신의 결백을 밝히려는 목적이 확실히 있기 때문에 예술문이라기 보다는 실용문이다. 기록을 해서 진실을 후대에 알리려는 뜻이 들어 있는 글이라고 생각할 수 있다. 유학적인 관점에서 글의 효용성이 잘 드러나는 글이다.

이 글에서 정철과 최영경은 서로의 운명에 결정적인 영향을 주었다. 정철은 이 사건으로 해서 귀양을 가게 되었고, 그 뒤에도 별로 빛을 보지 못했다. 최영경은 결국 기축옥사로 죽음을 당했다. 최영경과 정철이 서로 반대급부의 영향을 주고 받은 점을 검토했다.

이 글은 기축옥사라는 사건을 통해서 백사의 뜻을 잘 전하는 특징을 가지고 있다. 사건의 진실을 기록하려는 의도가 들어 있었으며, 실로 이 글은 그 다음 세대에 정철을 복권시키는데 인용되기도 했다. 주제와 목적이 뚜렷한 글로 기억할 수 있을 것이다.

11. 선생에 대한 『기년통고(紀年通攷)』의 기록

  성강(星江) 조견소(趙見素)가 저술한 『기년통고』에 있는 기록이 『백사집』
「제공기지(諸公記識)」에 빠져 있다.[93] 이 글을 쓰는 목적은 이러한 새로운 자
료를 『백사집』에 첨가 시켜서 백사에 대한 올바른 인식을 하고자 하는 뜻이
담겨 있다. 『기년통고』는 고려 공민왕 17(1368)년부터 조선 인조(仁祖)
23(1645)년까지 278년간의 기록이다. 조선 개국으로부터 친명정책(親明政策)
을 고수해 오다가 임진왜란으로 더욱 명나라에 대한 예우를 깎듯이 해오던 중
명나라가 기우러지고 청나라가 일어서는 과정에서 인조때 청나라에게 굽히는
역사적 수모를 당하면서 무상한 흥망성쇄의 시대적 배경을 가지고 있는 역사
다 책이다. 특히 『기년통고』 대한 평가를 보면 「성강유고서(星江遺稿序)」에
서 "일찍이 『기년통고』 12권을 편저하신 바 그 문장은 『춘추(春秋)』의 존주
대의(尊周大義)에서 나온 것이었으니, 실로 동방의 사감(史鑑)이 될만하다 하
겠으며, 기타의 기술한 사장(詞章)도 책상에 쌓여 권질(卷帙)을 이루고 있었

---

93) 『白沙集』「諸公記識」에는 『牛溪先生日錄』『象村求正錄』『象村晴窓軟談』『月沙集』『寄
    齋壬辰日錄』『芝峯類說』『蒼石異聞錄』『荷潭破寂錄』『柳夢寅野談』『許氏識小錄』『樂全
    集』『南溪集』『東平尉見聞錄』『趙忠靖家傳舊聞』만이 蒐集되어 있다.

다."94)고 함으로써『기년통고』의 저술관을 알려 주고 있다.『기년통고』는 공자(孔子)의 역사관과 같은 시각에서 저술한 책이다. 이런 점에서 조선시대를 지배하던 사상을 기준으로 역사를 본 저술임을 알 수 있다. 이런 고찰을 통해서, 백사가 얼마나 충실하게 공자의 사상을 실천하면서 정치에 임했는가를 알 수 있고, 실제 당시 사람들에게 어떤 영향을 끼쳤는지도 알 수 있을 것이다. 이런 작업은 백사의 정치 문학 사상 등 여러 가지 관점을 연구하는 바탕의 일단이 될 수 있을 것이다.

『기년통고』의 가치를 더욱 돋보이게 할 수 있을 것으로 생각하기 때문에 다음 한 사항을 소개하면,

"서울의 건달패들이 중국에서 하고 있는 일을 모방한 끝에 정부의 법사(法司)에 고하기를 '활자를 새겨 가지고 조보(朝報)를 인쇄해 냄으로써 생활의 바탕을 삼겠다.' 하였는데 얼마 안되어 국가의 나쁜 점을 폭로하여 떠들었기 때문에 신문을 한 다음 유배시켰다."95)

이 글을 보면 순전히 민간의 힘으로 나온 최초의 신문을 말하는 것이라는 생각이 든다. 신문의 역사를 밝히는 데에 좋은 자료가 되겠기에 여기 사족으로 첨가한다.

1) 기록한 사건과 의미

조견소(趙見素)가 기록한『기년통고』를 보면 백사에 대한 항목이 25가지가 있다. 그 기록은 국가에 대한 것, 국제적인 사항, 백사 개인에 대한 기록으로 나누어 볼 수 있다. 백사가 살았던 시대는 전쟁 시대였고, 대내적으로도 복잡한 사건들이 많았던 시대였다. 사건이 많았기 때문에 그에 관련된 일도 많았다.『기년통고』는 사건만을 기록하는데 중점을 두고 개인적인 성품이나, 위대

---

94) 趙南權譯及校正「星江遺稿序」P.2-3
95) 趙南權譯『國譯紀年通攷 坤』P.693

성에 대해서 언급을 하지 않은 기록은 아니다. 『기년통고』의 기술 태도에 대한 일면을 알 수 있다. 역사는 사건이 꾸며가는 것이 아니라, 인간이 꾸며 가는 것임을 말하고 있다.

(1) 국가

백사는 국가적인 사건에 대하여 8/25에 해당하는 비율로 기록물을 남기고 있다. 이 중에서 자신의 정치적 입장을 밝힌 것이 2항목이 있고, 임해군(臨海君)의 횡포와 관련된 것이 1항목, 선조(宣祖)의 생부(生父)를 추존하자고 하는 부당한 처사에 대해서 반대한 것이 1항목, 선조의 승하로 삼정승에 오른 것을 기록한 대목이 1항목, 정인홍(鄭仁弘)과 관련된 사항이 1항목, 영창대군(永昌大君)과 관련된 것이 1항목, 폐비 사건과 관련된 것이 1항목이다.

> <사례1>
> 1600년 영의정 이항복이 조정에 들어 와서 백성 다스리는 도리를 논하여 말하기를 "위에서는 능히 정성스러운 마음을 열고 공평한 도를 펼 것이며 아래에서는 능히 당파 짓는 일을 타파하고 염치를 장려해야 할 것이니 오늘날의 급선무는 여기에서 벗어나는 것이 없습니다."라고 했다.96)

이 건의를 보면 상하에서 각각 자기의 위치와 직분에 맞는 마음을 가지고 실천에 옮겨야 한다는 말씀임을 알 수 있다. 이런 기록은 물론 백사의 말씀이기도 하지만 이를 기록한 성강(星江)의 뜻이기도 한 것이 사실이다. 누구나 남의 말을 들을 수는 있어도 그것을 그대로 남기기는 어렵다. 들은 것을 남긴다는 것은 남기는 그 사람의 뜻도 거기에 동의한다는 의미를 가지고 있다 할 것이다.

위에서 임금님이 해야할 일을 보면 진실한 마음과 공평한 도리를 말하고 있

---

96) 趙南權譯『國譯紀年通攷 坤』P.846

다. 세상을 다스리는 핵심을 말한 것이다. 특히 임진왜란이 막 끝나고 민심을 수습해야 하는 시점에서는 더 절실하다. 윗 사람의 진실한 마음은 성실한 마음을 말한다. 백성을 생각하는 성실한 마음을 말한 것이다. 공평한 도리는 어지러운 세상에 뒤엉킨 사회를 바로 잡으려는 의지가 엿보인다. 임금이 공평함을 잃는다면 그 아래는 말할 것도 없다.

신하나 백성이 해야할 일에 대해서는 붕당 타파와 염치 장려를 말했다. 임진왜란을 당하게 되는 원인도 따지고 보면 붕당에 있다. 난리를 겪고 나서 사람들은 염치가 없어졌다. 우선 기초적인 생명 유지를 위한 물자가 필요하다. 생명 유지를 위한 행위에는 염치가 있을 수 없다. 전쟁은 사람들을 파렴치함으로 변질시킨다. 염치란 바로 예와 같은 의미다. 본능적인 일차적 삶이 위협받을 때 예는 그 역할을 할 수 없게 된다. 이런 전쟁 후 나라의 혼란상을 바로 잡으려는 의지가 보이는 건의라고 생각한다.

<사례2>

1602년 영의정 이덕형이 면직 되고 이항복이 그를 대신하여 임명 되었다. 처음에 임해군(선조의 장남)은 왕자들 중에서 나이도 많고 지위도 상감에 가까웠으나 그의 집에 무뢰한들을 모아 들였다. 때마침 어떤 도적이 재상인 유희서(柳熙緖)를 죽인 사건이 발생했는데(임해군이 유희서의 애첩을 뺏고 도적을 시켜 살해했다 함) 포도대장 변량걸(邊良傑)은 그 옥사를 너무 호되게 다스리다가 도리어 유배를 당했다. 이항복은 상소하여 그를 구제하려다가 상감의 뜻에 거슬려 파직되고 백사가 대신하게 된 것이었다. 백사는 여러 차례에 걸쳐 차자(箚子: 임금니께 올리는 짧은 글)를 올려 사임하기를 "변양걸이 유배된 것은 신도 실로 상심하고 있는 터로서 다만 미처 말씀드리지 못했을 뿐입니다. 이덕형은 곧 이미 말한 바 신(백사)이고 신은 곧 미처 말하지 못한 이덕형입니다."라고 했다. 이 때 어떤 사람이 정권을 잡고 있는 신하의 뜻을 받들어 상소로써 공(백사)더러 송강의 당여라고 공격하므로 마침내 질병을 이유로 하여 사임장을 여덟 차례에 걸쳐 올린 끝에 결국 면직 되었다.[97)]

불의가 벌어지고 판에 대한 단호한 입장 표명을 볼 수 있다. 선비 정신을 대하는 상큼함이 있다. "이덕형은 이미 말한 바 신이고, 신은 곧 미처 말하지 못한 이덕형입니다." 얼마나 명쾌한 답변인가? 마침 송강의 당이라고 파직을 당하게 된 것은 백사가 바라던 바가 실행된 것이다. 여기서 백사의 굳은 지조를 볼 수 있다. 나라를 위한 옳은 일에 대한 그의 용기를 알 수 있다.

같은 왕자에 대한 사건과 연루된 일인데 그 처신이 이와는 전혀 상반되는 경우가 있다.

<사례3>

1613년 처음으로 대비(大妃)가 있는 궁전을 봉쇄한 다음 별도로 금병(호위병:禁兵)을 설치하여 지키도록 했다. 영창대군(永昌大君)을 강화(江華)의 유배지에서 죽였으니 이 때 8세였다. 이 때 임해군은 교동(喬桐)에 있었는데 이미 고을 원인 정항(鄭沆)이 살해 했다. - 중략 - 이원익(李元翼)·이항복·이덕형·심희수(沈喜壽) 등은 죽음을 무릅쓰고 잇달아 차자를 올려 "효를 다하고 은혜를 온전케 할 것"을 주청하였다. 영창대군을 체포할 때 대군이 인목대비(仁穆大妃)에게 가서 안겨 있었는데 의금부의 아전들이 자전(왕후께서 계신 곳:慈殿)을 밀치고 끌어 내왔다 한다. - 중략 - 영상 이덕형과 좌의정 이항복이 서로 잇달아 정승직을 그만 두었다. 박응소(朴應犀)가 변고를 올렸을 때 영창대군은 겨우 여덟살이엇는데 삼사(三司)에서 역모의 괴수로 지목하고 번갈아 글을 올려 목베기를 주청하였다. 당시의 제상과 신하들이 잇달아 백사를 만나 화복을 가지고 협박했다. 정승 백사는 말하기를 "선조(先祖:宣祖)의 후한 은혜를 받아 지위가 정승에 이르렀는데 어찌 참아 뜻을 굽혀 임금을 저버림으로써 스스로 명분과 의리를 손상 시키겠는가."라고 했다. 양사(兩司)의 장관(대사헌과 대사간)들이 국청(죄인의 죄를 묻는 곳:鞫廳)에서 떠들어 대기를 "현재의 여론은 '대신(이덕형과 이항복)들이 폐모에 대하여 말하지 않는 것은 그르다.'고 한다."하니 백사가 먼저 밖으로 나왔다. 이항복이 따라나와 말하기를 "조

---

97) 趙南權譯『國譯紀年通攷 坤』P.853-854

정의 의논이 여기에 이르렀으니 우리들이 먼저 화를 당하겠는데 그대는 어찌 하려하오."하니 백사가 말하기를 "예(禮) 잡기하(雜記下)에 '내란에는 간여치 않는다.'했으니 어찌 영창대군을 위해서 꼭 죽을 것이 있겠소. 공은 수상으로서 이 의론에 결단을 하오. 만약에 영창대군을 궐 밖에 내보내기만 한다면 나는 뜻을 굽혀 따르겠거니와 반드시 삼사의 의논대로 한다면 이의를 세우지 않을 수 없소. 죽고 사는 것은 명이오."라고 했다. 그러자 수상은 웃으면서 "나의 뜻과 같다." 하고 이튿날 백관을 거느리고 임금님 앞에 나아가 "인(仁) 에 근본을 두고 의(義) 로 결단을 하여 영창대군을 궐문 밖으로 나가 있게 하소서."라고 했다. 그러자 적신 이이첨(李爾瞻)은 말하기를 "조정의 의논은 중형으로 다스리려 하는데 대신들은 다만 궐문 밖으로 내보내기를 주청하니 종사(宗社)를 위하는 뜻이 아니다." 하고 인하여 질병을 핑계로 출근하지 않으면서 말하기를 "대신들과는 구차하게 일을 함께할 수 없다." 하므로 이항복은 그 말을 듣자 웃으면서 말하기를 "사람은 제각기 보는 바가 있는 것이니 마음대로 하라." 했다. 그러다가 적신인 정조(鄭造)와 윤인(尹訒) 등이 맨먼저 폐모의를 발의 하기에 이르렀다. 좌의정 백사는 수상 이항복에게 말하기를 "나는 죽을 자리를 얻었소. 영창대군을 위하여 죽는다면 용맹에 손상이 된다 하겠으나 대비를 위하여 죽으면 의로운 일이 될 것이오,"라고 했다. 이항복이 말하기를 "우리 둘이 함께 상감한테 가서 먼저 성효를 다할 것을 반복하여 말씀드리고 인하여 대간들의 부도덕한 상태를 말씀드리는 것이 좋겠다." 하니 백사는 말하기를 "안되오. 이 일은 반드시 대신들과 상의한 다음 도리와 의(理)에 근거하여 혹은 직접 말씀을 드리거나 차자를 올리고 인하여 영창대군을 죽여서는 안된다고 언급하는 것이 옳소."라고 했다. 이튿날 대궐로 나아갔을 때 수상이 좌상의 귀에 대고 말하기를 "이 일은 어떻게 날자를 기다릴 수 있겠소. 내 마음은 불타는 것과 같으니 오늘 들어가 아뢰는 것이 어떠하오" 하니 좌상은 "불가하다." 하고 인하여 차자의 초안을 꺼내 보이자 수상은 기뻐하면서 "좋다."고 했다. 전날 저녁에 백사는 집으로 돌아와 외랑에 이르자 조의를 벗지 않은 채로 눈을 부릅뜨며 말을 하지 않았다. 자제들이 까닭을 물으니 "삼강이 무너졌다. 내가 대신으로서 어떻게 남아 있는 생명을 아낄 수 있는가."

라고 했다. 그 후에 정협(鄭浹)이 나아가 "영창대군을 옹립하려는 모의
를 했다."고 자복하니 헌납(獻納) 유활(柳活)은 '백사가 정협을 잘못 천
거했다.'는 이유를 들어 파직시킬 것을 주청했다. 그러자 백사는 종 한
사람에게 말을 잡혀 타고 동대문 밖으로 나가 동쪽 교외에 우거하니
드디어 정승에서 면직되었다. 이에 이항복은 외롭게 되어 의지할 곳이
없음으로 매양 집으로 돌아와서는 천정만 쳐다보고 눈물을 삼키면서
밥을 물리치고 오직 찬 술만 찾아 마실 따름이었다. 연흥부원군(延興
府院君)이 죽음을 당하고 영창대군이 중법으로 다스려지려 할 때 이항
복은 시대의 일에 관하여 극논하려 했으나 화가 늙으신 아버지에게 미
칠까 두려워 하니 그 부친은 말하기를 "생사와 화복은 마땅히 나라와
더불어 함께 해야할 것이니 어찌 할 말을 못하고 참으면서 평생의 소
신을 저버릴 수 있느냐."고 했다. 그리하여 한 장의 차자를 올려 남들
로서는 감히 하지 못할 말을 하자 논의가 흉흉하니 三司에서는 처벌하
기를 주청했다. 광해주(光海主)가 노하여 문밖으로 축출할 것을 명하
니 그날로 물러나 용진(龍津)으로 돌아 갔는데 열흘이 못되어 병이 나
서 별세했다. 백사의 만시(輓詩:죽음에 임하여 지은 시)에 이르기를

淪落空山舌自捫　빈 산속에 떨어져 입다물고 살다가
聞君長逝倍銷魂　그대 아주 갔다는 소식에 갑절이나 정신 없네
哀詞不敢分明語　슬픈 만사에서조차 분명한 말 감히 못함은
薄俗窺人喜造言　야박한 세속 남을 엿보아 말만들기를 좋아 해서네

라고 했다.98)

이런 태도를 보면 불의에 대해서는 아무리 대세라고 해도 굴하지 않고 정의
를 위하여 목숨도 마다하지 않는 면모를 볼 수 있다. 이는 개인의 영달을 위해
서가 아니라, 나라의 장래를 위하여 자신을 희생하는 자세를 취한 것이다.
이와 같은 사례들은 선조의 생부를 추존하는 일, 선조의 승하, 정인홍(鄭仁

---

98) 趙南權譯『國譯紀年通攷 坤』P.889 - 891

弘)의 발호, 권필(權韠)의 필화 사건 등에서 읽을 수 있는 같은 맥락이다. 나라의 장래를 위하여 정의를 세우고 질서를 확립하고자 한 의지가 엿보이는 사례들이다.

(2) 국제

당시 국제 관계라면 임란이 위주다. 특히 임란과 관계를 두고 있는 명나라와의 관계도 중요했다.

<사례4>
1592년 밤중에 임금께서 타신 수레는 돈의문(敦義門)으로 나가고 중전은 홀로 侍女 10여인과 걸어서 인화문(仁和門)을 나서니 도승지 이항복이 촛불을 잡고 앞에서 인도했다. 이날 밤에는 비가 내려 밤이 캄캄하였으며 사현(沙峴)에 이르니 동이 트기 시작했고 석교(石橋)에 도달하니 비가 크게 내렸다.[99]

궁중에서 중전의 피난을 담담한 필치로 기록했지만, 그 참담함은 형언하기 어려웠다. 이런 간결한 문체가 성강의 기록 방식이다. 이 글을 보면 이항복은 촛불을 잡고 중전을 모시고 피난을 했다는 사실만을 말하고 있다. 당시 백사는 자기가 해야할 직분을 충실히 수행했음을 기록하고 있다.

<사례5>
① 1593년 용만(龍灣)에는 본래 노래 잘하는 기생이 많았다. 시종한 관원들이 객지에서 오래 있게 되자 그들과 가까이 놀아 행검(行檢)이 없었으나 오직 이항복과 박동량(朴東亮)만이 한집에서 쓸쓸하게 지냈다.[100]
② 1594년 세자(世子) 혼(琿)을 파견하여 전라(全羅)·경상도(慶尙

─────────────

99) 趙南權譯『國譯紀年通攷 坤』P.790
100) 趙南權譯『國譯紀年通攷 坤』P.814

道) 지방에 가서 군무를 정리하도록 했다. 세자가 전주(全州)에 이르렀다가 홍주(洪州)로 돌아와 주둔했다. 그런데 호서(湖西)의 역적인 송유진(宋儒眞)이 그의 도당들을 불러 모아 가지고 겁탈과 약탈을 자행하니 서울 사람들도 충격을 받고 놀랐다. 분조(分朝)의 신하들이 "세자를 받들고 조정으로 돌아가 환난을 피할 것"을 의론했으나 병조판서 이항복은 그것이 그릇된 계획임을 논박하니 세자가 이에 따랐다. 역적들도 이내 평정 되었다. 세자가 수영(水營)으로 이주하려고 오성(鰲城:이항복)으로 하여금 가서 살펴 보도록 했는데 오성은 돌아와서 거짓말로 "주둔할 만한 곳이 못된다." 고 답변했다. 어떤 사람이 그렇게 하는 것을 의심쩍게 여기니 이항복은 말하기를 "영보정(永保亭)의 아름다운 경치는 호중(湖中)에서 제일 가는 곳이니, 나이 젊은 세자가 그런 곳에 가 계시면 이후에 방탕심을 일으킬까 두려워서이다."라고 했다.101)

이 두 사례는 아무리 난리 중이라고 해도, 주변이 모두 제정신을 차리지 못하고 있다고 해도, 굳굳하게 자신이 해야할 일에 대해서 실천하면서 바르게 지켜나가는 굳은 선비의 참모습을 보여 준다.

특히 전쟁중에 세자를 모시고 순시를 하는 신하로서의 도리를 다하는 모습은 지금 우리들에게도 귀감이 되는 일이다.

<사례6>

1599년 우의정 이항복이 질병을 이유로 하여 면직 되었다. 당시의 의논들이 유성룡(柳成龍)의 주화(主和:일본과 화친을 주장함)를 공격했다. 백사는 글을 올려 자신이 스스로 탄핵하기를 "저도 일찍이 화의를 찬성했으니 감히 요행으로 모면하려고 해서는 안됩니다. 교체시켜 주실 것을 빕니다."라고 하니 상감은 감탄하기를 "남들과 일을 함께 하다가 끝에 가서 반복하는 자는 곧 이모(李某:백사)의 죄인"이라 했다.102)

---

101) 趙南權譯『國譯紀年通攷 坤』P.817
102) 趙南權譯『國譯紀年通攷 坤』P.844-845

이 기록을 보면 백사는 임란 때에 주화론자였음을 알 수 있다. 실리 외교의 정책 방법을 취하고 있음을 볼 수 있다. 지나친 명분론이나, 체통론을 배격하고 현실을 직시한 외교 정책을 실행하려고 했음을 알 수 있다. 그러나 이런 그의 주장은 받아 드려지지는 않았다. 이 기록에서 또 하나 알 수 있는 것은 송강과의 인간적인 절조를 귀하게 여겼던 사실이다.

이 외에도 정응태(丁應泰)가 일으킨 일을 변무하여 성공시킨 일이며, 명나라의 사신을 접대함에 있어 나라의 위신을 세운 일들도 기록되어 있다.[103]

(3) 개인

백사 개인에 대한 기록은 항목이 적다. 이는 『기년통고』가 어떤 개인을 편협하게 다루는 역사기록이 아니라는 의미가 된다고 생각한다. 정당하고 공평하게 역사적 사건을 기록했다는 점을 알 수 있다.

> <事例7>
> 1591년 사화(士禍)가 일어나자 송강(松江)이 화를 당한 자 중의 으뜸이 되었다. 강상에서 처벌이 내리기를 기다리고 있을 때 감히 위문해 오는 친구가 없었으나, 백사만이 혼자 찾아와 오랜 시간을 조용히 이야기 하니 사람들이 모두 공을 위하여 위태롭게 여겼다. 얼마 안되어 대간들이 "정철(鄭澈)의 죄안을 조당에 방으로 붙여 공시할 것"을 주청하였는데 백사는 "승지로서 상감의 명령 시행을 늦추었다."는 탄핵으로 파직 되었다가 이내 다시 승지로 임명 되었다. 대간들은 앞서의 악감을 끼고 장차 유배나 삭탈 관식하여 내어 쫓으려 했으나 대사헌인 이원익의 극력 구제로 중지 되었다.[104]

이 기록은 백사와 송강과의 교분을 말하는 것 같지만 사화 자체에 대해서

---

103) 明나라 使臣의 接伴使로서 일한 것은 『國譯紀年通攷 坤』P.821,825,831에 기록했고, 辨誣事件에 대해서는 P.838,842에 기록했다.
104) 趙南權譯 『國譯紀年通攷 坤』 P.777

옳지 않은 일로 생각하고 있는 백사에게는 사화의 피해자인 송강이 안타깝게 생각되었을 것이다. 백사가 송강을 방문한 것은 시속이 꺼리거나 꺼리지 않거나 간에 인간으로서의 도리를 하는 것으로 생각했기 때문인 것이다. 이것은 임금을 위한 일편단심의 심성과 서로 다를 바가 없는 것이다. 대상이 누구이던 간에 사리에 어긋남이 없으면 한결같이 대하는 면모를 볼 수 있다. 이 기록을 보면 실로 이런 점이 인정 되어서 바로 승지로 복직이 되었던 것이 아닌가 생각하게 한다.

이외에 개인에 대한 기록으로는 처음 백사의 인망에 대해서 말하고 있다.[105] 율곡(栗谷)의 천거를 받았다는 점을 말했다. 다음 2건도 승진에 대한 것인데 공로를 세워서 원훈(元勳)으로 책봉 되었다는 것[106]과 1608년 삼정승에 오른 것[107]을 기록했다.

이상의 사건들과 그 사건을 통해서 본 의미는 나라를 위한 충성과 일관성이 있는 인간관계를 꼽을 수 있다.

2) 기록에 나타난 백사의 인품

25측의 기록을 검토해 보면 다음과 같은 인품이 두드러지게 기록되어 있음을 알 수 있다. ① 인망, ② 의리, ③ 충성, ④ 혜안, ⑤초연성 이와 같은 인품에 대한 기록을 하나하나 검토하여 보려고 한다.

(1) 인망

백사는 당시 젊은 신진 학자들 중에서 인망이 있었다. 그 증거를 다음 기록에서 알 수 있다.

---

105) 趙南權譯『國譯紀年通攷 坤』P.713-714
106) 趙南權譯『國譯紀年通攷 坤』P.863
107) 趙南權譯『國譯紀年通攷 坤』P.873

<사례8>

1582년 이덕형이 옥당(玉堂:홍문관)에 들어 갔다. 그때 장차 호당(湖堂:공부를 시키는 휴가)에서 글 읽을 사람을 골라서 뽑게 되었다. 어떤 재신(宰臣) 한 사람이 밤중에 홍문관(弘文館) 대제학(大提學)으로 있던 이이(李珥)를 찾아 말하기를 "두 이씨(이항복과 백사)가 인망은 있으나 아직 의향을 알 수 없어 경솔히 천거하지 못하겠습니다." 라고 하니 율곡은 말하기를 "사람을 천거함에는 그 적재를 얻는 것이 소중한 것이지 어찌 의향을 논할 것이 있느냐?" 고 했으니 그 때 이항복과 백사가 똑같은 인망이 있었던 것이다.108)

<사례9>

1595년 이항복으로 이조판서 겸 태학사를 삼았다. 이 때 책봉사 양방형(楊邦亨)이 공을 접반사로 삼기를 원했는데 만나보고 말하기를 "동국에도 사람이 있다."라고 했다.109)

<사례8>은 당시 조정에서 인망이 있었음을 말하는 것이고, <사례9>는 중국 사신에게도 인망을 받았음을 말하는 것이다. 이렇게 백사는 국내와 국외에 모두 인망을 가지고 있었음을 알 수 있다. 국내에서는 이미 율곡에게도 그 명성이 알려진 바라는 것이고, 중국 사신에게도 인격적인 존경을 받았다는 기록이다.

다음 사례는 인망이 있었는데 어떤 점에서 그랬는지를 알려주는 기록이다.

"1597년 경리(經理) 양호(楊鎬)가 우리 나라로 오자 백사가 구연성(九連城)까지 나가 맞이 했는데 양호는 그의 재능에 감복하여 어려운 일을 만날 때마다 반드시 말하기를 "이상서(李尙書:백사)를 기다리라." 했다."110)

---

108) 趙南權譯『國譯紀年通攷 坤』P. 713-714
109) 趙南權譯『國譯紀年通攷 坤』P.821
110) 趙南權譯『國譯紀年通攷 坤』P.831

이렇게 양호같은 사람이 절대적으로 백사의 의견을 따랐다는 것은 왜 백사가 인망을 받았는지 그 이유의 일단을 알 수 있는 기록이다. 이 글에서는 백사의 재능에 감복한 점을 지적하고 있다.

(2) 의리

앞에서 송강에 대한 의리를 언급한 바 있지만, 유성룡, 이항복, 성혼(成渾), 이언적, 이황, 권필과 같은 인물에 대해서 의리를 지킨 사례를 볼 수 있다.

<사례10>
1602년 우계(牛溪) 성혼과 송강 정철을 구하려다가 전후하여 축출된 사람은 이항복 · 윤승훈(尹承勳) · 윤두수(尹斗壽) - 이하 생략 -111)
이 기록을 보면 백사는 항상 마음에 담고 있는 사람을 그냥 억울하게 두지 않았음을 알 수 있다. 기회만 있으면 신원을 해서 명예를 회복시키려고 노력했던 점을 알 수 잇다. 이런 것이 바로 의리를 존중한 한 증거가 될 수 있을 것이다.
권필은 필화로 억울하게 죽음을 당하는 입장에 서게 되었다. 이런 상황앞에서도 백사의 의리는 변함이 없었다. 아래 기록은 이런 사정을 잘 보여 준다. 세태의 추이에 상관하지 않고 의리를 지키는 것은 바로 올바른 편에 서는 사람만이 할 수 있는 일이라고 생각한다.

<사례11>
1612년 김직재(金直哉)의 옥사 때 시인 권필이 시어로 연좌되어 구속되었다. 백사는 자리를 떠나면서 울음으로 간하였으나 따르지 않고 고문을 간하여 곤장을 때린 다음 유배시켰는데 도중에서 죽었다.112)

---

111) 趙南權譯『國譯紀年通攷 坤』P.855
112) 趙南權譯『國譯紀年通攷 坤』P.885

(3) 충성

백사가 살았던 시대는 임란으로 어지러운 세상이었다. 이런 어려운 시기에 정성을 다해서 임금님과 나라에 충성을 다한 사람은 그렇게 많지 않았다. 임란이 일어나기 전에 서로 관점을 달리하는 입장에서 일본을 시찰한 것에 대한 상반된 의견의 대립 같은 사건이 이 혼란한 당시의 상황을 잘 설명하고 있다.

백사의 난국 타개책은 백성위주의 방법을 사용하려고 했음을 알 수 있다. 그는 일찍이 주화론을 펴서 백성의 곤경을 최소화하려 했다. 다음으로 중국에 청병하는 방법을 택하였다. 이것도 백성의 어려움을 하루 속히 구하고자 하는 백사의 애국애족의 정신이 들어 있는 것이다. 정응태의 사건을 해결한 것만 보아도 얼마나 임금과 나라를 위해서 충성을 다 했는지를 알 수 있다. 이 사건을 해결하는데 백사의 어려운 노력은 이미 거론한 바 있다.[113]

<事例12>

1617년 "인목대비를 폐위하자."는 의논이 일어났다. - 중략 - 의정부에 내려서 의논케 하니 정론을 주장하는 자는 기자헌(奇自獻)·이항복·김권(金權)·정홍익(鄭弘翼)·김덕성(金德誠)·이신의(李愼儀) 등이었는데 모두 유배지에 안치 되었다. 처음에 폐모론이 확정되자, 백사는 비장한 마음으로 밥을 먹지 못하고 있는데 갑자기 큰 우뢰가 집을 흔들어대므로 백사는 말하기를 "하늘이 경계를 알리는 것"이라 했다. 조금 뒤에 추부(樞府)의 낭관(郎官)이 와서 의논을 수렴했다. 공이 바야흐로 병석에 있다가 부축을 받으며 일어나서 붓을 휘둘러 쓰기를 "전하를 위하여 이러한 계책을 꾸민 자가 누구입니까. '요순의 도가 아니면 진달하지 않는다.'는 것이 예로부터 내려오는 명백한 교훈입니다. 순(舜)임금은 불행하게도 부모가 고약스러웠습니다. 그리하여 항상 순을 죽이려고 우물을 파게 하여 그를 묻고 창고를 수리하라고 지붕 위에 올려 보낸 다음 불을 질렀으니 위태로운 역경이 극에 달했습니다. 그러나 순은 울부짖으면서 원모하기만 하고 그들의 옳지 못한 곳

113) 拙稿, 白沙의 戊戌朝天錄考, 畿甸語文學 第8,9輯 PP.701-724.

에 있는 것은 보지 않았으니 진실로 아비는 사랑하지 않더라도 자식은 효도를 아니할 수 없기 때문이었습니다. 그러므로 춘추에는 자식이 어머니를 원수로 삼아도 된다는 뜻이 없습니다. 하물며 공급(孔伋)의 후처가 된 사람은 전처 소생인 공백(孔白)의 어머니가 되는 것이니 성효의 중대함이야말로 어찌 친모이건 계모이건 간에 간극이 있을 수 있겠습니까. 이제 효도를 근본으로 삼아 나라를 다스리는 때를 당하여 온 나라의 안에 점차로 교화가 보급되어 가는 희망을 갖게 된 터에 이런 말이 어찌하여 상감의 귀에까지 들리게 되었습니까. 현재를 위한 도리로는 순임금의 덕을 본받아 효도로써 잘 조절하셔야 합니다. 그리하여 대비로 하여금 점차로 감화되어 노여움을 풀고 사랑하도록 해야 한다는 것이 신의 소망입니다."라고 했다. 이와 같은 의논이 조정에 이르니 보는 자들이 울음을 터뜨렸고 삼사(三司)에서는 아주 먼 변방에 위리안치(圍籬安置:귀양보냄)할 것을 주청했는데 모두 네차례나 유배지를 바꾸어 북청(北靑)으로 유배시킬 것을 명하였다. 기자헌과 함께 유배지로 떠나게 되었다. 출발할 때 백사는 시를 읊었다.

雲日蕭蕭晝晦迷   구름낀 햇빛 으스스하고 대낮이 컴컴한데
北風吹破遠征衣   북풍은 멀리가는 옷자락에 불어대네
遼東城郭應依舊   요동의 성곽은 예대로 있으련만
只恐令威去不歸   정령위 한 번 가면 못올까 두려웁네

가는 길에 기자헌과 농담으로 고달픔을 잊었으며 사람들이 역참에 나와 있는 것을 보자 껄걸 웃으며 말하기를 "이렇게 기다리는 줄을 알았더라면 얼찌감치 올 것을 -"이라고 했다.114)

이 기록을 보면 "진인사대천명(盡人事待天命)"이라는 말이 생각난다. 천명에 따르는 자연스러운 삶의 여유로움을 볼 수 있다. 죽음에 처하는 입장이 이런 정도라면 가히 도인이라고 할 수 있다. 어지러운 세상에서 뜻을 펴지 못하

---

114) 趙南權譯『國譯紀年通攷 坤』P.907 - 908

고 억울하게 죽게 되는 마당에 이런 편안한 마음의 여유는 어디에서 오는 것
일까? 나라를 생각하여 죽음을 택한다면 그 이상의 영광은 없다는 신조라고
생각한다. 충성을 높이 치는 것도 이런 높은 인격을 수반하는 것이기 때문이
라고 생각한다. 충성은 아무나 하는 것이 아님을 알 수 있다. 민족을 위하고
인류를 위하는 일이 인격적인 바탕이 없이 이루어지는 것이 아님을 알 수 있
다. 고귀한 인격을 만남으로써 충성의 새로운 의미를 되새길 수 있다.

(4) 혜안

미래를 내다보고 미리 대처한다는 것은 보통 공부로는 되지 않는 일이다.

<사례13>
1592년 백사와 이항복이 "명나라에 지원을 요청하자"고 극력 주청
하니 이에 이항복을 파견하여 요동(遼東)으로 가게 했다. 백사가 서문
(西門)까지 나와 전송하고 곁말을 풀어 주며 타고 가도록 했다. 이항복
이 말하기를 "명나라 군병이 출동하지 않으면 나는 노룡령(盧龍嶺)에
뼈를 버리고 말겠다." 하니 듣는 자들이 모습을 바로 고쳤다.[115]

이 기록을 보면 명나라에 병사를 얻으러 갈 때의 비장함을 엿볼 수 있다.
그만큼 중요한 일이기 때문이기도 하다. 그러나 우리는 여기서 이렇게 어려운
결단을 내리고 실천에 옮기려는 그 혜안을 생각해야 할 것이다. 중국과 일본
그리고 우리나라의 지리적이고 역사적인 정치적 상황을 고려하여 내린 결단
이다. 한 치의 오차라도 있다면 나라의 운명이 달린 문제다. 임금이 행행(行
幸:임금님이 옮기심)하는 향방에 대해서도 영향을 미치는 일이다. 의주(義州)
로 행행의 행보를 하게 된 것도 이 사건과 무관하지 않다. 그래서『백사집』의
서문에는 "나라의 이지러움에 대처하기 위하여 하늘이 인재를 냈다."[116]고 말

---

115. 趙南權譯『國譯紀年通攷 坤』P.795-796
116. 張維, 白沙先生集序 "天之爲世道慮也至矣 平陂往復 世變之不能無者 盖繫於氣數 天

하고 있다. 마치 임란을 해결하기 위하여, 우리나라를 위하여 태어난 분이 백사라고 말하고 있다.

(5) 초연성

보통 인간으로서는 하기 어려운 일을 감당하고 해냈다는 뜻으로 초연성을 설정했다. 앞서도 말한 것처럼 영창대군 사건과 인목대비 폐모 사건에 대처한 것을 보면 백사의 초연성을 알 수 있다. 경륜가로서 그 능력에 있어 초인적 역량 발휘도 빼놓을 수 없다. 그러나 마지막으로 죽음에 임하는 모습을 볼 때 더욱 돋보이는 바 있다.

<사례14>

1618년 정승인 백사 이항복 자상(子常:이항복의 이름 중 자)이 유배지에서 별세했다. 이해 여름에 질병에 감염되었다. 꿈에 선조(宣祖)가 불러 입시하니 김명원(金命元)·이산해(李山海)·유성룡 등이 모두 좌우에 잇었다. 선조가 말을 꺼내어 광해주의 이름을 부르면서 말하기를 "아무개는 무도하여 骨肉을 해치고 모후를 가두었으니 폐위치 않을 수 없다."고 했다. 그러자 좌우들이 말하기를 "이항복을 불러다가 의논해 보소서." 했다. 공이 소스라쳐 깨고 나서 자제들에게 이르기를 "내가 오래 가지는 못하겠다." 했었는데 이틀만에 별세했으니 나이 63세였다.

여덟 살 때에 검(劍:칼) 자와 금(琴:거문고)자를 가지고 변려구(騈儷句:대구를 맞추어 짓는 글)를 지어 보라 하니 말이 떨어지자 응하기를

劍有丈夫氣   장검은 대장부의 기개가 있고
琴藏千古音   거문고는 천고의 음률을 간직했다.

고 하니 듣는 사람들은 그가 대성할 줄을 알았다. 열두 세 살 때에

亦無能如之何也 然其變之將至也 天必爲生英人偉士 畀以其責"

이미 용기를 자부하고 정의를 좋아하며 재물을 소홀히 여기고 남을 돕는 의지가 있었다. 성동하자 용맹을 좋아하여 소년희(전쟁놀이)를 잘 하므로 그 어머니가 호되게 꾸짖었다. 그러자 즉시로 통렬히 여긴 끝에 절절하여 배움에 힘썼다. 경진년(庚辰年:1580)의 과거에 올라 조정에 서기 40년 간이었는데 장군과 재상에 출입하며 여러 차례 공신록에 올랐으나 집에는 쌀 한섬이 없었다. 저술한 주(奏)·의(議)·계(啓)·사(辭) 각 2권 사례훈몽(四禮訓蒙) 1권, 노사령언(魯史零言) 15권이 간행되었으며 시호(諡號)는 문충(文忠)이다.[117]

이 기록은 백사에 대한 마지막 부분의 기록으로 백사의 초인적인 면모를 기록했다. 죽음에 대한 예측, 초연한 자세, 어린 시절에 이미 나라의 위급함을 구할 그 징조가 보였던 점 등을 기록했다. 이렇게 함으로써 성강은 백사에 대해서 충분히 그의 업적을 기록했다고 생각했을 것이다. 이런 인물에 대한 결론적인 대목은『성강유고』에 많이 보이지 않는 점을 지적해 둔다.

3) 결론

일평(一平)의 번역으로 세상에 알려지게 된『국역기년통고 건·곤』은 백사의 기록에 있어서는 비교적 상세하다. 마침『백사집』에도 성강(星江) 조견소(趙見素)의 이 저술은 인용한 데가 없다.『백사집』을 더 보완하는 의미도 있다.

백사가 벼슬길에 나가면서부터 임란을 거쳐 소용돌이를 극복하고 나라를 건진 사연과 이어지는 광해군의 인륜을 무너뜨리는 사건들에 대해서 취한 행적이 소상하게 그러나 담담한 필치로 기록되어 있다. 이렇게 한 인물을 선정해서 일생을 그리다시피 기록한 기록물도 흔하지는 않다.

---

117) 趙南權譯『國譯紀年通攷 坤』P.914 - 915

이 자료를 통해서 우선 기록의 의미를 통해서 백사의 사상과 업적, 그리고 난세의 실상을 알아 보았다. 다음으로 기록을 통해서 백사의 인품을 재구성해 보았다. 기록에 의한 것이기 때문에 한계성이 있을 것이다.

먼저 기록을 국가에 관련된 것, 국제관계에 관련된 것, 백사 개인에 관련된 것으로 나누어 그의미를 생각해 보았다. 국가에 대한 기록에서는 경륜을 편 사실과 실천적으로 난세를 극복한 사실을 다루었고, 국제에서는 일본이 일으킨 임난에 대처한 것과, 임란으로 빚어지는 중국 명나라와의 관계를 다루었다. 개인에 대한 기록에서는 당시 정객들과 지킨 명분과 절조에 대해서 언급했다.

다음으로 기록을 통해서 백사의 인품을 생각해 보았다. 기록을 통해서 드러나는 인품은 인망, 의리, 충성, 혜안, 초연성으로 항목을 나누어 생각해 보았다. 인망은 어떠했으며, 의리를 지킨 기록은 어떤 것인가? 그리고 충성을 잘 나타내는 기록과, 지혜로운 안목, 초인적이고 여유로운 삶의 자세 등을 살펴 보았다. 구체적인 사항은 인용한 기록을 보면 알 수 있을 것이라고 생각하기 때문에 재론을 약하려고 한다.

성강의 이 저술을 통해서 백사의 면모가 더욱 확연해 지고 그의 인품이 더욱 격조 높아짐을 알 수 있었다.

『紀年通攷』에 기록한 白沙와 관련 부분

『紀年通攷』는 乾·坤 두 책으로 엮었다. 백사에 대한 기록은 坤에서 볼 수 있다. 그 사건을 趙南權의 飜譯本에서 찾아 시대 순서 대로 정리해 본다.

1) 1582년 이덕형이 玉堂에 들어 갔다. 그때 장차 湖堂에서 글 읽을 사람을 골라서 뽑게 되었다. 어떤 宰臣 한 사람이 밤중에 弘文館 大提學으로 있던 李珥를 찾아 말하기를 "두 이씨(이항복과 백사)가 인망은 있으나 아직 意向을 알 수 없어 경솔히 천거하지 못하겠습니다." 라고 하니 栗谷은 말하기를 "사람을 천거함에는 그 適材를 얻는 것이 소중한 것이지 어찌 의향을 논할 것이 있느냐?" 고 했으니 그 때 이항복과 백사가 똑같은 인망이 있었던 것이다.118)

2) 1591년 士禍가 일어나자 松江이 화를 당한 자 중의 으뜸이 되었다. 江上에서 처벌이 내리기를 기다리고 있을 때 감히 위문해 오는 친구가 없었으나, 백사만이 혼자 찾아와 오랜 시간을 조용히 이야기 하니 사람들이 모두 공을 위하여 위태롭게 여겼다. 얼마 안되어 臺諫들이 "鄭澈의 罪案을 朝堂에 방으로 붙여 공시할 것"을 주청하였는데 백사는 "承旨로서 상감의 명령 시행을 늦

118) 趙南權譯『國譯紀年通攷 坤』P. 713-714

추었다."는 탄핵으로 파직 되었다가 이내 다시 承旨로 임명 되었다. 臺諫들은 앞서의 惡感을 끼고 장차 유배나 削黜에 처하려고 했으나 大司憲인 李元翼의 극력 구제로 중지 되었다.[119]

3) 1592년 밤중에 御駕는 敦義門으로 나가고 中殿은 홀로 侍女 10여인과 걸어서 仁和門을 나서니 도승지 이항복이 촛불을 잡고 앞에서 인도했다. 이날 밤에는 비가 내려 밤이 캄캄하였으며 沙峴에 이르니 동이 트기 시작했고 石橋에 도달하니 비가 크게 내렸다.[120]

4) 1592년 백사와 이항복이 "명나라에 지원을 요청하자"고 극력 주청하니 이에 이항복을 파견하여 遼東으로 가게 했다. 백사가 西門까지 니와 전송하고 곁말을 풀어 주며 타고 가도록 했다. 이항복이 말하기를 "명나라 軍兵이 출동하지 않으면 나는 盧龍嶺에 뼈를 버리고 말겠다." 하니 듣는 자들이 모습을 바로 고쳤다.[121]

5) 1593년 龍灣에는 본래 노래 잘하는 기생이 많았다. 侍從한 관원들이 객지에서 오래 있게 되자 그들과 가까이 놀아 行檢이 없었으나 오직 이항복과 朴東亮만이 한집에서 쓸쓸하게 지냈다.[122]

6) 1594년 世子 琿을 파견하여 全羅·慶尙道 지방에 가서 軍務를 정리하도록 했다. 세자가 全州에 이르렀다가 洪州로 돌아와 주둔했다. 그런데一 湖西의 逆賊인 宋儒眞이 그의 도당들을 불러 모아 가지고 겁탈과 약탈을 자행하니 서울 사람들도 충격을 받고 놀랐다. 分朝의 신하들이 "세자를 받들고 朝廷으로 돌아가 환난을 피할 것"을 의론했으나 병조판서 이항복은 그것이 그릇된 계획임을 논박하니 세자가 이에 따랐다. 역적들도 이내 평정 되었다. 세자가 水營으로 이주하려고 鰲城(이항복)으로 하여금 가서 살펴 보도록 했는데 鰲城은 돌아와서 거짓말로 "주둔할 만한 곳이 못된다." 고 답변했다. 어떤

---

119) 趙南權譯『國譯紀年通攷 坤』P.777
120) 趙南權譯『國譯紀年通攷 坤』P.790
121) 趙南權譯『國譯紀年通攷 坤』P.795-796
122) 趙南權譯『國譯紀年通攷 坤』P.814

사람이 그렇게 하는 것을 의심쩍게 여기니 이항복은 말하기를 "永保亭의 아름다운 경치는 湖中에서 제일 가는 곳이니, 나이 젊은 세자가 그런 곳에 가 계시면 이후에 방탕심을 일으킬까 두려워서이다."라고 했다.123)

7) 1595년 이항복으로 이조판서 겸 太學士를 삼았다. 이 때 책봉사 楊邦亨이 공을 接伴使로 삼기를 원했는데 만나보고 말하기를 "東國에도 사람이 있다."라고 했다.124)

8) 1596년 이에 앞서 백사가 接伴使로 되자 副使 楊邦亨은 말하기를 "東方에 이런 사람이 있으니 어떻게 外國이라 하여 가벼히 여길 수 있겠느냐?"했고 이항복은 正使 李宗城을 보고 사람들에게 말하기를 "李宗城은 부잣집 자제로서 한갓 文墨만을 일삼았으니 반드시 君命을 욕되게 할 것"이라 했었는데 얼마 안되어 과연 그러하였다.125)

9) 1597년 經理 楊鎬가 우리 나라로 오자 백사가 九連城까지 나가 맞이 했는데 楊鎬는 그의 재능에 감복하여 어려운 일을 만날 때마다 반드시 말하기를 "李尙書(백사)를 기다리라."했다.126)

10) 1598년 가을에 領相 柳成龍이 파직 되었다. 이항복을 右議政으로 임명하고 李廷龜를 순서를 뛰어넘어 工曹參判으로 임명하여 陳奏上使와 副使로 삼고 申欽을 書狀官으로 삼은 다음 명나라 서울에 가서 무함당하고 있는 일을 개진하여 변명하도록 했다. 이 때 상감은 丁應泰에게 무고를 당한 일로 해서 거적자리를 깔고 황제의 처분 명령을 기다리고 있었다. 大臣을 파견하여 무함당한 것을 변명하기로 의론하여 柳成龍 정승에게 특명을 내리니 柳成龍은 "80 老母가 있다."하여 사퇴했으며, 또 "대신 대우를 소나 말을 잡아매듯 해서는 안된다."는 등의 말이 있었다. 상감이 노하니 臺官인 李爾瞻·尹弘·柳潚·洪奉先·崔喜男 등이 번갈아 上章하여 탄핵했으며 잇달아서

123) 趙南權譯『國譯紀年通攷 坤』P.817
124) 趙南權譯『國譯紀年通攷 坤』P.821
125) 趙南權譯『國譯紀年通攷 坤』P.825
126) 趙南權譯『國譯紀年通攷 坤』P.831

鄭仁弘이 그의 門客인 文弘道를 사주한 끝에 상소하여 그가 倭國과의 화친을 주장하는 죄를 공격했기 때문에 削奪官爵을 명한 다음 이항복을 大拜하여 上使로 충원했다.127)

11) 1599년 이항복이 명나라 서울에서 돌아왔다. 勅書에 이르기를 "國體와 軍情은 모두 朝廷의 큰 일인데 어찌 조그만 신하 한 사람의 私憤에 의한 망녕된 고발 때문에 將士들의 노고와 속국 군신들의 울음으로 호소하는 괴로운 심정을 생각하지 않겠는가. 丁應泰는 큰 일을 그르쳤으니 관직을 파면시켜 평민으로 삼았다. …"라고 하였으므로 즉시 申湜을 파견하여 謝恩했다.128)

12) 1599년 右議政 이항복이 질병을 이유로 하여 면직 되었다. 당시의 議論들이 柳成龍의 主和(일본과 和親을 주장함)를 공격했다. 백사는 上章하여 자신이 스스로 탄핵하기를 "저도 일찍이 和議를 찬성했으니 감히 요행으로 모면하려고 해서는 안됩니다. 교체시켜 주실 것을 빕니다."라고 하니 상감은 감탄하기를 "남들과 일을 함께 하다가 끝에 가서 反覆하는 자는 곧 李某(백사)의 죄인"이라 했다.129)

13) 1600년 領相 이항복이 朝廷에 들어 와서 治道를 논하여 말하기를 "위에서는 능히 誠心을 열고 공평한 도를 펼 것이며 아래에서는 능히 朋黨을 타파하고 廉恥를 장려해야 할 것이니 오늘날의 급선무는 여기에서 벗어나는 것이 없습니다."라고 했다.130)

14) 1602년 領相 이덕형이 면직 되고 이항복이 그를 대신하여 임명 되었다. 처음에 臨海君(宣祖의 長男)은 왕자들 중에서 나이도 많고 지위도 상감에 가까웠으나 그의 집에 無賴漢들을 모아 들였다. 때마침 어떤 도적이 宰臣인 柳熙緖를 죽인 사건이 발생했는데(臨海君이 柳熙緖의 애첩을 뺏고 도적을 시켜 살해했다 함) 捕盜大將 邊良傑은 그 獄事를 너무 호되게 다스리다가 도리

127) 趙南權譯『國譯紀年通攷 坤』P.838
128) 趙南權譯『國譯紀年通攷 坤』P.842
129) 趙南權譯『國譯紀年通攷 坤』P.844-845
130) 趙南權譯『國譯紀年通攷 坤』P.846

어 유배를 당했다. 이항복은 상소하여 그를 구제하려다가 상감의 뜻에 거슬려 파직되고 백사가 대신하게 된 것이었다. 백사는 여러 차례에 걸쳐 箚子를 올려 사임하기를 "邊良傑이 유배된 것은 臣도 실로 상심하고 있는 터로서 다만 미처 말씀드리지 못했을 뿐입니다. 이덕형은 곧 이미 말한 바 臣(백사)이고 신은 곧 미처 말하지 못한 이덕형입니다."라고 했다. 이 때 어떤 사람이 정권을 잡고 있는 신하의 뜻을 받들어 상소로써 公(백사)더러 松江의 黨與라고 공격하므로 마침내 질병을 이유로 하여 사임장을 여덟 차례에 걸쳐 올린 끝에 결국 면직 되었다.[131]

15) 1602년 牛溪 成渾과 松江 鄭澈을 伸救하다가 전후하여 축출된 사람은 이항복·尹承勳·尹斗壽 - 이하 생략 -[132]

16) 1604년 정월 초하루 날에 하얀 무지개가 태양을 관통했다. 백사가 상감의 뜻에 의하여 잘못된 일을 차자로 논했는데 "정성을 미루어 가는 일은 간쟁을 받아 들이는 일에서 시작되고 공정하게 집행하는 일은 사람을 쓰는 데에서 시작되어야 한다."는 말이 있으므로 사람들이 그 간절함에 감복했다.[133]

17) 1605년 상감에게 至誠·大義·格天·熙運이라는 尊號를 올리고 전후에 걸친 元勳을 책록했는데 扈聖功臣에 이항복 등 86인, 宣武功臣에 李舜臣 등 18인, 淸難功臣에 洪可臣 등 4인이었다.[134]

18) 1606년 柳永慶은 金稶를 슬며시 꾀인 끝에 상소하여 "德興大院君(宣祖의 生父)을 추존할 것"을 주청케 했다. 백사는 말하기를 "이와 같은 일을 위에 있으면서 실행했던 자는 漢 나라의 哀帝·安帝·桓帝·靈帝 등 비난 받는 임금들이었고, 아래에 있으면서 비판했던 자는 宋 나라의 周濂溪·張橫渠·程子·朱子였다."고 하니 여러 의논이 결정 되어 일이 마침내 철회 되었다.[135]

---

131) 趙南權譯『國譯紀年通攷 坤』P.853-854
132) 趙南權譯『國譯紀年通攷 坤』P.855
133) 趙南權譯『國譯紀年通攷 坤』P.860
134) 趙南權譯『國譯紀年通攷 坤』P.863
135) 趙南權譯『國譯紀年通攷 坤』P.866-867

19) 1608년 2월 초이튿날에 임금이 승하했다. - 중략- 李元翼·이항복·沈喜壽로 三政丞을 삼았으며 鄭仁弘은 漢城判尹으로 소환되고 李慶全과 李爾瞻은 불려 들어와 官爵이 회복되었다.136)

20) 1608년 두 差使가 光海主와 臨海君을 面對시켜 짊누하려 하자 鄭仁弘이 箚子로써 "臨海君의 목을 베어 그 머리를 差官들에게 보일 것"을 주청하면서 하는 말이 매우 不測함으로 完平(李元翼)과 鰲城(이항복)이 온갖 방법으로 다투어 겨우 그의 말을 억제시켰다.137)

21) 1611년 가을에 鄭仁弘이 上箚하여 文元公(晦齋)과 文純公(退溪) 두 선생을 헐뜯으면서 문묘애 배향할 수 없다고 하니 太學의 諸生들이 상소하여 이를 변론하고 인하여 鄭仁弘을 儒籍에서 삭제시켜 버렸다. 그의 무리인 朴汝樑이 이를 호소하니 光海主는 앞장 섰던 유생들을 禁錮시켰고 그러자 많은 儒生들이 捲堂하고 떠났다. 백사는 이 말을 듣자 깜짝 놀라면서 "나라가 망할 처사"라 하고 두 차례나 上箚하여 陳情하니 鄭仁弘의 무리들은 기어코 죽음에 빠뜨리려고 했다. 백사도 또 면직을 청원하여 두루 20차례나 上章하였으나 允許하지 않았다.138)

22) 1612년 金直哉의 獄事 때 시인 權韠이 詩語로 連坐되어 구속되었다. 백사는 자리를 떠나면서 울음으로 간하였으나 따르지 않고 고문을 간하여 곤장을 때린 다음 유배시켰는데 도중에서 죽었다.139)

23) 1613년 처음으로 大妃가 있는 궁전을 봉쇄한 다음 별도로 禁兵을 설치하여 지키도록 했다. 永昌大君을 江華의 유배지에서 죽였으니 이 때 8세였다. 이 때 臨海君은 喬桐에 있었는데 이미 고을 원인 鄭沆이 살해 했다. - 중략 - 李元翼·이항복·이덕형·沈喜壽 등은 죽음을 무릅쓰고 잇달아 箚子를 올려 "효를 다하고 은혜를 온전케 할 것"을 주청하였다. 永昌大君을 체포할

---

136) 趙南權譯『國譯紀年通攷 坤』P.873
137) 趙南權譯『國譯紀年通攷 坤』P.876
138) 趙南權譯『國譯紀年通攷 坤』P.882
139) 趙南權譯『國譯紀年通攷 坤』P.885

때 大君이 仁穆大妃에게 가서 안겨 있었는데 禁府의 아전들이 慈殿을 밀치고 끌어 내왔다 한다. - 중략 - 領相 이덕형과 左相 이항복이 서로 잇달아 정승직을 그만 두었다. 朴應犀가 變故를 올렸을 때 永昌大君은 겨우 여덟살이었는데 三司에서 逆謀의 魁首로 지목하고 번갈아 上章하여 목베기를 주청하였다. 당시의 宰臣들이 잇달아 백사를 만나 禍福을 가지고 협박했다. 政丞 백사는 말하기를 "先祖(宣祖)의 후한 은혜를 받아 지위가 정승에 이르렀는데 어찌 참아 뜻을 굽혀 임금을 저버림으로써 스스로 명분과 의리를 손상 시키겠는가."라고 했다. 兩司의 長官(大司憲과 大司諫)들이 鞫廳에서 떠들어 대기를 "현재의 여론은 '大臣(이덕형과 이항복)들이 廢母에 대하여 말하지 않는 것은 그르다.'고 한다."하니 백사가 먼저 밖으로 나왔다. 이항복이 따라나와 말하기를 "조정의 의논이 여기에 이르렀으니 우리들이 먼저 화를 당하겠는데 그대는 어찌 하려하오."하니 백사가 말하기를 "禮 雜記下에 '內亂에는 干與치 않는다.'했으니 어찌 永昌大君을 위해서 꼭 죽을 것이 있겠소. 공은 首相으로서 이 의론에 결단을 하오. 만약에 永昌大君을 궐 밖에 내보내기만 한다면 나는 뜻을 굽혀 따르겠거니와 반드시 三司의 의논대로 한다면 異議를 세우지 않을 수 없소. 죽고 사는 것은 명이오."라고 했다. 그러자 首相은 웃으면서 "나의 뜻과 같다." 하고 이튿날 百官을 거느리고 임금님 앞에 나아가 "仁 에 근본을 두고 義 로 결단을 하여 永昌大君을 궐문 밖으로 나가 있게 하소서."라고 했다. 그러자 적신 李爾瞻은 말하기를 "조정의 의논은 重刑으로 다스리려 하는데 大臣들은 다만 궐문 밖으로 내보내기를 주청하니 宗社를 위하는 뜻이 아니다." 하고 인하여 질병을 핑계로 출근하지 않으면서 말하기를 "大臣들과는 구차하게 일을 함께할 수 없다." 하므로 이항복은 그 말을 듣자 웃으면서 말하기를 "사람은 제각기 보는 바가 있는 것이니 마음대로 하라." 했다. 그러다가 적신인 鄭造와 尹訒 등이 맨먼저 廢母議를 발의 하기에 이르렀다. 左相 백사는 首相 이덕형에게 말하기를 "나는 죽을 자리를 얻었소. 永昌大君을 위하여 죽는다면 용맹에 손상이 된다 하겠으나 大妃를 위하여 죽으면 의로운 일이 될 것이오."라고 했다. 이항복이 말하기를 "우리 둘이 함께 상감한데 가서 먼저 誠孝를 다할 것을 반복하여 말씀드리고 인하여 臺諫들의 不道德한 상태를 말씀드리는 것이 좋겠다." 하니 백사는 말하기를 "안되오. 이 일은 반드시 大臣들과 상의한 다음 道理와 義理에 근거하여 혹은 직접 말씀을 드리거나 箚子를 올리고 인하여 永昌大君을 죽여서는 안된다고 언급하는 것이 옳소." 라고 했다. 이튿날 대궐로 나아갔을 때 首相이 左相의 귀에 대고 말하기를 "이 일은 어떻게 날자를 기다릴 수 있겠소. 내 마음은 불타는 것과 같으니 오늘 들어가 아뢰는 것이 어떠하오" 하니 左相은 "不可하다." 하고 인하여 箚子의 草案을 꺼내 보이자 首相은 기뻐하면서 "좋다."고 했다. 전날 저녁에 백사는 집으로 돌아와 外廊에 이르자 朝衣를 벗지 않은 채로 눈을 부릅뜨며 말을 하지 않았다. 자제들이 까닭을 물으니 "三綱이 무너졌다. 내가 대신으로서 어떻게 남아 있는 생명을 아낄 수 있는가."라고 했다. 그 후에 鄭浹이 나아가 "永昌大君을 옹립하려는 모의를 했다."고 자복하니 獻納 柳活은 '백사가 鄭浹을 잘못 천거했다.'는 이유를 들어 파직시킬 것을 주청했다. 그러자 백사는 종 한사람에게 말을 잡혀 타고 동대문 밖으로 나가 동쪽 교외에 우거하니 드디어 정승에서 면직되었다. 이에 이항복은 외롭게 되어 의지할 곳이 없음으로 매양 집으로 돌아와서는 천정만 쳐다보고 눈물을 삼키면서 밥을 물리치고 오직 찬 술만 찾아 마실 따름이었다. 延興府院君이 賜死되고 永昌大君이 重法으로 다스려지려 할 때 이항복은 시대의 일에 관하여 極論하려 했으나 禍가 老父에게 미칠까 두려워 하니 그 부친은 말하기를 "生死와 禍福은 마땅히 나라와 더불어 함께 해야할 것이니 어찌 할 말을 못하고 참으면서 평생의 소신을 저버릴 수 있느냐."고 했다. 그리하여 한 장의 箚子를 올려 남들로서는 감히 하지 못할 말을 하자 논의가 흉흉하니 三司에서는 처벌하기를 주청했다. 光海主가 노하여 문밖으로 축출할 것을 명하니 그날로 물러나 龍津으로 돌아갔는데 열흘이 못되어 병이 나서 별세했다. 백사의 輓詩에 이르기를

淪落空山舌自捫　　빈 산속에 떨어져 입다물고 살다가
聞君長逝倍銷魂　　그대 아주 갔다는 소식에 갑절이나 정신 없네

哀詞不敢分明語　슬픈 輓詞에서조차 분명한 말 감히 못함은
薄俗窺人喜造言　야박한 세속 남을 엿보아 말만들기를 좋아 해서네

라고 했다.[140]

24) 1617년 "仁穆大妃를 폐위하자."는 의논이 일어났다. - 중략 - 議政府에 내려서 의논케 하니 正論을 주장하는 자는 奇自獻・이항복・金權・鄭弘翼・金德誠・李愼儀 등이었는데 모두 유배지에 안치 되었다. 처음에 廢母論이 확정되자, 백사는 비장한 마음으로 밥을 먹지 못하고 있는데 갑자기 큰 우뢰가 집을 흔들어대므로 백사는 말하기를 "하늘이 警戒를 알리는 것"이라 했다. 조금 뒤에 樞府의 郞官이 와서 議論을 收斂했다. 공이 바야흐로 病席에 있다가 부축을 받으며 일어나서 붓을 휘둘러 쓰기를 "殿下를 위하여 이러한 계책을 꾸민 자가 누구입니까. '요순의 도가 아니면 進達하지 않는다.'는 것이 예로부터 내려오는 명백한 교훈입니다. 舜임금은 불행하게도 부모가 고약스러웠습니다. 그리하여 항상 舜을 죽이려고 우물을 파게 하여 그를 묻고 창고를 수리하라고 지붕 위에 올려 보낸 다음 불을 질렀으니 위태로운 역경이 극에 달했었습니다. 그러나 舜은 울부짖으면서 怨慕하기만 하고 그들의 옳지 못한 곳에 있는 것은 보지 않았으니 진실로 아비는 사랑하지 않더라도 자식은 효도를 아니할 수 없기 때문이었습니다. 그러므로 春秋에는 자식이 어머니를 원수로 삼아도 된다는 뜻이 없습니다. 하물며 孔伋의 後妻가 된 사람은 前妻 소생인 孔白의 어머니가 되는 것이니 誠孝의 중대함이야말로 어찌 親母이건 繼母이건 간에 간극이 있을 수 있겠습니까. 이제 孝道를 근본으로 삼아 나라를 다스리는 때를 당하여 온 나라의 안에 점차로 敎化가 보급되어 가는 희망을 갖게 된 터에 이런 말이 어찌하여 상감의 귀에까지 들리게 되었습니까. 현재를 위한 도리로는 舜임금의 덕을 본받아 효도로써 잘 조절하셔야 합니다. 그리하여 大妃로 하여금 점차로 감화되어 노여움을 풀고 사랑하도록 해야 한

---

140) 趙南權譯『國譯紀年通攷 坤』P.889 - 891

다는 것이 신의 소망입니다."라고 했다. 이와 같은 의논이 조정에 이르니 보는 자들이 울음을 터뜨렸고 三司에서는 아주 먼 변방에 圍籬安置할 것을 주청했는데 모두 네차례나 유배지를 바꾸어 北靑으로 유배시킬 것을 명하였다. 奇自獻과 함께 유배지로 떠나게 되었다. 출발할 때 백사는 시를 읊었다.

雲日蕭蕭晝晦迷   구름낀 햇빛 으스스하고 대낮이 컴컴한데
北風吹破遠征衣   북풍은 멀리가는 옷자락에 불어대네
遼東城郭應依舊   요동의 성곽은 예대로 있으련만
只恐令威去不歸   정령위 한 번 가면 못올까 두려웁네

가는 길에 奇自獻과 농담으로 고달품을 잊었으며 사람들이 驛站에 나와 있는 것을 보자 껄걸 웃으며 말하기를 "이렇게 기다리는 줄을 알았더라면 알찌감치 올 것을 - "이라고 했다.[141]

25) 1618년 정승인 백사 이항복 子常이 유배지에서 별세했다. 이해 여름에 질병에 감염되었다. 꿈에 宣祖가 불러 入侍하니 金命元·李山海·柳成龍 등이 모두 좌우에 잇었다. 선조가 말을 꺼내어 光海主의 이름을 부르면서 말하기를 "아무개는 무도하여 骨肉을 해치고 母后를 가두었으니 폐위치 않을 수 없다."고 했다. 그러자 좌우들이 말하기를 "이항복을 불러다가 의논해 보소서." 했다. 공이 소스라쳐 깨고 나서 자제들에게 이르기를 "내가 오래 가지는 못하겠다." 했었는데 이틀만에 별세했으니 나이 63세였다.

여덟 살 때에 劍 자와 琴자를 가지고 騈儷句를 지어 보라 하니 말이 떨어지자 응하기를

劍有丈夫氣   장검은 대장부의 기개가 있고
琴藏千古音   거문고는 천고의 음률을 간직했다.

---

141) 趙南權譯『國譯紀年通攷 坤』P.907 - 908

고 하니 듣는 사람들은 그가 대성할 줄을 알았다. 열두 세 살 때에 이미 勇氣를 自負하고 正義를 좋아하며 재물을 소홀히 여기고 남을 돕는 의지가 있었다. 成童하자 용맹을 좋아하여 少年戲(戰爭놀이)를 잘 하므로 그 어머니가 호되게 꾸짖었다. 그러자 즉시로 통렬히 여긴 끝에 折節하여 배움에 힘썼다. 庚辰年(1580)의 과거에 올라 조정에 서기 40년 간이었는데 將相에 출입하며 여러 차례 功臣錄에 올랐으나 집에는 쌀 한섬이 없었다. 著述한 奏 ·議 ·啓 ·辭 각 2권 四禮訓蒙 1권, 魯史零言 15권이 간행되었으며 諡號는 文忠이다.[142]

---

142) 趙南權譯『國譯紀年通攷 坤』P.914 - 915

국역 「유연전」

　유연의 자는 진보니, 대구 사람이다. 아버지는 현감 예원이니, 아들 셋을 두었는데, 치, 유, 연이다. 유는 글을 잘 짓고, 연은 예법을 좋아하여 모두 다 고향 마을사람들에게 칭찬을 들었다. 유의 아내는 같은 고을 무인 백거추의 딸이고, 연의 아내는 참봉 이관의 딸이다. 연의 누이는 종실 달성령 식에게 시집을 갔는데 먼저 죽었고, 다음 누이는 같은 고을의 선비인 최수인에게 시집을 갔고, 다음 누이는 진주 선비 하항에게 시집을 갔다. 또 사촌 매부가 있는데, 전현감 심륭이다.

　유가 일찍이 산에 들어가서 책을 읽다가, 갑자기 돌아오지 않으니, 아버지 예원과 아내 백씨가 말하기를 "미쳐서 달아났다."했다. 이 말이 문밖에 나갔는데, 아버지와 아내가 징명을 하니 동네 사람들이 믿어 의심하지 않았다. 오직 연만이 홀로 만날 수 없음을 슬퍼하면서 울었다.

　5년이 지났다. 아버지 예원이 죽으매, 연이 상복을 입고 여막을 지켰다. 다음해 임술년에 첫째 누이의 남편인 식이 연에게 편지로 말하기를 "해주에 채응규라는 사람이 살고 있는데, 실로 이 사람이 너의 형이라고 들었다. 그러니 가서 맞이 해 오는 것이 좋겠다."고 했다. 연이 편지를 받고 하인을 뽑아서 맞이 해 오게 했더니, 하인이 헛걸음을 하고 와서 말하기를 "유가 아니었습니다."고 했다.

여름에 식이 또 편지를 써서 의심할 것이 없음을 증명하니, 연이 다시 사람을 보냈다. 그러나 다시 갔다가 그냥 돌아와서는 전과 같이 "유가 아니었습니다."라고 했다.

다음 계해년 겨울에 식이 하인 삼이에게 임무를 맡기어 보내서 말하기를 "전에 채상사라 부르던 사람이 아내를 데리고 우리 문중에 도착했는데, 보니 과연 유였다. 네가 와서 만나 보라."고 했다. 연이 먼저 급히 집의 하인을 보내고 뒤 따라 갔다. 연의 하인이 식의 집에 도착하여 먼저 응규를 뵙는데, 응규가 바야흐로 식과 더불어 한 자리에 앉아 있었는데, 마당에 하인을 꿇어 업드리게 하고 재촉하여 곤장을 준비해 놓고서 혀를 차면서 말하기를 "쯧쯧! 너의 집 하인과 연이 음모하여 먼저 해주에 가서 도리어 나를 거짓말쟁이로 만들려고 했으니, 하인이 되어 가지고 주인을 잊으면 죄가 마땅히 죽음에 이른다."고 했다. 하인이 겁이나서 쩔쩔 매며 더듬으면서 말하기를 "제 제 주인께서 곧 도착하실 것입니다. 저 조 조 조금만 기다려 주십시오." 식이 거짓으로 인심을 쓰는체 하면서 잠시 멈추게 하니, 응규가 말하기를 "동생이 오기를 기다리기는 하겠지만 단연코 너를 가만 두지는 않겠다."고 했다.

몇일이 지나자 연이 도착했다. 연은 바로 응규가 있는 곳으로 가니, 응규가 얼굴을 보이지 않게 하려고, 옷깃을 끌어다가 얼굴을 가리면서 심히 아파서 엎어 지는 체 하니 과연 누구인지 알수가 없었다.

천천히 "진보야"하고, 연의 자를 부르면서, 가까이 앞으로 나서면서 급히 연의 손을 잡고 말하기를 "너를 보니 놀랍고 감격해서 눈물이 저절로 흐르는구나. 나는 병이 깊이 들었더니 너를 보니 좀 나아지는 것같구나. 너만 홀로 얼굴색도 변하지 않으니, 동기간의 정에 어찌 이같이 걱정이 없느냐?" 연이 의아하고 당황해 하면서 물러 나왔다. 아무리 생각해도 어디서 온 인물인지 알 수 없어서 여러 사람들에게 알 수 있는 꾀를 널리 구했다. 이 때 식과 심융이 서로 입을 맞추어 참으로 유라고 하면서 의심할 것도 없다고 했다. 그런데 어떤 사람은 "마땅히 관가에 고발해서 판결을 내야 한다."고 말하기도 하고, 어떤 사람은 "고향으로 함께 돌아가서 여러 고향 사람들에게 보여서 시험을 해 보아야 한다."고도 했다. 연이 그 서족 김백천의 꾀를 좇아서 잘 살펴 보려고 모두 데리고 대구로 돌아갔다.

여행 중에 팔거(八莒)에 도달하니 부인 백씨가 그들이 도착했다는 말을 듣고 일가를 모두 데리고 무리를 지어 마중을 나왔는데, 남녀 어른 아이 할 것 없이 담장 처럼 둘러 서서 목을 길게 빼고 서서들 기다렸다.

백씨가 시집 올 때 새 하인이 있었다. 그는 말은 잘 못했지만 꾸짖기는 잘했는데, 그는 사람들이 떼로 몰려 있는데서 떨어져서, 여러 사람들이 응규를 맞이하는 것을 바라 보고 있다가, 꾸짖어 말하기를 "너희들이 누구이기에 서로 짜고서 우리 주인을 조작했서 감히 여기에까지 왔느냐?" 하니 모두 무리를 지어 오다가 놀랐다. 응규는 얼굴색이 낭패한 빛을 띠면서 행동 거지가 이상했다. 연이 하인을 꾸짖고 도리어 맞이하니 응규가 연의 아이 이름을 부르면서 말하기를 "무강은 잘 있느냐?" 했다.

관가에 도착하니, 고향 사람 우희적, 서형, 조상규와 연의 매부 최수인, 서족인 홍명 등이 죽 둘러 앉았다가 묻기를 "당신은 누구요?" 하니 대답하기를 "제가 유유입니다." 했다. 부사 박응천이 좌우에게 "사실이 그런가?" 라고 물으니, 그 자리에 있는 사람들이 모두 말하기를 "아닙니다." 했다. 인하여 그 자리에 있는 사람들의 대답을 들어서 꾸짖어 말하기를 "여기에 앉아 있는 분들은 모두 너의 친척들이며, 고향 사람들이다. 너에게 시험 삼아 물어 보겠는데, 이 사람은 누구냐? 또 저 분은 누구냐?" 하니 응규가 머리를 숙이고 대답을 하지 못했다.

바로 뜰 아래로 내려가게 하고서 三木(목과 손과 발에 씌우는 형틀)을 갖추어 묶고서 말하기를 "옷을 갈아 입었거나, 얼굴이 수척하게 변해서, 친구들이 너를 알아 보지 못할지는 모르지만, 네가 만약 참말로 유라면 어찌 네가 너의 친구들을 알아 보지 못하느냐? 이제 사실을 말하라. 거의 혹시 사실을 당하게 되면 아니라고 한 자들은 마땅히 관의 형벌로써 다스릴 것이다." 했다. 그 사람이 궁색하여 혹은 유라고도 하고 혹은 응규라고도 하여, 미친 소리로 갈피를 잡을 수 없으니 혼란하게 되어 어찌 할 수가 없었다.

응규의 아내 춘수라는 사람이 이 말을 듣고 곧 달려 왔다. 하소연하기를 "저의 남편은 불행하게도 병이 들었는데, 저의 집에서 잘 보호할 것이니 풀어 주시기를 바랍니다." 했다. 부사가 관의 하인 박석의 집에 가 있기를 허락했다. 5일이 되어 과연 춘수와 함께 밤을 틈타서 도망을 했다. 박석이 이를 알고 춘수를 뒤쫓아 잡으려하나 응규가 이미 달아나 그 자취를 알 수 없게 되었다.

백씨가 연루되어 죽임을 당할까봐 밤낮으로 울면서 감사에게 하소연 하기를 "제 지아비가 불량한 아우 연을 두었기에, 재물을 탐해서 참으로 유인 것을 거짓이라고 하고, 형을 묶어서 관가에 잡아 가두고서, 저에게 다시 시집을 가게 하려고 음탕한 화를 입혔습니다. 지아비는 본래 미친 병이 들어서 잡아 가둘수록 점점 더했는데, 다행히 태수께서 병을 치료하도록 베풀어 주셨으나, 연에게 뇌물을 받은 자가 도적을 죽였다고 하면서 자취를 가려 버렸으니, 바라건대 연의 죄를 따지시어 제 억울함을 풀어 주옵소서." 했다.

감사가 본관에게 명령해서 연과 춘수, 박석을 잡아 가두었다. 연의 아내 이씨가 고소를 하니, 감사가 말하기를 "도망간 자는 유가 아니라, 바로 응규다. 또 도망간 것을 보면 분명하다. 나 또한 연의 억울함을 안다. 다만 백씨가 고소하기를 그만두지 않으니 일의 형편이 할 수 없어서 그렇게 한 것이다. 집에 물러가서 기다려라. 조사를 끝내면 마땅히 바르게 될 것이다." 했다.

백씨가 이웃 고을로 옮기어 가둘 것을 청하니 드디어 현풍으로 죄수를 옮겼다. 죄를 논하는 것이 임금께 정식으로 보고 되기도 전에 간관이 이를 논하기를 "유가 떠돌이 생활을 해서 어려웠기 때문에 형용이 비록 변했다고는 하지만 말과 행동은 실로 유유일 것이니, 그 아우가 형수를 빼앗고 재물을 차지하고자 꾀해서 형을 협박하여 관에 고발을 하니 부사로 하여금 마땅히 유와 연을 나란히 가두게 했습니다. 한편 먼저 아우의 고소를 믿고서 오직 형만 가두었다가 이미 형벌을 다스리는 체통을 잃었는데, 또 이어서 연의 옥사가 일어나 형을 도적질하고 인륜을 어지럽힌 죄가 지금에 이르게 되었습니다. 그 도의 모든 사람들이 분통을 터뜨리며 꾸짖지 않는 이가 없습니다. 청컨대 연을 잡아드려 법률로써 다스리고 아울러 응천 군수도 파직시키소서." 했다.

임금님께서 "그렇게 하라." 하셨다.

이 때 연이 장차 옥사에 나아가려 할 때 식과 융이 도모하여 김백천에게 몰래 묻기를 "연이 도착하면 우리들도 또한 장차 취조를 당할 것인데 너는 어떻게 말하려고 하느냐?" 하니 백천이 말하기를 "우리들이 보는 바로는 유가 아닙니다." 라고 하겠다고 했다. 식등이 말하기를 "너와 연은 같이 목이 달아날 것이다." 하니 백천이 말하기를 "그러면 장차 무슨 말을 하지?" 했다. 식등이 권해서 말하기를 "우리와 같이 같은 말을 하면 보전할 것이니 걱정할 것 없다." 고 했다.

이 해 갑자년 음력 3월 11일에 연등을 잡아 드리라는 명령이 삼성 교좌 심통원에게 내려서 관리에게 맡기어 옥사를 살피라 하니,

연이 간략하게 공초에 응하기를 "하루는 신의 매부 달성령 식이 신에게 편지를 주었는데 이르기를 '집의 하인 삼이가 이 일 때문에 해주엘 갔는데, 그 고을에 채응규라는 사람이 잇다는 말을 듣고, 유가 아닌가 의심하였는데, 가서 보니 과연 유였다.' 했습니다. 신과 백씨가 의논해서 바로 하인을 뽑아 백씨의 편지와 입을 옷을 주어 해주로 가게 했습니다. 가서 본 즉 신의 형이 아니었습니다. 또 스스로 말하기를 나는 채응규라고 하기에, 너희들이 삼이가 잘못 전하는 말을 듣고 멀리 오는 고생을 했다면서 백씨 편지에 답을 써서 되돌려 주었습니다. 이렇게 하기를 두 번이나 했습니다.

또 겨울에는 식이 일을 맡기려고 뽑은 하인 삼이가 왔기에, 신이 묻기를 '형이 마땅히 편지를 썼을 것이다.'라고 하니 삼이가 말하기를 '백씨 집에 벌써 편지를 냈습니다.' 했습니다. 신이 백씨 집에 가서 형의 편지를 구하여 보았지만 부탁한 말은 이미 잊어 버렸습니다. 신이 서울에 와서 이른바 신의 형이라는 사람을 찾아 보니 형과 같지 않은 점이 3가지 있었습니다. 신의 형은 약한 사람이고 키는 본래 작은데 그 사람은 키가 컸으며, 신의 형은 얼굴이 작고

누르고, 죽은깨가 있고, 수염이 없는데, 지금 이 사람은 얼굴이 퉁퉁하고 검붉으며, 수염이 많습니다. 신의 형은 목소리가 마치 부인 목소리 같은데, 지금이 사람은 우렁찹니다. 세 번이나 여러 모로 시험해 보았으나 마음 속으로는 참으로 의심이 되어 팔거에 이르러서는 분명히 거짓임을 알게 되어, 이를 묶어서 관가에 압송했더니, 드디어 백씨를 만나 보게 되었는데, 백씨가 화를 내면서 말을 하지 않으니 신이 말하기를 '임술년 이후에 하인이 다시 갔다 올 때에 형수가 문득 편지를 보냈는데, 그 답장을 살펴보니 가히 그 참과 거짓을 분멸할 수 있었습니다. 한 번 식의 말을 믿는다 해도 항상 의혹은 가지게 되어 있기 때문에 이런 까닭으로 아우인 제가 추위를 무릅쓰고 길을 떠났다가 돌아와 시골의 여러 친척들과 더불어 분명히 구별하게 된 것입니다. 감사를 뵙게 되어 형수가 마땅히 몸소 관가에 나아가서 얼굴을 보고서 결정을 내리는 것이 옳으나, 이렇게 하지 않고 지금에 와서 어찌 급히 화만 냅니까?' 했습니다. 백씨가 말하기를 '만약에 거짓이라면 어떻게 참이라고 해서 속일 수가 있겠습니까?' 하니 감사께서 백씨에게 친히 분별하라 명한 즉, 거절하고 나오지 않았습니다.

백씨가 거절하는 이유를 밝히기를 '집 식구들과 친척들이 모두 유가 아니라고 하는데, 첩이 선비의 집안 사람으로서 어찌 마땅히 누구인지 알 수 없는 사람과 얼굴을 대할 수 있겠습니까?' 했습니다.

응규가 도망을 가니 그 뒤에야 백씨가 도리어 신이 형을 죽였다고 얽어서 먼저 표적으로 삼고 식과 융 두 사람이 멀리서 목소리를 거세게 하여 힘을 합해서 저를 반드시 옥에 갇우려고 했으니, 또한 이렇게 한 것은 이유가 있는 것입니다.

대개 식은 신의 아버지가 특별히 준 좋은 논을 가지고 있으면서, 신이 아버지의 총애를 입는 것을 싫어 했습니다. 융은 신의 큰어머니로서 큰아버지가 일찍이 집의 재물을 그 아내에게 주면서 말하기를 '당신이 만일 자식이 없으면, 예원의 아들로 대를 잇게 하라.' 해서 융이 항상 재물을 빼앗길까 두려워 했으며, 신을 시기했습니다.

지금 식과 융 두 사람이 서로 다투어 가며 힘을 길러 괴롭히고 어지럽힙니다. 이만 줄입니다. 했다."

추국을 맡은 관원이 유가 어떻게 가출을 했는가 하는 연유를 물으니, 연이 말하기를 "사람들이 말하기를 미쳤다고 하나 실은 미친 것이 아닙니다. 작은 집안의 변란이 있어서 부득이 집을 나간 것입니다." 했다.

계속 국문을 했더니, 달성령 식이 말하기를 "처음부터 신이 유를 찾은 것이 아니라, 유가 신의 집에 왔는데 형용이 이미 변했기로 처음에는 알아 보지 못하다가 앉아서 오래 동안 이야기를 해보니 작은 일에 있어서도 문득 대답하는 것이 들어 맞았으며 말씨와 행동거지가 과연 유임에 의심이 없었습니다. 연이 와서는 서로 부둥켜 안고 통곡을 했습니다. 병이 들었다고 하면서 자리를 옮기니 마침 벽에 아버지께서 쓰신 글이 있었는데 또한 이를 보고 통곡을 했습니다." 했다.

심융이 말하기를 "식이 그 아들 경억을 시켜서 와서 말하기를 '유유가 집에 왔다.' 해서 신이 나가 보니 모습이 이미 변해서 비록 자세히는 알 수 없었으나 그 집안의 일을 빠짐없이 모두 갖추어 말하였으며, 또 식 등이 말하기를 유라고 하기에 신 또한 믿었습니다."라고 하니 김백천의 말과도 이미 같아서 다른 말이 없었다.

춘수가 말하기를 "신이 대저 유유를 따라서 일찍이 태복천가에 살 때 식과 그 아들 경억이 와서 말하기를 '과연 유다' 했고, 융과 백천이 또한 말하기를 '진짜 유다' 하고, 연이 도착해서도 유와 그 아들 정백을 고향에 돌아가게 함으로써 신만 홀로 여기에 살고 있었더니, 잠시 있다가 유가 옥에 갇혔다고 하여 즉시 옥으로 가서 보니 옥을 나와 병을 치료하고 있었습니다. 신이 마침 밤중에 변소에 가는 것처럼 하고서 들어가 보려 하니 등불이 꺼졌고 유도 있지 않았습니다. 그래서 연이 몰래 죽여서 옥사가 일어 났나 의심했습니다." 했다.

국문을 하는 관원이 말하기를 "식, 융과 백천은 다 진짜 유라고 하니 이가 유유임이 분명하다. 연만 홀로 진짜가 아니라고 하면서 바로 포박하여 관에 고소했으니 이러한 즉 몰래 죽이고 자취를 감추려 한 것이 분명하다. 청컨대 곤장을 치라"고 했다.

곤장이 40여 대가 되었을 때에 드디어 자복을 하여 조사가 끝나서 장차 형을 확정하려 하니 연이 부르짖으며 말하기를 "신이 이미 형을 죽이고서 뜻을 이루려 했으니 진실로 죽어서 마땅하나 가만히 생각하니, 국가가 형벌을 자세히 하는데 끝내 누가 될까 두렵습니다. 달성위가 나라를 속이고서 신에게 뒤집어 씌웠으니 비옵건대 신을 일년만 가두어 두시면 응규와 신의 형의 자취를 찾은 연후에 그 죄를 분명히 정해 주시면 신은 원망이 없겠습니다. 만약 신이 죽은 뒤에 진짜 유유가 나온다면 죽은 자를 다시 살릴 수도 없으니 나라가 이를 후회한들 어찌 하리오?" 했다.

또 말하기를 "이 사건을 조사하는 관원과 저는 본래 사사로운 원한이 없는데 어찌 이렇듯이 하십니까?" 했다.

심통원이 노하여 나졸들에게 머리채를 잡고 입을 치라 명령하면서, 말하기를 "심한 독이 이와 같으니 형을 죽인 것이 틀림없다." 했다.

이 때 기대항이 자리에 있다가 말하기를 "법전에 입을 때리는 형벌도 있나?" 했다. 사건을 캐어 묻는 직책인 홍인경이 말하기를 "형을 죽인 것은 큰 죄인데 일의 처리가 많이 소홀한데도 바쁘게 결말을 내니 형벌을 집행하는 체통이 어떠할까?"라고 했다.

심통원이 말하기를 "큰 악을 행한 죄인인데 뭐 애석할 것이 있겠소!" 했다.

기대항이 인경을 지목하여 그만두게 하니 두 사람이 기뻐하지 아니하고 연의 하인을 떠었으며 지금 석몽도 또한 함께 자복하여 드디어 연과 함께 죽임을 당하게 되었다. 연이 죽으니 그 때 나이 27세였다.

연이 대구 감옥에 있을 때에 아내에게 편지를 썼는데 "아! 아내 이씨가 나를 좇아 멀리 와서 가난한 살림에 일만 죽도록 했는데 내가 천지간에 더할 수 없는 원한으로써 갇힌 지가 여러 달이 되었으며 다시 살아나기가 어렵게 되었습니다. 당신에게 다음 말을 남기게 되니 생각하면 할수록 아득하기만 합니다. 식의 꾀와 융의 꾀와 백씨의 모함과 응규의 모략이 능히 나라 사람들의 마음과 눈을 가리고 이 지경에 이르게 할 수 있겠습니까? 내 한 몸이야 가련할 것도 없지만 내 부모님의 혼령을 생각하면 오장을 도려내는 것 같습니다. 돌아보건대 오직 저 식등의 간악한 죄상은 당신 또한 알 것이 분명합니다. 지금 내가 말하는 것은 터럭만큼도 거짓이 없으니 당신이 이 편지를 가지고 서울에 가서 나의 더할 수 없는 억울함을 밝혀 주시오. 깊이 생각해 보면 재앙의 근본은 횡재에 말미암은 것입니다. 당신은 아버지께서 특별히 주신 것과 큰 어머니와 작은 어머니, 유씨의 문서로써 관에 고변하되 훼상하여 버리지 마시오. 이렇게 해도 오히려 밝혀지지 않으면 천지신명과 부모의 혼령이 위와 아래에서 밝히 비추시리니 당신은 밤마다 기도를 드려, 다행스럽게도 가령 명부의 도움을 받아서 응규를 잡아 나의 한맺힌 원한을 위로해 주시오. 정신이 희미해 지고 기운이 딸려서 다 쓰지를 못하겠소."라고 했다.

끝에 써 있는데 "집 늙은이 죄없는 유연이 곡하면서 죽다."라는 9자가 있었다. 주변 사람들이 듣고서 슬퍼하지 않는 이가 없었다.

연은 이미 죽었으나 나라의 여론은 끝나지 않았으니, 장령 정엄이 경연에서 그 억울함을 논하였다. 이에 영의정 홍섬이 또한 말하기를 "예전에 신이 연의 옥사를 국문하는 자리에 참여 했었는데 마음 속으로는 원한이 있지 않을까 의심하면서도 능히 구하지는 못했습니다. 청하옵건대 다시 실상을 조사하도록 명령을 내려 주십시오." 했으나, 일이 마침내 행해지지 못하였다.

그 16년 뒤인 기묘년 겨울에 수찬 윤선각이(지금은 윤국형이라고 개명했다.) 경연에서 아뢰기를 "지난 경신년에 신이 순안현에서 걸인 한 사람을 만났는데, 천유용이라고 했습니다. 그는 글에 능하여 세상을 두루 돌아 다니면서 어린이들을 가르쳐서 입에 풀칠을 한다고 했습니다. 신이 그와 함께 여러 달 같은 절에 있었는데, 자못 영남 지방의 산천과 선비들의 이름을 말할 수 있었습니다. 또 스스로 말하기를 기유년 중에 영천에서 보인 시험에서 나그네 자격으로 시험에 응시했기 때문에 합격이 취소 되었다고 했습니다. 신이 물어 보기를 '이렇다면 분명 남쪽의 선비일 것이니, 무슨 연고로 여기에 왔소?' 했더니, 그 사람이 묵묵히 말을 하지 않았습니다.

뒤에 신이 고향 사람을 만나서 이야기가 여기에 이르자, 박장춘이 놀라면서 말하기를 '이가 분명히 유유로다! 그 때 나 또한 함께 낙방이 되었었다.'고 했습니다.

그 뒤 갑자년에 신이 개천군 산 절에 있을 때에 천유용의 편지가 왔는데, 연이 대구에서 유를 죽여서 자복을 하고 죽음을 당했는 소문이 계속 들렸다고 했습니다. 신이 놀라서 사사로이 말하기를 "나는 천유용의 편지에서 보았을 뿐이다. 이가 만약 진짜 유라면 서쪽으로부터 남으로 와서 동생에게 죽임을 당했으니 그 간의 날자가 얼마인지 모르겠도다! 어찌 이같은 것이 근거가 되겠는가?" 했습니다. 이로부터 신이 늘 서쪽에서 오는 사람을 보면 반드시 천유용이 실지 살던 인물인지 아닌지를 물었습니다. 신의 궁구하여 물어 본 바로는 과연 유라고 생각합니다. 족히 연의 원한을 풀어 주어야 합니다."라고 했다. 이에 법부에서는 그를 잡아 들였다.

연이 죽은 뒤로부터 이씨는 기운을 못차리고 궁벽한 마을에 숨어 살면서 매일 새벽마다 향을 피우고 하늘에 남편의 원한을 풀어 주십사고 빌었다. 하루는 꿈에 연이 홀연히 와서 고하기를 "우리 형이 왔는데, 당신 또한 모르느냐?"고 했다.

이씨가 잠이 깨서 울면서 말하기를 "아! 혼령이여! 그 징표를 주소서!" 하며, 향을 피우고 하늘에 빌기를 처음 처럼 했다.

다음날 저녁에 천유용이 법부에 나아가니 이씨가 듣고 곧 법부에 고소하기를 "연이 사람을 죽였으며 식과 재물을 다투었다는 억지는 잘못 적용된 법입니다. 그 미망인 제가 땅에 머리를 조아리고 하늘에 부르짖어 그 억울함을 풀려고 했으나 길이 없었습니다. 지금 진짜 유유가 나타났다고 하니 삼가 연이 죽음에 임하여 남긴 말을 올립니다." 했다.

유가 이르러 말하기를 "신은 천유용이 아니고, 진실로 유유입니다." 라고 말하면서, 그 아버지의 이력과 친족들 하인들과 평일에 사귄 사람들을 빠짐없이 모두 말하면서, 묻는 말에 대답하는 것이 유를 의심할 것이 없었다. 집을 나간 이유를 물어 보았다. 그러한 즉, 말하기를 "혼인을 하고 3년이 되어서도 아직도 아들이 없으니, 아버지께서는 가업 잇는 것이 박복하다 하시면서, 가까이 슬하에 자식이 없는 것을 책망하시니, 이로 인하여 서쪽 지방에 들어가서 떠돌았기 때문에 끝내 동생의 죽음에 대해서 듣지를 못했습니다." 했다.

이에 달성령 심융과 동네 내력에 대해서 젊어서부터 잘 아는, 정자 벼슬에 있는 김건, 생원 한극감 등으로 하여금 자세히 살펴 보게 하니, 모두 다 말하기를 잔짜 유유라고 했다.

이에 의금부가 채응규와 춘수의 자취를 찾아 보니, 응규를 장연에서 찾았다. 해주에 오리쯤 길을 남겨 두고 아직 장연에 도착하지 못하였는데, 자결을 했다. 해주에서 춘수를 잡았는데, 말하기를 "응규에게 시집을 가서 아들 둘을 두었는데, 이 때에는 전혀 유유라는 이름은 듣지 못했습니다. 임술년에 달성령이 하인 삼이를 시켜서 응규를 와서 보고 말하기를 '유유로다.'라고 했습니다. 백씨도 또한 사람을 보내서 그런 뜻을 전했습니다. 계해년 봄에 응규가 서울에 가서 석달을 머물다가 돌아와서는 문득 스스로 유유라고 했습니다. 이해 겨울에 응규가 저와 함께 서울에 갈 때 말하기를 '달성령만이 나를 맞이할 것이다.' 했습니다. 서울에 다다르니 달성령과 그 아들이 과연 여럿이 와서 유유의 자취에 대해서 끊임없이 물었습니다. 응규는 하인 삼이와 백씨 집의 하인들과 달성령과 그 아들이 말하는 것들을 외웠습니다. 그 외운 내용은 무릇 백씨 집 본가 한 문중의 일이 심히 자세히 모두 다 망라되었습니다. 옷가지도 싸 가지고 왔는데, 그 때에 어떤 사람이 열어 보니, 달성령이 가만히 말하기를 '네가 스스로 유라고 해라. 나 또한 유라고 하리니, 누가 능히 가려내리오? 만일 백씨가 보고 의심을 한다면 문득 도망가면 될 것이다.' 하니, 이야기 중에 어떤 사람이 말하기를 '물가의 보리밭을 연이 감히 독차지 할까?' 하고, 또 말하기를 '우리 아내와 집 재산을 연이 홀로 마음대로 할 수 있을까?' 했습니다." 했다.

하루는 경억이 와서 말하기를 "심융과 김천백이 의심하고 믿지를 아니하여, 내일 융과 천백을 마땅히 우리집으로 오게 하리니, 네가 또한 방문해서 식사할 때에 마땅히 하인 혼개로 하여금 밥상을 들고 들어가게 할 것이니, 들어올 때에 네가 보고서 지적해 말하기를 '이 사람이 흔개로군, 옛날에는 일찍이 나와 허여했었는데 형이 나를 잊었는가?'라고 하라고 했습니다. 융 등으로 하여금 이대로 해서 들려 주었더니 앞서 의심이 얼음이 풀리듯했습니다.

대구로 돌아가서 얼마 되지 아니하여 들리는 소문에 잡혔다 하니 달성령이 승상 심통원에게 편지를 보냈는데 제가 본부 관청에 보냈던 편지까지 동봉했습니다.

박응천으로 하여금 또 하인과 사람이 타는 말을 주고 융이 또한 그 친척 형에게 위촉해서 장악원의 버슬을 살게 해서 한 심복을 만들어 얻어서, 아내를 따라 대구에 도착했는데, 응규는 박석의 집에 구류가 되어 있었습니다.

삼일이 되었을 때 갑자기 밤에 문을 두드리는 소리가 들려서, 응규가 일어나 보니 편지를 들고서 들어와서는 주위를 돌아보고 편지를 주면서 말하기를 '내 또한 계교를 이와 같이 만들었더니, 너는 가히 급히 돌아가라.' 했습니다.

제가 누구냐고 물으니, 대답하기를 '달성령 집의 하인입니다.' 했습니다. 인하여 간단히 자기를 소개하라 하니, 말하기를 '말을 하면 일이 이미 들어 나게 되니 네가 무엇을 하려고 하느냐? 급히 도망가는 것이 옳다.' 했습니다.

제가 울면서 말하기를 '당신이 도망가면 저는 어디 가서 삽니까?' 했더니 응규가 저를 야단치면서 말하기를 '그대는 두려워 하지 말라. 도망간 뒤에 좋지 못한 일이 잇으면 너는 다만 모른다고만 하라.' 고 했습니다.

그 때 제가 용인현에 이르러 주점의 노인에게 경억의 편지를 전하면서 말하기를 '지금 연이 바야흐로 형을 죽였다는 논란으로 아버지 또한 옥사를 대하고 있으니 너는 마땅히 말이 같아야 한다. 면하는 것은 말을 같게 혹은 다르게 하는데 달려 있다.' 고 했습니다. 옥사가 마침내 제가 해서 지방으로 떠돌게 했습니다.

하루는 경억이 사람을 보내 알려 오기를 '내가 방금 네 남편을 보호 해 놓고 잇다. 남편 또한 마음 속으로 너를 보고자 하니, 너는 와서 보는 것이 옳도다.' 했습니다. 제가 여러 시숙들에게 물어 보니, 숙부가 그 사람을 꾸짖어 물리쳤습니다.

그 해 백씨가 타던 말을 남겨 정백에게 돌아가게 해서 기르고자 했습니다. 제가 허락하지 않으니, 뒤에 식을 보고서 물어 보았습니다. 식이 말하기를 '거리에서 들으니, 연의 옥사에 대해서 가히 의심하는 이야기를 많이 한다. 혹 응규가 도망해서 살아 있다는 말이 전해지면, 일을 장차 헤아릴 수가 없게 된다. 네가 만약 정백이 돌아가는 것을 허락하지 않으면 다만 남을 이롭게 할뿐이다.' 라고 했습니다.

저에게 권하여 보내기를 허락하니 '아뢴 바가 사실입니다.'라고 했습니다." 라고 했다.

이에 이씨가 편지를 보냈는데, 식과 융과 백씨에 죄를 낱낱히 진술하면서 법에 따라 논하기를 청했다. 대관이 또 연을 추국할 때에 추관과 낭관이 논하는 대로 임금께서 허락했다.

담당관이 유가 그 아버지가 돌아가셨을 때 가보지 아니한 것을 논하여 용강으로 귀양 보내고, 식은 옥 중에서 매맞아 죽고, 춘수는 목매어 죽었다.

이보다 먼저 유가 바야흐로 옥에 있을 때에 조정 의논에 말이 있었으니 백씨가 고향에 있으면서 옥을 넘본 것도 옳지 않다. 백씨가 소문을 듣고 서울에 오니 유가 옥에서 나오게 되어 바로 백씨가 우거하는 곳으로 가서 그 자리에서 꾸짖어 말하기를 "네가 전에 채응규의 하인을 나로 삼고 내 동생을 도적으로 몰았다. 날이 바뀌었다고 오늘 나는 유가 아니라고는 말하지 말라." 말을 마치고 옷을 떨치며 돌아보지 않았다.

백씨가 말하기를 "내 남편이다. 옛날에도 일찍이 나에게 말로는 할 수 없는 말을 하더니, 지금도 또 이런 말을 하느냐?" 했다.

유가 용강으로 귀양을 갔다가 기일이 다 차매 대구로 돌아 와서 2년을 더 살다가 죽었다. 이 때 백씨는 근심없이 살았다. 유는 백씨가 춘수의 아들인 정을 양자로 취한 것에 대해서 사사로이 물어 보지 않았다. 백씨가 응규를 따라 대구로 간 것이 백씨가 그 집에 이미 10년이나 있었다.

유의 옥사가 다시 일어남에 백씨가 묶이어서 관에 고소될 때 말하기를 "지금 들으니, 진짜 유유가 나왔다고 합니다. 채응규가 스스로 목숨을 끊으면서,

정과 백씨를 국문하기를 청했습니다." 했다. 조정에서는 국문하지 않고 놓아
두었다.

이보다 먼저 이씨는 잔치 자리에서도 항상 깊이 생각에 잠기니 연의 억울함
을 만방에 말할 바를 도모하고자 해서였다.

을축년에 춘수의 형 영수와 그의 남편 김헌이 와서 말하기를 "가짜 유유는
죽지 아니하고 춘수와 함께 편안히 살면서 나에게 여러 번 뇌물을 주었습니
다. 내 능히 당신을 위하여 이런 말을 합니다." 했다.

이씨가 이 말을 믿고서 시집 올 때와 같이 치장을 하고 수십 금을 품고, 이
로부터 헌 등과 몰래 글을 왕래하여, 헤서 지방에서 이미 그 출처를 찾았다는
말을 듣고서, 장차 잡으려고 그들로 하여금 왕래가 끊어지지 않게 했다.

정엄이 연이 석여치 않은 옥사를 논하기에 이르니, 영수가 듣고서 두려워
도망을 했다. 이씨가 그 집의 몇몇 사람을 몰래 잡아서 사사로이 가두니, 영수
가 옥으로 나오니 끝내 법으로 다스릴 수가 없었다.

이에 이르매, 이씨가 다시 형조에 송사를 일으켜서 영수와 헌 등을 잡아서
전에 뇌물을 맡은 것에 대해서 징벌을 하였다.

임진란 이후에 재상 이원익이 금호문밖에 집을 짓게 하고 이씨와 문을 서로
이어 도구를 멈추고(連門停具) 사건의 처음과 끝을 듣고서 그 원한에 속상해
했다. 병이 들었을 때에 (會上寢疾) 나와 함께 날마다 대궐에 들어 가서 생활
을 같이 했는데, 나를 위하여 말을 하고 또 말하기를 "소원하기를, 말을 아는
자에게 부탁해서 없어지지 않기를 바란다."라 했다.

모임이 끝나고 돌아가서 집안 사람들을 다 모아 놓고 하여금 와서 속히 가
르쳐 주라고 하면서 말하기를 "이 일이 만약 글로 이루어 지면 지극히 원통한
일이지만 가히 씻을 수 있고, 관청의 교훈이 가히 설 것이니 그대는 어찌 도모
하지 아니하는가?" 했다.

나도 가만히 연의 원한을 슬프게 여기고, 백씨로 하여금 먼저 경험하고 빨
리 관에 나아가지 못한 것을 애석하게 여기고, 식이 끝내 바른 계책에 따르지
아니한 것을 거듭 한스럽게 여기나, 죽을 죄에서는 벗어나게 되었으니 다행이

로다!

당시에 법망이 성글어서 융이 홀로 빠져 났으나 그러나, 사건이 불행한 중에도 다행하게 되었으니, 윤, 이와 같은 여러 분들이 없었다면 일의 선후와 좌우가 되어 연으로 하여금 뛰어난 인물이 되었으니, 다행스러움이 있었으며 곧, 또 악이 능히 당시에는 사나웠다고는 하지만 후세에 베풀어 질 수 있겠는가?

세상에서 혹 유가 도망 간 것이 어쩔 수 없는 일이라고는 하나 아들이 되어서 아버지로부터 더망가는 것은 사람의 의리가 없어지는 것이다. 도망 갔다가 장차 어찌 오리오. 세상에 어찌 아비 없는 나라가 있으리오? 옛날에 어진 자식은 부모님의 명에 따라 죽었다.

주자선생께서 말씀하시기를 "의리로는 마땅히 도망가서 피한다고 해도 이에 예를 얻어야 한다." 하시었으니, 가령 유가 크게 어찌할 수 없어서 아버지를 어기고 먼데서 죽었다고는 하지만, 진(晉)나라의 공자가 진(秦)나라에 있을 때에 천하에 알지 못하는 이가 없었지마는 어찌 이에 지나쳤으리오? 자취가 없어지고 꼬리를 감추었다. 동생을 보내어 죽음을 그릇쳤다.

권세를 빙자하여 그대가 일찍이 말하기를 젊었을 때에도 여러번 연을 혼인하는 자리에서 만났었는데 키가 작고 알차고 모질었으며 강개하며 스스로를 좋아하였다.

재앙이 있은 이후로 아내가 능히 죄수의 머리를 하고 상을 당한 사람의 얼굴을 하고서 뜻을 다하여 빌기를 머리가 세도록 하루와 같이 하니 종족의 무리들이 이르기를 능히 처참한 화에 처했다고 했다.

만력 35년 정미 12월 하한에 대광보국숭록대부오성부원군이항복이 삼가 짓다.

국역 李時發(1569-1626)이 쓴 유연에 대한 기록

유유와 유연 형제가 있었다. 서울 사람으로 정유년 날리 때에 대구에 있었다. 유가 미쳐서 공부를 하다가 한밤중에 도망을 했다. 조령을 넘어서 서울을 지나 함경도로 향했다. 집안의 하인이 뒤를 따랐으나 함경도에 이르러 할 수 없이 돌아왔다.

집안 식구들은 간 곳을 몰랐다. 그 뒤에 매형인 종실 달성령이 성격이 패악했는데, 일찍이 해주를 여행하다가 채응규라는 한 사람을 보고서 모양이 처남 유유와 흡사하니 바로 관계를 깊이 맺었다.

하루는 사사로이 말하기를 "그대의 모습과 얼굴이 유유와 흡사합니다. 나이도 비슷하니 만약 속인다 해도 그 집 사람들이 의심하지 않을 것입니다. 그 부인과 결혼하고 재산을 모아서 내 아들로 하여금 재물을 약탈하게 하면 심히 이로울 것이니, 내 마땅히 그대를 위하여 한번 힘써 보겠소." 했다.

채응규가 허락했다. 바로 그 아내의 집으로 편지 보내기를 "유유가 해주에 와 있습니다. 내가 찾았으니 맞이하여 데리고 가시오." 했다.

그 동생 연이 맞이하러 와서 자세히 보니 유유가 아니었다. 그러나 나이가 형과 비슷하여 일변 믿음도 가면서 의심이 되는대로 집으로 돌아왔다. 그 거짓임을 깨닫고 관가에 고발해서 잡아 가두게 했다.

채응규가 앞일을 알 수가 없어서 탈옥을 해서 도망을 쳐 돌아가니, 달성령이 죄가 또 자기에게 미칠까 두려워서 법부에 고발을 하기를 "처남 유연이 그 형을 찾아서 돌아갔다가 형의 집 재물이 욕심이 나서 형이 아니라고 거짓으로 속이고서 관가에 고소를 해서 도적으로 몰아 잡아가두게 하고서는 도망을 갔다고 말을 만들었으니, 청하건대 법으로 다스려 주십시오." 했다.

법부가 그 도로 옮기어 연을 잡아 가두고서 다스리는데 능히 변별을 할 수 없었다.

임금님에게로 잡아 올려 고문을 하면서 신문을 하니 연이 마침내 거짓으로 자복을 하여, 법을 적용해서 사형을 시켰다.

이 때에 신문을 담당한 사람들과 조정 대감들이 모두 형을 죽인 도적을 잡아서 법대로 처리를 하여 한 사람도 원한이 있으리라고는 생각을 하지 않았었다. 만약에 그 사실을 알고서 구해서 풀어 주고자 하는 사람이 있었다면 모두 배척했을 것이다. 이 일은 신유년간에 있었다.

그 후 10여년이 지나서 윤수부가 평안도 어사가 되어 선곽지간에 이르렀는데, 천유용이라는 사람이 생도들을 가르치고 있다는 말을 들었다. 윤이 마침 만나 보고서 그 모습이 유유와 흡사한 것을 이상하게 생각하고 묻기를 "그대가 유유이지요?" 하니 유용이 실토 하기를 "젊었을 때 자식이 없어서 여기로 왔습니다." 했다. 수부가 바로 임금님께 글을 올리니 이 때 조정에서는 비로소 연이 거짓으로 자백을 하고 억울하게 죽은 것을 처음 알았다.

유는 매를 쳐서 귀양 보내고, 채응규를 잡아 올렸다. 얼마 안되어 약을 마시고 죽었다. 달성령은 매를 맞아 죽었다. 아! 인륜으로 일어난 큰 옥사이니 나라와 집안이 살펴야 할 것인데, 분명하게 밝히지를 못해서, 원통한 죽음이 되었다가, 10여년 뒤에 비로소 가리어졌으니, 세상의 형벌과 옥사가 이와 같은 경우에 어찌 한계가 있으리오. 그 반드시 하늘의 재앙일지로다.

<한국문집총간 74권 P.503>

국역 기기축옥사(記己丑獄事)

기축년(선조22년, 1589)에 역적의 옥사가 일어났다. 도적들이 모두 말하기를 "길삼봉이 제일 우두머리이고, 정팔룡과 정여립이 그 다음이다."라고 했다. 조정이 드디어 길삼봉의 소재를 찾았다. 각도에서는 길삼봉을 잡아 올리는 자들로 줄을 이었다.

그 때 도적 무리 중에 이기와 이광수 등이 있었다. 혹 말하기를 "전주 길삼봉의 집에 가면 길삼봉은 나이가 60이고, 얼굴은 검고 몸이 살졌다."고 하기도 하고, 혹 말하기를 "삼봉은 나이가 30이고, 키가 크고 얼굴은 말랐다."고도 하고, 혹 말하기를 "삼봉은 나이가 50이고, 수염은 길어서 배까지 내려오고, 얼굴은 희고 길다."고도 했다.

그 뒤에 도적 김세겸이 말하기를 "삼봉은 우두머리가 아니고, 도적의 졸개로 진주에 살며 나이는 30인데 하루에 300리를 간다."고 하고, 또 한 도적은 "삼봉은 본래 나주 선비집안 사람이다."라고 하고, 최후에 박문장이 말하기를 "삼봉은 길가가 아니고 최가이니 진주 사람의 노비다."라고 했다

오래지 아니하여 밖에서 들려오는 뜬 의견들이 분분하니 혹 말하기를 "삼봉은 진주에 사는데 나이가 60이고, 얼굴은 검고 말랐다고도 하고, 수염이 길

어서 배까지 내려오고 키도 크다."고 하고, 혹 말하기를 "삼봉은 진주의 최영경이다."라고 했다.

혹 말하기를 "1년전에 어떤 선비가 진주 만장동을 지나다가 도적들 만여명이 모여서 활을 쏘는데, 영경이 우두머리 자리에 앉았고, 여립이 다음 자리에 앉아 있더라."고 하니, 이 말을 듣고 의심하는 사람이 말하기를 "영경은 진주에 사는데 나이가 60이고 얼굴은 마르고 검으며 키도 크고 수염 또한 길고 만장동에 산다고들 하니 밖에 떠도는 소문들과 가깝지 아니한가?"했다.

내가 듣고서 괴이하게 여기고 또 의심하여 말하기를 "여러 도적들이 각각 진술한 모양이 같지 않습니다. 삼봉은 나이가 많다 적다, 몸이 살겼다 말랐다 하여 그 차이가 심합니다. 지금 몸이 살겼다는 것과 나이가 30이라는 것과 얼굴이 희다는 것과 노비라는 것과 300리를 간다는 것과 나주에 산다는 등의 말을 빼버리고서 여러 도적들이 진술한 것 중에서 나머지만 골라낸다면, 영경과 더부러 여러가지 모양이 같아서 한 사람의 형상으로 삼을만합니다. 이에 말한 것은 한 도적이 진술한 것이 분명하니 바로 최영경을 가리킨 것입니다. 이는 밖에서 소문으로 유유하게 물결처럼 전한 것만이 아니라, 심문하고 형을 다스리는 자가 영경을 함정에 몰아 넣을 기회를 교묘하게 삼기 위하여 소문을 낸 것이며, 삼봉의 입장에서는 먼저 이런 말들을 전파시켜서 사람들이 듣는데에 익숙해 지도록 한 것임을 분명히 알 수 있습니다."고 했다.

가장 최근에 濟原察訪이 소문을 듣고 전라감사에게 알리니, 감사가 경상우병사 양사영에게 비밀로 말을 옮기었다. 양사영이 아전들을 풀어 최영경을 잡고 또 그 집을 수색하여 이황종의 편지를 찾아내었으니, 그 편지 속에는 이 시대의 정치에 대해서 극도로 비난한 말이 있었다. 이것이 역적의 옥사에까지 이르러 사람들에게 재앙이 되었다. 마침내 이 때 옥사가 무거워 져서 안팎이 벌벌 떨었다.

이 때에 내가 바야흐로 문사랑청(問事郎廳)이었고, 송강 정철이 위관(委官)이 되었다. 하루는 송강이 사람들이 퇴근한 후에 궁중 뒤 회랑에서 나를 불러 최영경의 옥사에 대해서 묻길래, 내가 평소에 그 옥사를 분하게 여기고 있다가 대답하기를 "그 옥사가 일어난 뒤로부터 이미 해를 엄겼다. 어찌 된 일인지 일찍이 어떤 한 사람이 최영경을 가리켜서 길삼봉이라 하고, 지금 이유없이 잡아 가두었다는 말이 道에서 들려오고 있으니, 최영경이 불행하게도 죽으면 바로 여론이 있을 것입니다. 상공은 어떻게 그 책임을 벗어날 수 있겠습니까?" 했다.

송강이 크게 놀래서 말하기를 "나와 최영경은 평소에 비록 논의로써 서로 다투기는 했지마는, 어찌 서로 해하고자 함에까지 이를 수 있으리오. 이는 사건이 터진 그 道에서 나와서 나에게 와전된 것이니 무슨 상관이리오." 했다.

내가 "그렇지 않다."고 했다.

송강이 말하기를 "그대가 함정에 집어넣은 것이다. 그 근거가 없는데도 앉아서 구경만하고 구하지 않는다면 어찌 추국하는 관리로서의 체통과 명분이리오."

내가 말하기를 "옥사를 일으킨 도적들이 옥에 가득 차면 추국하는 관리가 진실로 감히 일일이 심리를 펴지 못합니다. 최영경의 경우에는 죄수 중에서도 근거가 제일 없으며, 이름이 있는 사람이고 또 효도하고 우애 있는 처사이니 어찌 구하지 않겠습니까?"

송강이 말하기를 "내 당연히 힘을 다해 구했으나 그 뒤 다시 국문을 하는 날에 최영경이 그 당시의 일에 대해서 간략하게 진술을 했고, 또 우계 성혼과 주장이 같지 않은 때문이었습니다."라고 했다.

국문을 끝내고 송강이 물러나서 궁중의 뒤 회랑으로 급히 나를 불렀다. 내가 가서 만나니, 얼굴에 자못 노기를 띠고 말하기를 "그대는 그 진술한 말을 보시오. 이것이 무슨 말입니까? 그대의 최공은 심히 좋지 않습니다." 했다.

내가 웃으면서 말하기를 "나와 최영경은 평소에 잘 알지 못했으니 평생에 무슨 얻어들은 이야기가 있었겠습니까? 그대의 최공은 다만 상공만이 좋아하지 않는 사람입니다. 이에 그 당시 일을 언급한 것은 없지요?" 했다.

송강이 말하기를 "그 당시 일을 언급한 것은 없습니다." 했다.

내가 말하기를 "그렇다면 상공은 처음엔 최영경을 알지 못했으면서도, 영경이 그 당시 무리들과 다르다고 한 까닭은 무엇입니까? 그 논의가 같지 않다는 것이지요. 논의가 같지 아니한 것은, 아직 다시 국문을 하기 전이었으니 이미 알 수 있습니다. 엄한 국문을 하는 자리 같은 데서는 진실로 전날을 모두 잊고 본 바가 구구하여 억지로 아첨하고 듣기 좋은 말만 해서 요행으로 벗어나기만을 바랐을 것입니다. 어찌 참으로 최영경이었으리오?

최연경으로 논할 것 같으면 곧 지금 진술하는 것이 처음 마음과 변하지 않았으니 이는 고고한 곳에 처한 때문입니다. 이러한 즉 도무지 반드시 논하지 못할 것입니다. 지금 국문을 하는 사람이 그 논의가 같고 다른 것을 묻겠습니까? 다만 삼봉인지 아닌지 만을 국문하니 지금 논의가 같기도 하고 다르기도 한 것이 옥사에 무슨 도움이 되겠습니까?" 했다.

송강이 말하기를 "공의 말이 바로 옳습니다. 내 생각이 미치지 못했습니다." 했다.

여러날 뒤에 송강이 또 묻기를 "하루 아침에 형을 정하라는 명령이 내리면 미처 구제하지 못할까 두렵습니다. 내가 옥사에 골몰해서 뜻이 이미 소진했으니 그대가 나를 위하여 차자 초안을 상세히 만들어 가지고 대기해 주시오." 했다.

내가 말하기를 "이는 큰 일이니 어찌 남에게 대신 초안을 잡게 할 수 있으리오. 마땅히 상공이 스스로 초안을 잡으십시오." 했다.

또 며칠이 지난 후에 송강공이 크게 기뻐하며 말하기를 "제가 이미 최공을 구할 묘책을 구했습니다." 했다.

내가 묻기를 "어떻게 하시겠소?" 했다.

송강공이 말하기를 "차자 초안을 이미 말들어 놓았고 또 유서애와 약속을 했습니다." 했다.

내가 묻기를 "약속을 어떻게 하시었소?" 했다.

송강공이 말하기를 "만약에 형을 정하라는 명령이 내리면 내가 급히 알리고 한편 대궐에 나아가며, 내 집으로부터 대궐에 가는 길에 사람들에게 연명을 해서 구제할 것 같으면 일이 가히 해결될 것입니다."고 했다.

내가 말하기를 "유대감께서도 과연 이렇게 약속을 했습니까?" 했다.

송강공이 말하기를 "이미 굳게 약속을 했습니다."라고 했다.

그 뒤에 내가 공적인 일로 유대감의 집에 갔다가 최영경의 옥사에 대해서 극단적인 논의를 폈다. 유대감은 다만 몇 마디 답만을 했다. 내가 그 대답에 인해서 말하기를 "대신으로서 불가불 구해야 합니다." 했다.

유대감이 말하기를 "나 같은 사람이 어찌 감히 구해서 풀어 주리오?" 했다.

내가 송강공과의 약속을 가지고서 묻고자 했으나, 일의 형편이 미안해서 그만두고 여러번 극단적인 말만했다. 이에 유대감이 말하기를 "그대가 이와 같이 하는 것은 옳지 않습니다. 크게 강개하여 세상의 道가 심히 험하다 하니 마땅히 말을 신중하게 해야 합니다."라고 했다.

내가 말하기를 "저와 최영경은 본래 반분의 사귐도 없었으니 누가 감히 자취를 의심하겠습니까?" 했다.

유대감이 말하기를 "세상일은 짐작할 수 없습니다. 일이 파급되어 남에게 이르게 되면 누가 벗어날 수 있겠습니까? 천금과 같이 귀한 몸이 천만 액석하게 됩니다."라고 했다. 뒤에 그때 사람이 모두 송강공이 최영경을 죽였다고 했다.

양천경 강해 등도 꾀에 빠져서 죄인으로 옥에서 죽기에 이르렀다. 그 때에 내가 거기에 있으면서 그 진술한 말에 대해서 듣고 보았으니, 처음에 서로 날조하고 선동했으니 분명 이것은 양천경 등의 소행이었다. 나는 그 뒤에야 비로소 지난날에 수염이 길어서 배에 이른다는 등의 말이 바로 양천경 등이 지어낸 것이었으며 송강공에게까지 미쳤다는 사실을 믿게 되었다.

내가 최영경의 일을 가지고 처음부터 끝까지 논란을 벌였으나, 터럭 하나도 헐뜯어 상하게 할 뜻이 없었다. 그 피해에서 구하고자 하면 후세에 공론으로 죄인이 될까봐 두려웠다. 그래서 말과 안색에 넘치어 나타나고 허둥지둥 번민하면서 급한 뜻이 있었다. 내가 처음부터 끝까지 본 바로는, 이러한 까닭으로 감히 최영경이 죽은 것이 송강의 죄라고는 할 수 없으나 혹 말을 하는 가운데에 심한 말이 없지 않았으니, 후배들이 듣고서 믿는 사람들이 제법 많았다.

갑오년(1594)에는 그 때 사람들에게서 이 논란이 크게 일어났다가, 신축년 (1601)에 이르러 영남의 선비들이 상소를 올려 심한 논란을 펴니 임금께서 엄한 교훈을 내리시는데 누가 되었다.

하루는 내가 한번 송강공과 더불어 이야기를 하다가, 이에 묻기를 "최영경의 옥사 한 일은 분분해서 정하지 못하고 있습니다. 많은 사람들은 뜻이 최영경을 아끼지 아니하고, 다만 이 일을 가지고서 많은 사람들을 밀어 떨어뜨리는 선봉을 삼았습니다. 많은 사람들은 또한 뜻은 송강을 아끼지 아니하고, 다만 이 일을 가지고서 오로지 송강공만이 최영경을 함정에 얽어 넣었다고 했습니다. 그러한 즉, 미안하고 누가 되어 패하게 되니 이 논의를 돌려놓지 아니하면, 반드시 나의 망녕스런 견해 때문에 그렇게 되지 않았다고는 아니할 것입니다. 나 또한 매우 자세히 알지는 못하겠습니다.

어떤 사람이 생각하기를 송강께서는 한편으로는 좋은 말로 내가 묻는 말에 답하고, 한편으로는 몰래 친한 바를 부추기어 그 옥사를 얽었다고 말을 합니다. 나와 송강은 공적인 일에는 나뉘어 소원하였지마는 교분이 심히 가까운지라 혹시 송강께서 그 때에 몰래 해할 계교가 있었습니까?" 했다.

경인년 5월 이후에는 즉 나와 송강이 논의에 차이가 져서 모든 일을 혹 다 얻어들을 수는 없었으나, 5월 이전에는 비록 은밀하고 작은 일까지도 알지 못하는 처리는 없었다. 처음부터 끝까지 송강의 말과 안색을 보면 결단코 이런 일은 없었으니 당연히 처음 밖의 길삼봉의 설이 비로소 간원에 전해져서 멀리는 조정에까지 알려졌다.

권 등이 말을 해서 최영경의 벼슬을 청하여 깎았다. 이 때 마침 송강을 만나 보니 즉 불쾌해 하면서 말하기를 "아래 간관들이 이 일을 좋지 않게 만들어서 최영경이 벼슬을 깎이어 숲속에 물러나 살게 되었으니 무슨 상관이겠습니까? 이에 이렇게 해서 형적이 드러날 것입니다. 후세 사람들이 반드시 장차 말하기를 '이는 또한 내가 아는 바다.'라고 할 것입니다." 했다.

들으니 이흡이라는 사람이 이 논의에 가담했다 하나 흡이 어찌 이 일의 모든 것을 알리오. 구원유가 정언이 됨에 임금님께서 특명으로 풀어 주시니 원유가 집에 있다가 이 명령을 받고 즉시 짧은 편지를 써서 동료들과 통하여 그 날로 다시 국문을 했다.

장계가 이르렀는데 써 있기를 "단서가 이미 드러났으니 참으로 사실이라 길삼봉이가 그다." 하니 송강이 이 때에 크게 번민했다.

이 때에 심희수가 송강을 가서 뵈오니 송강이 쓸쓸히 말하기를 "한번 영경을 잡았으나 벌써 매우 근거가 없어서 다시 국문할 것을 청했더니 후세에 이 작자들 때문에 어떻게 되었습니까? 그대들이 왜 동료들에게 말을 해서 힘써 저지하지 아니했습니까?" 했다. 심희수의 말이 이와 같았으니 그 뒤에 중상한 말이다.

바야흐로 다시 국문할 것을 논할 적에 최수가 술에 취하여 나를 방문해서 말하기를 "세상에서 말하기를 이실지가 부박하다고 하는데, 과연 맞는 말입니다." 했다.

내가 말하기를 "무슨 말씀이십니까?" 했다.

최수가 말하기를 "오늘 저와 간관이 친구집에 있었는데 마침 이실지를 보았습니다. 앉아 있던 사람들이 크게 놀래서 말하기를 '공들이 무슨 까닭으로 갑자기 큰 일에 대해서 논의를 하고 어른에게는 말씀드리지 않았는가?'라고 하니 대개 큰 일이라고 한 것은 다시 국문하게 된 것을 가리킨 것이고, 어른이라고 한 것은 송강을 가리킨 말입니다. 간관이 송강에게 말씀을 드리지 아니한 것도 과연 하지 않은 것이 이실지니, 이에 일개 후배가 어찌 감히 편안히 누워서 면책을 담당하겠습니까? 간관도 이와 같이 합니까?" 했다.

내가 심희수의 말 때문에 송강이 최영경을 음해한 흔적이 없고, 인하여 중상하는 말이라는 것을 더욱 믿었다. 겸하여 다시 국문하려는 논의를 알았으나 처음부터 송강에게 알려주지는 않았다. 최후의 관련한 사람이 구원유의 말을 듣고 말하기를 "다시 국문을 하는 첫날에 내가 나아가 본 바를 가지고서 동료들에게 알렸더니, 동료들 의견이 일치하지 않았으며 갑자기 논의를 전개하는지라, 누가 감히 번거로이 남에게 알리리오." 했다. 내가 그런 뒤에 더욱 앞서의 이야기들을 믿었다.

영남 지방의 상소가 도달해서 최영경을 얽어 죽이며 우계의 죄라고 했다. 이 때에 대관 기자헌 윤의립 등이 성혼이 비록 최영경을 죽이지는 않았지만 성혼에 말미암아서 죽었다고는 여겼다. 얼마 있다가 최영경을 얽어 죽이는 법률이 성혼에게도 이르렀다. 이 때에 오직 도움이 될 큰말에는 "당초에 송강으로 최영경을 얽어 죽이려 했으나 죄를 얽어 말을 만들기가 이미 어렵게 되니 지금 우계로써 최영경을 얽어 죽이는구나. 천하 고금에 어찌 이런 일이 있으리오." 했다.

내가 처음부터 끝까지 그 때의 논의에는 용납되지 못했지마는 다만 이 한가지 일만은 인정을 받았다. 처음 이 말을 듣고 생각하기를, 옥사와 국문하는 일에 처음부터 끝까지 동참한 사람은 오직 나 뿐이다. 당시의 인심을 보면 일이 분명해 진다는, 이런 선입견을 없이한 이후에라야 진실로 그 때의 논의와 함께 할 수 있을 것이다. 마음을 속이고 세상에 아첨하는 것은 사대부가 아니다. 이 주장을 굳게 지켜서 마침내 죽을 때까지 허물이 되게 하고, 필경에는 나를 가지고 송강과 친하다고 하게 되어도 좋다. 청주에 사는 유생 박이험 등이 상소를 해서 힘써 공격을 한다. 내가 생각하기를, 정철의 심복이래서 오히려 삼정승의 자리에 오를 수 있었다고 해도 가히 웃을 것이다.

참고문헌

李恒福著,『白沙集』, 韓國文集叢刊 62卷.

　　　　『白沙集』, 慶州李氏忠州公派宗親會.

『국역 조선왕조실록』, 서울시스템(주) 한국학데이타베이스연구소, 증보판
　　　CD-ROM, 1997.

李廷龜,『月沙集』, 影印標點韓國文集叢刊 69卷-70卷.

黃汝一,『海月先生集』, 奎章閣 所藏本.

權應仁外,「松溪漫錄」,『大東野乘 11』, 조선고전간행회, 1909-1911.

『然藜室記述 3』, 조선고서, 1912.

尹國馨,「聞韶漫錄」,『大東野乘10』, 조선고전간행회, 1909-1911.

『靑丘永言』.

『樂學拾零』.

『海東歌謠』.

洪贊裕譯註,『詩話叢林』, 通文館 1993.

趙南權譯,『國譯紀年通攷乾坤』, 永新文化社, 1992.

趙南權譯,『國譯星江遺稿』, 永新文化社, 1992.

李家源,『韓國漢文學史』, 普成文化社 1986.

李丙疇共著,『韓國漢文學史』, 半島出版社 1991.

鄭後洙,『中人文學研究』, 깊은샘 1990.

李鐘建 李福揆共著,『韓國漢文學槪論』, 寶晉齋 1991.

東岳語文學會編,『朝鮮朝漢詩作家論』, 1993.

震檀學會,『韓國史』, 乙酉文化史, 1962.

오영석,『한국 고전소설연구』, 文潮社, 1986, pp11-31.

李樹鳳,『柳淵傳 研究』, 호서문화연구 제3집, 1983, pp 135-168.

李憲洪外,「송사소설의 소설사적 의의와 맥락」,『고소설사의 제문제』, 성오
        소재영교수 환력기념논총간행위원회, 1993, pp 909-925.

李憲洪,『朝鮮朝 訟事小說 研究』, 부산대 대학원 박사학위논문, 1987.

김태준,「18세기 연행사의 사고와 시각」,『한실이상보박사정년기념논총』,
        PP.801-829, 이회문화사 1993.

拙 稿,「白沙李恒福의 詩文學論」,『東岳語文論集』, 1994.

拙 稿,「白沙의 戊戌朝天錄考」,『畿甸語文學8,9輯』, 1994.

拙 稿,「白沙 李恒福에 대한 紀年通考의 記錄 考察」, 溫知論叢, 1997.

拙 稿,「白沙 李恒福의「記己丑獄事」考」,『溫知論叢』, 1999.

白沙 李恒福의 文學 研究

인쇄일　초판 1쇄　2002년 9월　9일
발행일　초판 1쇄　2002년 9월 20일

지은이　이종건
발행인　정찬용
발행처　**국학자료원**
등록일　1987.12.21, 제17-270호

총　무　김태범, 박아름, 황충기
영　업　한창남, 김상진
편　집　이인순, 정은경, 박애경
인터넷　정구형, 박주화
인　쇄　박유복, 정명학, 한미애, 이정환
물　류　정근용, 최춘배

서울시 강동구 암사동 462-1 준재빌딩 4층
Tel : 442-4623∼4, Fax : 442-4625
www.kookhak.co.kr
E - mail : kookhak2001@daum.net
kookhak@orgio.net

ISBN　89-8206-374-9　93810
가 격　13,000 원

* 저자와의 협의 하에 인지는 생략합니다.